Sur l'auteur

Anne B. Ragde, née en Norvège en 1957, est l'une des plus grandes romancières scandinaves, traduite dans une vingtaine de langues. Elle a notamment été récompensée dans son pays par le prix Riksmål (équivalent du Goncourt français), le prix des Libraires et le prix des Lecteurs pour sa saga des Neshov (*La Terre des mensonges*, *La Ferme des Neshov*, *L'Héritage impossible*, *L'Espoir des Neshov*, *Un amour infaillible* et *Les Liens éternels*).

ANNE B. RAGDE

L'ESPOIR DES NESHOV

Traduit du norvégien
par Hélène Hervieu

10
18

FLEUVE ÉDITIONS

Cet ouvrage a été publié avec le soutien de NORLA

N

NORLA
NORWEGIAN LITERATURE ABROAD

Titre original :
Alltid tilgivelse

© Forlaget Oktober AS, Oslo, 2016.
© 2017, Fleuve Éditions, département d'Univers Poche,
pour la traduction française.
ISBN : 978-2-264-07308-2
Dépôt légal : mars 2018

RAPPEL DES ÉVÉNEMENTS
PRÉCÉDENTS ET DES PERSONNAGES

La ferme Neshov

Elle est située près de Trondheim, au bord d'un fjord
où l'on peut se baigner en été. On y accède par une
large allée bordée de magnifiques érables, symboles de
la prospérité passée de la famille Neshov. L'ensemble
est composé de trois grands bâtiments principaux : une
longue bâtisse traditionnelle qui constitue l'habitation
principale, une grange où le stock de cercueils de
Margido a remplacé depuis longtemps les montagnes
de paille et enfin une étable transformée en porcherie,
aujourd'hui abandonnée. Les terres qui l'entourent
sont désormais exploitées en fermage.
Le tout appartient à Torunn par héritage, cette dernière
étant l'unique enfant de Tor, le propriétaire précédent.

Tallak Neshov

Le grand-père. Digne représentant de la prospère
paysannerie norvégienne, il est une force de la nature
et doté d'un extraordinaire charisme. De son vivant,
la ferme produisait en abondance du lait, du blé, des
fraises. Héritier de la ferme Neshov à la mort de son
père, Tallak était marié et père d'un fils, Tormod,

censé lui succéder selon une tradition immémoriale. Tout semble écrit et pourtant Tallak Neshov est à l'origine d'un terrible secret de famille qui n'est révélé que longtemps après sa mort.

Anna Neshov
Jeune fille de ferme devenue la maîtresse de Tallak, elle épouse Tormod, le fils de celui-ci, et donne naissance à trois garçons dont l'aîné, Tor, assure la continuité de l'exploitation après la mort de son grand-père. Maîtresse femme au caractère bien trempé, elle dirige la ferme et éduque ses enfants d'une main de fer sans jamais compter sur son mari, confiné à sa chambre et à la cuisine. Pourtant, lorsque Anna quitte ce monde, sa famille est éclatée, ses fils ne se voient plus et elle a à peine entrevu sa petite-fille. À son enterrement, ces derniers se trouvent réunis pour la première fois depuis près de vingt ans. C'est aussi ce même jour que le terrible secret de la famille Neshov est dévoilé à ses membres.

Tormod Neshov
Fils de Tallak, il est contraint de consentir à un mariage de raison avec Anna, la maîtresse de son père. De leur union naissent trois enfants, Tor, Margido et Erlend. Méprisé, étouffé et dominé par son épouse à cause de son inavouable homosexualité, Tormod reste prisonnier de son mariage toute sa vie et se mure dans le silence, cloîtré à Neshov. Replié dans le souvenir du jeune soldat allemand dont il était amoureux pendant l'Occupation et dont il garde pieusement une photographie usée par le temps, il ne s'évade que dans la lecture d'ouvrages sur la Seconde Guerre mondiale. À la suite de la mort d'Anna, puis de Tor, il quitte à quatre-vingts ans la ferme pour une maison

de retraite, où il retrouve enfin la paix, la dignité et le goût de vivre.

Tor Neshov

Fils aîné de Tormod et d'Anna, il est l'héritier et à ce titre s'occupe de l'exploitation agricole. Telle est sa charge, son destin. Sur l'injonction de sa mère, il a abandonné l'élevage bovin au profit de l'élevage porcin et s'est découvert une véritable passion pour cet animal carnassier mais intelligent et affectueux. Il ne vit que par et pour ses porcs. Tor a été brièvement marié. De cette union est née une fille, Torunn, qu'il connaît à peine. C'est seulement à la mort de sa grand-mère Anna que Torunn revient à Neshov. Le père et la fille se rapprochent alors autour de leur amour commun de la race porcine, à tel point que Tor se prend à rêver qu'elle assure la relève. Lorsqu'il comprend qu'il s'est illusionné, il met fin à ses jours auprès de Siri, sa truie favorite, lui offrant par là même un délicieux repas d'adieu.

Margido Neshov

Frère cadet de Tor, Margido possède une prospère entreprise de pompes funèbres. Enfant solitaire, méticuleux, taciturne et traumatisé par sa mère, il a très vite trouvé un grand réconfort dans la religion et il tente de vivre sa foi au quotidien auprès des personnes éplorées qui constituent sa clientèle. Intimidé et dérouté par le sexe féminin, il demeure puceau et ne trouve de réconfort et de sérénité que dans le sauna individuel qu'il a fait installer dans sa salle de bains ou lové dans son large fauteuil Stressless. Malgré sa difficulté à communiquer avec autrui, il reste debout dans l'adversité qui frappe sa famille, et maintient le contact entre ses membres.

Erlend Neshov
Le benjamin des trois frères Neshov. Après une enfance heureuse illuminée par la personnalité de son grand-père Tallak, Erlend est mis au ban de sa famille et de son milieu lorsque, à l'adolescence, s'affirme son homosexualité. Il quitte alors la Norvège pour s'exiler au Danemark et coupe les ponts avec ses proches. Doté d'un sens artistique hors du commun, il s'est imposé comme une star de la décoration d'intérieur et a fait fortune dans l'étalagisme de luxe. Capricieux, hypersensible et génial, il trouve son équilibre dans sa relation avec Krumme. Tous deux filent le parfait amour depuis plus de quinze ans. Surnommé « petit mulot » par son Krumme rondouillard et adoré, il nourrit une passion dévorante pour les figurines miniatures Swarovski et le champagne Bollinger bien frappé. C'est l'enterrement de sa mère qui le convainc de revenir à Neshov, où il retrouve ses frères, son père, découvre une nièce et apprend un lourd secret de famille.

Torunn Neshov
Fille de Tor et nièce de Margido et d'Erlend. Élevée par sa mère et son beau-père à Oslo, elle a été soigneusement tenue éloignée de sa famille paternelle et de Neshov. Travailleuse, ambitieuse, elle s'est affirmée comme une spécialiste du comportement des chiens et de leur dressage. C'est en venant au chevet de sa grand-mère mourante qu'elle découvre ses oncles et retrouve son père. Elle décide alors de rester à Neshov afin d'aider à l'élevage des porcs pour lesquels elle se découvre un véritable goût. Mais la vie dans cette ferme retranchée du monde lui devient progressivement insupportable et elle quitte les lieux, laissant

son père en plan. Après le suicide de celui-ci et une longue dépression, elle refait sa vie avec le beau et volage Christer, un trader passionné de courses de chiens de traîneau.

Krumme
« Miette de pain » en danois, surnom affectueux donné à Carl Thomsen par son compagnon Erlend. Issu de la grande bourgeoisie danoise, Krumme est le prestigieux et prospère rédacteur en chef d'un quotidien important de Copenhague ; il partage fidèlement sa vie depuis bientôt quinze ans avec Erlend, son grand amour. C'est après avoir été renversé par une voiture que Krumme a ressenti le besoin impérieux d'avoir une descendance et de partager ce bonheur avec Erlend.

PREMIÈRE PARTIE

Dans le couloir, on aurait entendu une mouche voler.

Il était assis dans son fauteuil, la tête penchée au-dessus d'un livre ouvert sur ses genoux. La lampe de lecture projetait un faisceau de lumière bien net sur les pages, et il était si plongé dans le texte qu'il sursauta en entendant frapper à sa porte. Malgré cela, il parvint à bien enfoncer dans le papier l'ongle de son pouce droit pour faire une marque à l'endroit où il en était, en plein milieu d'une phrase.

— Oui ?

Une jeune aide-soignante ouvrit la porte et entra. Ses semelles en caoutchouc ne faisaient aucun bruit.

— Je m'appelle Marthe, dit-elle en lui tendant la main.

Il baissa les yeux sur son livre, posa l'ongle du pouce gauche exactement au même endroit pour libérer son pouce droit, et lui tendit la main d'un geste maladroit ; il devait appuyer fort avec le doigt pour éviter que le livre ne lui glisse des genoux, et son pouce droit reprit le relais dès qu'elle lui lâcha la main.

— Excusez-moi, je crois que je vous dérange, dit-elle.

— Oui, non... je... ça va.

— Je suis nouvelle ici, je voulais juste vous saluer. C'est ma première garde de nuit, ce soir. Et vous êtes Tormod Neshov ?

— Oui.

— Vous ne prenez pas de médicaments, d'après ce que j'ai vu sur la liste.

— Non.

— C'est rare. Même pas de somnifères ?

— Non.

— Frais comme un gardon, en somme.

— Je suis vieux, objecta-t-il.

— Oh, pas si vieux que ça. Vous allez seulement sur vos quatre-vingt-cinq ans. Ça fait longtemps que vous êtes là ?

— Ça fera quatre ans cet été. Pourquoi me posez-vous... ces questions ? Je veux rester ici. C'est ici que je...

— Bien sûr que vous allez rester ici, je disais juste ça comme ça. Qu'est-ce que vous lisez, ce soir ?

— Terboven[1].

— Ah ? C'est quoi ?

— Un... un homme.

— Bon, je ne vais pas vous déranger plus longtemps. Vous vous débrouillez tout seul pour vous brosser les dents et pour le reste ?

— Oui.

— Tous les autres sont couchés, il est presque 23 heures. Je peux en tout cas enlever le dessus-de-lit. Et tirer les rideaux.

— Non. Pas les rideaux.

1. Dirigeant du parti nazi, commissaire du IIIᵉ Reich à la tête de la Norvège occupée. *(Toutes les notes sont de la traductrice.)*

Dès qu'elle eut refermé la porte derrière elle, il contempla la couverture du livre avant de lever les yeux de nouveau. Il retira ses lunettes et regarda par la fenêtre. Il faisait sombre et il n'y avait rien à voir, mais demain, il pourrait voir tout le canton de Byneslandet qui, dans les couleurs grises et brunes de l'hiver finissant, ondulait souplement vers l'embouchure du Trondheimsfjord.

Il referma le livre et baissa les paupières. Elle lui en avait posé, des questions, comme si elle voulait fouiller dans sa vie. Comme si ça ne suffisait pas d'être vieux, qu'il fallait être malade, par-dessus le marché.

Non. Margido lui avait plusieurs fois assuré qu'il avait obtenu une place de séjour longue durée ; c'est juste qu'elle était nouvelle, curieuse et jeune – elle ne savait même pas qui était Terboven ! –, alors ça ne signifiait rien.

Lentement, il rouvrit le livre et trouva la bonne page. La lumière de sa lampe de lecture dessina l'ombre de l'encoche laissée par son ongle. Demain, elle n'aurait rien à lui demander, elle savait maintenant tout ce qu'elle avait besoin de savoir. Il pouvait continuer à lire.

— C'est si affreux, Krumme, que je ne trouve pas les mots. *Regarde ça !* T'as vu ces horreurs ? Ça dépasse tout ce qu'on peut imaginer !

Une grosse pile de revues de décoration intérieure se trouvait sur la table de la salle à manger. Erlend les avait achetées en revenant du travail. Il avait pris tout ce qui lui tombait sous la main : ça lui était remboursé en notes de frais, c'étaient des magazines censés l'inspirer et lui ouvrir de nouveaux horizons en matière de design, ou, dans le cas présent, provoquer chez lui exactement l'effet contraire.

— Qu'est-ce qui est si affreux ? demanda Krumme, le dos tourné.

Il se tenait face à la cuisinière et commençait à sortir différentes casseroles, comme d'habitude à ce moment de la journée, en pensant au dîner qu'ils mangeraient en paix, une fois les enfants au lit. Il se retourna et, par devoir, jeta à la revue un coup d'œil si rapide qu'il ne vit rien, évidemment.

— Mais *regarde*-moi ça, Krumme !

— Papa, encore du jus d'orange, dit Nora.

Krumme jeta une nouvelle fois un regard éclair au magazine, non sans une pointe d'agacement.

— Je ne vois que de jolis motifs, Erlend, il ne faut pas te mettre dans des états pareils. Pense à ton cœur.

— Tu vois des *motifs*, d'accord, mais le matériau, Krumme !

— Encore du jus d'orange, papa !

— Moi aussi, dit Ellen.

— C'est du plastique ! Ce sont des tapis en plastique ! s'emporta Erlend. *Des tapis lirettes en plastique !* Ce n'est pas possible que ça redevienne à la mode. Même si les motifs sont jolis, cette seule pensée me glace le sang. C'est un truc à me faire me retourner dans ma future tombe.

— Père ! Papa *n'entend pas* ! Je veux *encore du jus d'orange* ! *Maintenant !* répéta Nora.

— Moi aussi, renchérit Ellen.

Krumme alla chercher le carton dans le réfrigérateur à boissons où le champagne, les bouteilles de Bajer et d'eau pour préparer les cocktails partageaient désormais l'espace avec du jus de fruits, du lait et des smoothies.

— *Je veux pas d'eau dedans !* prévint Nora.

— Bien sûr qu'il faut ajouter de l'eau, dit Krumme en secouant fortement la brique. Sinon ça sera trop sucré, tu le sais bien, mon trésor.

— *J'adore* le sucre, dit Ellen.

— Eh bien, voilà la bombe calorique, soupira Krumme.

Il ouvrit le robinet et laissa couler de l'eau avant de prendre leurs verres.

— Une bombe ? Comme à la télé ? dit Leon en levant à peine le nez de sa revue d'*Anders le Canard*.

Il ne pouvait bien sûr pas encore lire un seul mot, mais il tournait toujours lentement les pages quand il prenait son goûter. Nora et Ellen regardaient *La Reine des neiges* sur l'iPad, avec le son au minimum : elles l'avaient déjà vu des centaines de fois, au désespoir d'Erlend. Toutefois, il avait renoncé à s'y opposer. Le combat était perdu, il réussirait bien à rétablir l'équilibre entre cette version Disney et la vraie histoire, celle d'Andersen.

— Mais non, Leon, c'est juste une expression qu'emploient les adultes, répondit Erlend. À propos, tu te rappelles comment s'appelle *Fedtmule*[1] en norvégien ?

— Oui ! *Langbein* ! s'exclama Leon en riant. Alors qu'il a les jambes si courtes !

— Des tapis en plastique, Krumme. C'est insupportable. Sais-tu ce que je m'imagine quand je pense à des carpettes en plastique ?

— Comment veux-tu que je le sache, ça peut être tout et n'importe quoi...

— À des talons nus, crevassés, dans des chaussures ouvertes. Elle portait ce qu'on appelait à l'époque des chaussures Raff ; elle en achetait une paire par an, et je t'assure, Krumme, qu'elles n'avaient rien de chic. Il y avait au-dessus des orteils une sorte d'embout perforé pour laisser passer la transpiration, couleur cannelle, si je ne me trompe pas. Elle se tenait devant la paillasse ou la cuisinière, exactement comme toi maintenant, et moi j'attendais, assis à table, qu'elle me prépare une tartine, ou bien j'étais en train de la manger, et tout ce que j'avais sous les yeux, c'étaient ces talons avec les crevasses verticales, qui saignaient, parfois. Et sous les chaussures Raff : un tapis lirette en plastique. Rouge, noir et blanc. Plein de taches et de restes de nourriture.

---

1. Les noms de Laurel et Hardy sont différents en danois et en norvégien. Ainsi Hardy est *Gros plein de soupe* en danois et *Longues jambes* en norvégien.

— Je suppose que tu parles de…

— De ma mère repoussante, oui. Puisse-t-elle *ne pas* reposer en paix.

— Ça veut dire quoi, « repoussant » ? demanda Leon.

— Voyons, Erlend. Les petites marmites ont aussi des oreilles, combien de fois faudra-t-il que je te le répète, petit mulot, ils comprennent de plus en plus de choses. C'est seulement un mot norvégien, Leon, je ne sais pas ce que ça veut dire en danois, n'y pense plus, mon trésor.

— Celle-ci a même gagné un *prix de design* ! En Suède, bon, cela se comprend mieux, un prix de design pour des *tapis en plastique* ! C'est à s'arracher les cheveux. Ce serait comme remporter un Bocuse d'or en servant des épluchures de pommes de terre.

Krumme éclata de rire.

— Ah, toi alors ! Il t'en faut sacrément peu pour te faire sortir de tes gonds, Erlend.

— Père a dit *sacrément* ! s'écria Leon.

— Oui, il l'a dit ! renchérit Nora, tandis qu'Ellen hochait la tête.

— Les petites marmites ont aussi des oreilles, Krumme, maintenant tu dois te laver la bouche avec de l'eau et du savon.

— Oui ! Oui ! Père, tu dois te laver la bouche ! C'est papa qui l'a dit !

— Votre papa dit tellement de choses.

— Père ! Tu dois le faire !

— Alors je me laverai avec du lait, rétorqua Krumme.

— OUI ! crièrent les enfants en chœur.

— Bon, d'accord, dit Erlend.

Krumme détestait le lait, qui était pour lui réservé aux enfants, aux veaux et à certaines sauces.

Il sortit une brique du frigo, versa une larmichette de lait dans son verre, puis se le vida dans la bouche, sans avaler. Il se mit à faire des gargarismes bruyants, en fermant les yeux très fort. Les enfants l'observaient en silence, en suivant le moindre de ses gestes. Et Krumme ne les déçut pas.

Après s'être gargarisé, il se précipita – *si tant est qu'un petit homme rondouillard puisse se précipiter*, pensa Erlend – en agitant les bras vers un des éviers pour recracher, hurlant et grimaçant, la bouche sous le jet d'eau.

— BEURK ! BEURK ! répétait-il en se rinçant la bouche.

Les enfants riaient tellement qu'ils faillirent en tomber de leurs chaises.

— Mais *le lait froid, c'est délicieux* ! C'est *délicieux* ! cria Nora.

— Elle a raison ! renchérit Ellen.

— Non, dit Krumme. Sacr... pas.

— Si, intervint Erlend. *Nos adorables petites filles* l'ont compris.

— Mais pas le *garçon*, dit Leon qui n'aimait pas non plus le lait.

Il se forçait à en boire un verre quand ils le lui demandaient, pour qu'il grandisse, ait des jambes fortes et de bonnes dents. Comme le disait toujours Krumme quand Leon protestait :

— Si les petits enfants ont des dents de lait, c'est qu'ils doivent boire du lait. Personne n'a jamais entendu parler de *dents de jus d'orange*.

Erlend avait insisté sur le fait que le lait et le pain constituaient une nourriture saine et appropriée pour les enfants. Aussi mangeaient-ils au goûter du pain fabriqué à partir de blé biologique, avec du fromage ou de la confiture, et ils buvaient du jus d'orange ou du lait. Le soir, ils avaient droit à du porridge d'avoine avec des fruits, y compris quand ils étaient chez leurs mères. C'était simple à préparer et bon pour la santé. Les flocons d'avoine étaient eux aussi bio, bien sûr.

Erlend avait appris à Jytte à faire du pain. Jusqu'à la naissance des enfants, Jytte et Lizzi n'avaient mangé que du pain blanc et des Hattings[1] à moitié cuits, mais de l'avis de Krumme et Erlend, pour les enfants, la nourriture n'était pas seulement de la nourriture, c'étaient des cubes qui servaient à la construction et au développement si complexes d'un corps adulte. De *trois* corps adultes.

— Là-dessus, il ne faut pas lésiner ! répétait Krumme.

Il parlait avec une telle emphase que personne ne doutait une seconde de sa sincérité, et chacun comprenait que Krumme en avait les moyens et la volonté.

Erlend adorait l'entendre parler ainsi, cela le rassurait infiniment. Il avait alors la sensation d'être sur le pont d'un immense navire dont Krumme était le capitaine et lui-même le second, où tous deux arboraient des uniformes seyants à bandes dorées, boutons et rayures, et une casquette blanche avec une ancre brodée au fil d'or au-dessus de la visière brillante.

Mais ils n'étaient pas rigides non plus. Leurs réserves de provisions contenaient aussi du Nutella, et s'ils ne trouvaient pas de fromage ou de viande biologique, ils achetaient une variante tout à fait ordinaire et sans doute nocive pour la santé. C'était un bon équilibre.

---

1. Marque de pain de mie surgelé et précuit qu'il faut finir de cuire au four.

La semaine, les enfants ne prenaient pas leur déjeuner à la maison, étant donné qu'ils allaient dans une crèche privée qui, selon Erlend, « coûtait la peau des fesses ». Ils n'avaient même pas eu droit à un prix de groupe, alors qu'ils y avaient inscrit trois enfants. Mais inutile de discuter : les listes d'attente étaient, comme il se doit, interminables, et ils devaient s'estimer heureux d'avoir obtenu des places. La codirectrice de la crèche avait trouvé leur constellation familiale « follement intéressante et fascinante », et voulait apporter sa pierre à l'édifice pour que les enfants « grandissent harmonieusement ». Krumme fut assez offensé par cette expression, mais il se contint au nom des petits, comme il le déclara par la suite.

La crèche cultivait ses propres légumes dans le jardin à l'arrière des bâtiments, les enfants mangeaient du poisson, de la volaille qui avait couru en liberté, et de la viande rouge une seule fois par semaine. Outre des pédagogues très qualifiés, la crèche avait son propre cuisinier, et les repas proposés dépassaient largement les critères du Danois moyen, tant pour la qualité des produits que pour la variété des menus.

Le week-end, la famille réunie déjeunait ensemble, soit chez Jytte et Lizzi, soit chez eux, à Gråbrødretorv, et de préférence tous les sept, à moins qu'ils aient autre chose de prévu. Les week-ends, c'était l'occasion d'être ensemble pour de bonnes raisons : faire des excursions amusantes ou de bons repas sans se presser, au cours desquels les enfants pouvaient quitter la table pour jouer un peu et revenir se servir s'ils trouvaient la nourriture appétissante.

Si un des enfants aimait ce qu'il goûtait, les deux autres voulaient aussitôt l'imiter. Les mères étaient convaincues que la liberté à table renforçait le principe de plaisir concernant la nourriture. Krumme les rejoignait de bon cœur sur ce point, tandis qu'Erlend y voyait plutôt une totale anarchie gastronomique. Mais il gardait ça pour lui et plongeait le nez dans son assiette : les anarchistes étaient de toute façon majoritaires.

— Et après le jus d'orange, je veux aussi du lait, dit Nora. *Effectivement*, ajouta-t-elle pour souligner sa volonté (elle venait d'apprendre ce mot et le mettait à toutes les sauces).

— Si je dois reconnaître quelque chose de bien en Norvège, je dirais qu'ils ont le meilleur lait du monde, déclara Erlend.

— Sur ce point, je ne peux pas te contredire, dit Krumme, vu que je n'en ai jamais bu une goutte.

— Le meilleur du monde. Je ne te mens pas, reprit Erlend. Et c'est parce que le bétail vit dans des conditions parfaitement saines.

— C'est quoi, le *blétaille* ? demanda Leon.

— Les vaches. Celles qui mangent de l'herbe, ont des cornes et produisent du lait, répondit Erlend.

— Elles ont des cornes ? dit Krumme. Je croyais que c'étaient seulement les bœufs.

Erlend douta un instant, puis demanda :

— Qu'est-ce que tu nous prépares de bon dans tes casseroles ?

— De la soupe aux lentilles avec un jarret de porc fumé, et aussi du fenouil, des oignons et des herbes, mais à part ; je ne veux pas laisser fondre ça dans la soupe.

— Miam. Je m'en régale d'avance. Toujours est-il que le « bétail », Leon, disons plutôt les vaches, se promènent en liberté, respirent de l'air pur et mangent de l'herbe verte. Puis, à l'intérieur de leur ventre, elles fabriquent du lait délicieux à partir de cette herbe.

Mais ici, au Danemark, les vaches restent à l'étable, et on leur donne tout à fait autre chose à manger.

— J'en ai vu, intervint Ellen. Elles étaient dehors.

— Certaines sortent peut-être aussi, mon trésor, répondit Erlend. Mais en Norvège, elles vont dans les hauts pâturages de montagne, où l'air est beaucoup plus pur qu'ici, au Danemark. Beurre des tartines pour les enfants, Krumme, la soupe peut bien rester deux secondes sans surveillance. Qu'est-ce que vous voulez, dessus ?

— Du fromage.

— Du fromage.

— Du Nutella.

— Non, tu as déjà eu une tartine de Nutella, Leon. Trois avec du fromage, Krumme. Et l'herbe est plus verte en hauteur, et...

— Si je comprends bien, en Norvège, il y a des vaches de haute montagne avec des cornes ? dit Krumme.

— T'as fini de me parler de ces cornes !

— Non, on devrait faire un sujet là-dessus dans *BT*, ça paraît très exotique. Veux-tu un espresso, petit mulot ? Il faut que je chasse ce goût de lait dans ma bouche.

— Ça te fera l'effet d'un cappuccino, alors, quand tu y tremperas tes lèvres. En tout cas, c'est le meilleur lait du monde.

— Qu'est-ce que tu vas leur lire, ce soir ? demanda Krumme. Pendant que je finis de préparer le dîner ?

— Nous n'avons pas encore décidé, mon petit Vladimir. Nous verrons ça dans la salle de bains.

— Papa a dit « pisser », dit Leon. Si, il l'a dit.

— Bien sûr que non, tu as mal entendu, mon prince. J'ai dit... « visser », répondit Erlend.

— *You lie to our son*[1] ? dit Krumme.

— C'est pour le protéger. C'est notre travail, en tant que parents responsables. Une responsabilité que je prends très au sérieux. Au fait, tu as pensé à sortir les fromages du réfrigérateur ? Tu te rappelles, j'espère, que j'ai acheté le délicieux pain aux figues pour les accompagner ? Après la soupe aux lentilles ?

— Les fromages sont sur le plan de travail et se mettent à leur aise.

— Tant mieux. Alors il fait de nouveau bon vivre dans ce monde. Avec ou sans invasion russe.

1. « Tu mens à notre fils ? » (En anglais dans le texte.)

— Et toi ? Tu es de quelle famille ?

Margido savait peu de choses sur les oiseaux. La minuscule créature qui le regardait, dans la bruyère, avait une tache rouge sur la gorge et le reste du corps brun. Un bouvreuil ? Non, ils étaient plus grands, et le rouge beaucoup plus vif. Il savait au moins ça, il avait vu des rouges-gorges à maintes reprises, que ce soit sur le perchoir, à Neshov, ou sur des cartes de Noël nostalgiques où ils picoraient des graines dans une neige épaisse, au milieu de vieilles maisons en rondins et de lutins au bonnet rouge qui pointaient leurs têtes au coin des bicoques.

Au fond, c'était assez étrange qu'il eût d'aussi piètres connaissances sur les oiseaux en ayant grandi à un jet de pierre de Gaulosen, la Mecque des ornithologues. Une foule d'oiseaux de différentes espèces utilisaient la région autour de l'embouchure de la Gaula comme station intermédiaire lors de leur migration vers le nord ou vers le sud. Mais il n'avait ni skis ni canne à pêche, ne se promenait jamais en forêt, n'escaladait pas de sommets ; il n'aspirait à rien de tout cela, cela ne l'attirait pas.

Margido s'intéressait peu à la nature en général. Il préférait l'asphalte, les escaliers et les sols plats, les systèmes créés par l'homme et les véhicules moto-risés, un environnement prévisible où il avait une place désignée. Sa relation aux oiseaux s'était jusqu'ici bornée à l'hirondelle que beaucoup souhaitaient voir orner les faire-part de décès. Et aux oiseaux dont parlait la Bible. Mais on ne pouvait pas comparer, c'étaient des symboles de paraboles.

— Regardez les oiseaux du ciel, dit-il tout haut sans s'adresser à personne, ils ne sèment pas, ils ne récoltent pas, ils n'accumulent pas, et votre Père qui est aux cieux les nourrit malgré tout…

Il pouvait rester sur son modeste balcon à observer les étoiles, ou parfois une aurore boréale, et cela le mettait dans un état quasi mystique.

La nature au ras du sol, il la trouvait peu parlante. Certes, c'était l'œuvre même du Créateur, il était le premier à s'incliner devant cela, mais sur le plan personnel, il la considérait comme une création à l'intérêt purement théologique et abstrait.

Pourtant, il était assis maintenant en pleine nature, sur une souche, dans un bois, son casse-croûte posé sur ses genoux serrés, par une matinée tout à fait ordinaire du début du mois de mars.

— Maintenant, tu vas voir. Sers-toi. Je ne suis pas ton divin Créateur, mais je peux te nourrir un peu, il appréciera certainement mon geste.

Margido retira le papier de la première tranche de pain, arracha un grand bout de croûte et le jeta à l'oiseau qui s'était mis à sautiller partout dans la bruyère sèche. Le petit piaf solitaire donna de rapides coups de bec dans le bout de pain comme s'il craignait une concurrence féroce, puis il s'envola entre les troncs et disparut. Margido le suivit des yeux ; ses battements d'ailes étaient d'une telle vivacité qu'ils ne formaient qu'un halo flou sur sa rétine.

Il perçut alors le chant des oiseaux, intense, dans les cimes des arbres. Combien étaient-ils, là-haut ? Il n'en prenait conscience que maintenant. Les trilles s'enchaînaient, sans interruption.

Dire que certains trouvaient ces créatures si passionnantes qu'ils pouvaient traverser tout le pays pour apercevoir quelques instants un rare spécimen ! Il repensa soudain à Yngve Kotum, le fils de la ferme voisine de Neshov, qui avait observé les oiseaux aux jumelles avant de se suicider – quand, déjà ? Juste avant la mort de la mère, si sa mémoire était bonne ; c'était d'habitude le cas quand il s'agissait d'une personne qu'il avait enterrée lui-même. Oui, peu avant Noël, quatre ans plus tôt. Il leva les yeux vers les hautes frondaisons. Selon *Adresseavisen*, ils bâtissaient leurs nids et s'accouplaient, fort occupés en « ce printemps le plus précoce de tous les temps », comme le clamaient les gros titres du journal ; « la nidification a déjà commencé ».

Après un hiver très sec, la chaleur printanière s'était installée peu après Noël. Margido n'avait pas le courage de penser à ces histoires de changement climatique. S'il y avait un changement, que pouvait-il y faire ? Qu'il mette un morceau de plastique dans ce container-ci ou dans l'autre n'aurait pas grande incidence, mais il triait quand même ses déchets avec le plus grand soin. Malgré cela, la sécheresse était réelle, la forêt de pins à moitié morte, la bruyère toute fanée, les paysans étaient désespérés, lisait-on dans les journaux. Avec la rivière à sec et les réserves d'eau au plus bas, les gens avaient reçu la consigne d'éviter toute consommation d'eau inutile, entre autres pour laver leur voiture, mais heureusement, cette mesure ne le concernait pas. Un corbillard devait être à tout moment d'une propreté irréprochable, chacun en convenait, surtout Stein-Ove à la station de lavage auto.

— Il faut que ton véhicule soit *the shiniest in the city*[1] ! disait Stein-Ove, convaincu qu'utiliser des mots et des expressions anglaises faisait « bien ». Encore plus *flashy* qu'en Californie, *the Sunshine State*, où ils pulvérisent de la peinture verte sur leurs pelouses... tu te rends compte, Margido ! Ils mettent *a green spray tan*[2] sur la pelouse après s'être eux-mêmes vaporisés d'autobronzant. Faut pas croire qu'ils s'exposeraient au soleil, alors qu'ils ont trois cent soixante-quatre jours de beau temps par an ! Oh non. Ça leur donnerait des *wrinkles*, tu sais. *Wrinkles and skin cancer*[3]. Mais en Californie aussi, les corbillards ont une dispense, y a qu'à utiliser toute l'eau qu'on veut. En plus, tu mets tellement de *polish* sur ta Chevrolet Caprice qu'il suffit de passer le jet pour enlever toute la poussière en moins de deux. Ton *polish*, il fait économiser de l'eau.

— Je crois que c'est la Floride qu'on appelle *Sunshine State*...

— C'est possible. *Whatever*[4]. En tout cas, eux aussi se dessèchent grave en Kêlifoornia, *mark my words*[5].

Cette souche d'arbre n'était pas assez confortable pour qu'on y reste assis trop longtemps. Il y en avait

1. « Le plus rutilant de la ville. » (En anglais dans le texte, comme ce qui suit.)
2. « Un bronzage vert. »
3. « Des rides et un cancer de la peau. »
4. « Peu importe. »
5. « Retiens bien ça. »

partout, c'était visiblement une ancienne zone de coupe claire, où les vieilles branches s'étaient tassées depuis longtemps. Margido jeta un coup d'œil à son en-cas, qui avait quelque chose de très rassurant : il se préparait toujours les mêmes tartines, seul changeait l'ordre dans lequel il les empilait, qui dépendait de ce qu'il avait mis sur le pain.

Aujourd'hui, c'était la tartine au fromage Jarlsberg, avec un S dessiné au caviar[1] en tube sur le dessus. Il manquait à présent le bout qu'il avait arraché pour nourrir les oiseaux. Une fine rondelle de saucisson dépassait un peu de la tartine du dessous. Le fromage de chèvre de la dernière tranche n'était pas visible, mais il savait qu'il était là, et cela lui suffisait bien. Il aimait beaucoup le fromage de chèvre, avec son goût assez prononcé. La tartine de fromage à pâte dure et jaune se trouvait en haut de la pile quand il y ajoutait un peu de caviar en tube, pour éviter d'écraser la crème et d'en mettre partout. En revanche, quand il mettait quelques rondelles de concombre sur le salami et peut-être une pointe de mayonnaise, c'était à cette tartine que revenait l'honneur de se trouver sur le dessus. Margido veillait toujours à ce qu'une seule tartine fût plus festive que les autres.

Il préparait toujours son casse-croûte en mode « pilotage automatique », du choix des ingrédients à la petite touche supplémentaire. *Chaque geste est automatisé*, pensa-t-il. En soi, c'était une bonne chose. Cela lui évitait d'avoir à prendre des décisions avant même de quitter son appartement et de commencer sa journée de travail.

1. Crème en tube, à base d'œufs de cabillaud, très appréciée comme garniture salée sur le pain.

La routine du matin avait cette fonction-là : lui offrir un cadre rassurant. Chaque chemise avait une cravate assortie, et toutes les chemises et cravates allaient avec n'importe lequel de ses complets. Pas besoin de réfléchir, il se contentait d'alterner pour qu'ils aient tous le même degré d'usure. Il préparait sa tenue la veille au soir, même les week-ends, au cas où il aurait à faire des visites à domicile.

Il porta la tartine de fromage Jarlsberg à sa bouche ; le goût salé de la crème de caviar flatta délicieusement l'arrière de son palais.

Pas de café. Quand avait-il mangé pour la dernière fois son casse-croûte sans boire de café ? Il avait quitté la route principale, pris son paquet de tartines, était sorti de la voiture, l'avait verrouillée et s'était enfoncé sur un sentier forestier qui, par hasard, s'offrait à lui au milieu d'un massif de bouleaux ; il avait marché jusqu'à ne plus voir la voiture et s'était assis sur cette souche d'arbre.

Il avait lu quelque part que seuls les Norvégiens avaient cette tradition du casse-croûte sous forme de tartines enveloppées dans du papier sulfurisé. Ni les Danois ni les Suédois ne partageaient cette coutume, due, semble-t-il, à la grande pauvreté que connaissait jadis la Norvège. Du pain avec un petit quelque chose dessus. On était loin de la nourriture du Moyen Âge, avec tous ses légumes exotiques. Pour les Norvégiens, seuls comptaient les légumes racines, pommes de terre, carottes, choux-raves, tout ce qui pouvait pousser à l'abri dans la terre pendant que le mauvais temps sévissait à la surface. Les légumes étaient réservés au repas chaud de la journée, après le travail. Tout ce qui précédait ce repas était à base de pain.

Il mâcha, puis s'attaqua à la tartine de salami. Il froissa le carré de papier intermédiaire et le posa dans celui qui avait servi à l'emballage, à côté de la tartine de fromage de chèvre. *Du fromage de chèvre sans café, non, ça ne va pas*, pensa-t-il, *autant la garder pour plus tard.*

Il ferma les yeux, la nuque baissée, et réduisit lentement en bouillie ce qu'il avait dans la bouche. Sa salive insuffisante rendait cette opération pénible. Il rouvrit les yeux en avalant la dernière bouchée. Le bout de ses chaussures était devenu gris après la courte promenade jusqu'ici, il aurait dû enfiler des protège-chaussures en caoutchouc, qu'il avait d'ailleurs laissés dans la voiture, pour les protéger de la poussière et des éraflures. Un minuscule pas-d'âne pointait tout à côté de sa chaussure droite, un modeste tussilage qui avait réuni assez d'énergie pour se tourner vers la lumière, une nouvelle vie qui puisait ses forces dans les ruines de ses congénères de l'année passée, mortes depuis longtemps. Un petit symbole jaune vif de la Création, de la vie au milieu de la mort.

La mort.

Si marginale et en même temps omniprésente. Partout autour de lui, autour de cette seule souche dans cette immense forêt, la mort marchait main dans la main avec la vie, elle pesait sur les épaules de cette dernière et pouvait à tout moment la forcer à s'agenouiller. Ici, il y avait du sens, de l'équilibre, de l'harmonie.

Le compte était bon.

Ce qui n'était pas le cas dans sa propre vie, où on aurait pu chercher longtemps l'équilibre et l'harmonie. Il en avait assez, il était si épuisé qu'il en venait parfois à souhaiter être atteint d'une maladie mortelle, sans trop de souffrance, une maladie qui ôterait toute responsabilité de ses épaules et lui offrirait une mort digne et rapide, entouré de professionnels de santé aux petits soins pour lui. S'abandonner, se détendre, pouvoir enfin rencontrer son Créateur, fort d'une foi inébranlable.

Sa vie s'était tant rétrécie, son corps était la proie d'un chagrin qu'il s'expliquait mal.

Tiens, l'oiseau était revenu, ce devait être le même, en tout cas il lui ressemblait comme deux gouttes d'eau.

— Maintenant, au tour de celle au fromage de chèvre.

Il finit par effriter toute la tartine pour en répandre les miettes devant lui, sur la bruyère. Puis il lécha le beurre et les restes de fromage sur le bout de ses doigts et froissa le papier sulfurisé.

Qu'est-ce qui lui avait pris de venir ici sur un coup de tête, bon Dieu ? Pourtant, quel bonheur c'eût été de s'allonger ici parmi les souches et de mourir doucement, en beauté, comme la vieille femme de la chanson d'Eggum qui était décédée en allant chercher de l'eau, et « autour de sa jupe poussait le muguet[1] », la terre lui avait ouvert tout naturellement ses bras, elle était retournée à la terre qui l'avait accueillie avec tendresse. C'était si beau. Il ferma les yeux, submergé par le besoin irrépressible de pleurer – sans y parvenir, bien sûr ; il ne le savait que trop.

Car à quoi bon tout ça ? Même la liturgie ne lui donnait plus guère de joie. Pour quelle raison avait-il

---

1. Vers tiré de *De skulle begrave en konge stor* (« C'était l'enterrement d'un grand roi ») du chansonnier Jan Eggum, né à Bergen en 1951, dont les thèmes de prédilection sont les peines de cœur, la mélancolie et la solitude.

arrêté sa voiture et était-il entré dans cette forêt ? Il essaya de s'en souvenir. L'autoradio était allumé ; est-ce qu'une chanson l'avait fait basculer dans ce déséquilibre ? Ah, ça lui revenait. Quelqu'un avait parlé des « réseaux sociaux », et il avait eu un haut-le-cœur.

Tous ces mots, cette nouvelle réalité virtuelle, vide, qui avait fini par bouleverser son quotidien et son entreprise. Si la branche des pompes funèbres se transformait à vitesse grand V, lui avait la sensation d'être resté à quai.

Pourquoi donnait-on à cette nouvelle réalité qui *n'en était pas une*, qui était une pure abstraction, cette étrange dénomination ? Un réseau était au sens concret un ensemble de lignes entrelacées. Il comprenait qu'on parle de réseau électrique, de réseau routier ou de réseau sanguin. Il imaginait parfaitement les câbles, les routes ou les vaisseaux sanguins, c'était du tangible qu'on pouvait mesurer, réparer.

Mais des réseaux *sociaux* ?

Il n'était plus dans le coup. Autant accepter le fait. Les fournisseurs de monuments funéraires s'étaient mis à lui envoyer les factures par *e-mail*. À croire qu'on ne connaissait plus la poste : même si le facteur venait de passer, il fallait vérifier ses *mails* une fois par heure pour relever le courrier et les factures.

Mme Marstad et Mme Gabrielsen savaient ce qu'il en pensait, alors elles imprimaient les factures et les lui présentaient joliment pliées sur son bureau afin qu'elles ressemblent à des vraies, mais il n'était pas dupe. Plus rien n'était comme avant, tout pouvait arriver.

Cela concernait aussi les décès. Les pages de commémoration sur Facebook, des listes de noms sur un écran. *Allume une bougie sur FB*. Il y avait même une application pour téléphone portable servant à prévenir des décès.

Une *appli*.

Dans sa branche, on prévoyait que les faire-part de décès dans les journaux disparaîtraient complètement dans quelques années. Cela coûtait trop cher. *Internet* était gratuit. Tous ces canaux impersonnels, tous ces sentiments adressés à un écran et non à un visage. Combien de fois des proches avaient-ils appris la mort d'un des leurs par *le Net* au lieu de recevoir la visite d'un prêtre en chair et en os, peut-être accompagné d'un policier et, dans le pire des cas, d'un médecin s'il s'agissait d'un accident. De la chaleur, des mains vivantes, une vraie épaule pour pleurer, des mots réconfortants glissés dans l'oreille. *Ça va aller, vous verrez...*

Maintenant, les gens apprenaient la nouvelle sur un *écran*.

La mort lui avait été retirée. Arrachée des mains. La profession qu'il exerçait depuis des décennies avait changé, il se sentait dépassé, et toutes ses forces n'étaient pas de trop pour essayer de garder le contrôle.

Autrefois s'était changé en *il y a quelques années*. Certes, les présentateurs du journal télévisé n'annonçaient toujours pas les noms des décédés avant que les familles n'aient été prévenues, mais pour combien de temps encore ? Où était passée la dignité ? La crainte face à la mort ? Le respect ? Il était surtout frappé de constater que la mort, finalement, désertait la vie des gens. De moins en moins de gens voyaient un défunt au cours de leur vie. Comment pouvaient-ils apprécier la vie à sa juste valeur s'ils ne connaissaient pas la mort ?

Lui, il connaissait la mort. Très bien, même. Et voilà qu'il méditait sur la mort en pleine journée sans vraiment profiter à fond de la vie. Margido ferma les yeux et inspira profondément par le nez ; il s'exhalait de cette nature une odeur forte et authentique qui ne lui était pas familière, il était un étranger, ici, une créature un peu empâtée aux chaussures sales, avec du papier sulfurisé froissé entre les mains.

Si seulement les choses s'étaient déroulées autrement quand Torunn était venue. Cette fois-là, peut-être qu'elle ne se serait pas volatilisée dans la nature en laissant tout en plan. Elle lui manquait tant.

C'était la faute d'Erlend.

Torunn.

Il avait eu le temps de s'attacher à elle, mais aussi de concevoir du respect à son égard.

Pourtant, l'avait-elle compris ? Pas sûr. De toute façon, c'était trop tard, maintenant. Elle n'avait même pas réclamé sa part, alors qu'elle savait que Neshov serait mis en vente dès son départ. Et visiblement, elle se moquait bien que la ferme, invendable, reste là, vide et abandonnée, au milieu des terres louées en fermage.

Officiellement, elle restait la propriété des héritiers. Torunn était à ce titre obligée de payer des impôts sur la fortune calculés selon son taux d'imposition ; il y avait là quelque chose de presque risible. Ces vieux bâtiments laissés entièrement à l'abandon, avec tout leur contenu bon à mettre au rebut.

Fortune. Ridicule.

Lui-même n'avait pas pris l'initiative de l'appeler, espérant toujours voir surgir un acquéreur. Il avait appris par l'intermédiaire de sa mère que Torunn voulait rentrer chez elle pour vendre à la fois son appartement et sa part du cabinet vétérinaire, sans qu'il comprît la logique de cette démarche. Il avait cru qu'elle rentrait pour tirer un trait définitif sur son passé, mais apparemment, elle se plaisait dans son ancienne vie, puisqu'elle ne faisait rien pour accélérer la vente de la ferme. À quoi bon repenser à tout cela ? Là non plus, cela ne servait à rien.

Tant pis, les bâtiments finiraient par tomber en ruine, à l'intérieur comme à l'extérieur.

Il se leva. Le corps raide, la colonne vertébrale et les jambes parcourues d'un frisson, il regagna le sentier d'un pas mal assuré.

Sur le siège passager, son portable était allumé.

Quatre appels en absence, tous du bureau. Lui qui était toujours joignable. Jour et nuit. Il faudrait qu'il prétende ne plus avoir eu de batterie en priant pour qu'on le croie, alors que tous savaient pertinemment qu'il avait des chargeurs partout, même dans la prise allume-cigare douze volts de la voiture.

Sa batterie n'était jamais déchargée.

Avant de sonner chez Margrete, sur le palier, elle observa la porte de l'appartement d'en face.

Cette porte désormais étrangère, dont elle avait franchi le seuil dans un sens ou dans l'autre comme la chose la plus naturelle du monde pendant plusieurs années. Elle était sortie pour faire les courses, aller chez le dentiste, rendre visite à sa mère et autrefois aussi à son beau-père, aller au travail et affronter les exigences du monde extérieur. Et elle était rentrée fatiguée, en forme, gaie, déprimée, mais toujours soulagée de revenir dans son petit appartement, de retrouver ses affaires et son bazar, tout ce qu'elle laissait traîner un peu partout.

Les objets et les meubles étaient à présent dans un garde-meuble, à Sandvika. Elle se demandait ce que certaines choses faisaient là. La seule image qui lui venait à l'esprit quand elle pensait, rarement, à ce garde-meuble, c'était son canapé usé, avec le vieux plaid, son endroit préféré après une longue journée, une sorte de caverne où elle pouvait se réfugier et disparaître, somnoler ou regarder une série télévisée sur son iPad. Seul ce canapé lui manquait, il avait été au centre de sa vie.

Mais il n'était plus derrière cette porte où vivaient maintenant d'autres personnes.

On voyait encore les trous de vis laissés par la plaque en laiton que son beau-père lui avait offerte lorsqu'elle avait acheté son premier appartement. *Torunn Breiseth*, y lisait-on en lettres cursives noires dans le métal doré. Il avait enveloppé la plaque dans du papier de soie, avec une petite carte annonçant qu'il lui avait transféré 20 000 couronnes sur son compte. *Pour t'aider un peu à t'installer, gros baisers de Gunnar.*

Elle avait été si heureuse, pour la plaque comme pour l'argent. Où se procurait-on une plaque de porte ? Avant cela, elle avait pensé coller avec du ruban adhésif double face un bout de papier avec son nom écrit au stylo-bille, sous la sonnette, à droite du mur irrégulier.

Que lui avait dit son père un jour ? *Breiseth ? C'est comme ça que tu t'appelles ?* Comme si elle aurait pu porter un autre nom que celui de sa mère après que celle-ci eut été rejetée, épouse indésirable du fils héritier de Neshov, sous prétexte qu'elle avait gaspillé du pâté de foie lors de son unique visite à la ferme. Cette ferme et cet homme à qui sa mère avait fait confiance seraient sa seule ligne d'horizon. *Tu t'appelles*... Breiseth faisait l'effet d'un surnom à son père, il ne désignait pas vraiment *qui elle était*. Elle se souvint d'avoir trouvé sa manière de penser ridicule.

La porte avait un tout autre aspect qu'au temps où elle donnait accès à sa vie privée. On l'aurait dit décorée pour le carnaval.

Les noms des habitants n'étaient ni peints sur porcelaine ni gravés dans le laiton, voire pyrogravés dans le bois en lettres marron foncé : il y avait un grand carton avec cinq noms, écrits en arabe et en lettres romaines, fixé sur la porte d'entrée par du scotch bleu de masquage, aux quatre coins. Cinq personnes dans un petit deux pièces. Une des plus jeunes avait réalisé ce chef-d'œuvre, elle penchait pour *Fatima*, le dernier nom sur la liste, en dessous de *Muhammed*. Les caractères arabes, sans doute écrits par un adulte, présentaient un joli tracé régulier, mais le reste n'était qu'un fouillis de lettres rose fluo, de turquoise et de fleurs bordées de paillettes collées tout autour, qui contrastaient avec le scotch bleu peu raffiné.

— Mon Dieu, tu me fais trop rire, est-ce que tu t'es regardée, Torunn ? On dirait un sapin de Noël !

— Je suis venue à pied. Vive les bandes réfléchissantes ! Je crois que j'en ai une dizaine sur moi, en plus de celles intégrées à mes vêtements. L'autre solution était de me faire tuer sur la route comme un animal.

— À pied ? Depuis Maridalen ? Ça a dû te prendre des heures.

— Deux heures et demie. Il y avait encore plein de neige, mais j'ai marché assez vite car j'avais mis mes crampons. Là, je les ai enlevés. Je n'ai pas l'intention de perforer ton parquet. J'aurais pu venir en voiture, mais j'ai l'intention de passer la nuit chez toi, et c'est trop compliqué ici avec les places de parking pour visiteurs. J'ai du vin blanc dans mon sac, alors je ne fais pas le chemin de retour ce soir.

— Et moi j'ai du vin rouge.

Les dernières années, elle avait presque plus souvent rendu visite à Margrete que du temps où elle habitait dans l'appartement d'en face. Elle travaillait alors à plein temps à la clinique vétérinaire et donnait en plus des cours de dressage pour les nouveaux propriétaires de chien.

Les journées étaient longues, et les visites sporadiques chez Margrete se limitaient souvent à avaler vite fait une tasse de café ou un verre de vin en échangeant les dernières nouvelles sur leurs quotidiens respectifs.

Maintenant, elle passait ici des soirées entières. Parfois, elle restait coucher, même si ce n'était pas si confortable ; le canapé de Margrete avait des bosses qui lui rentraient dans le dos, et Christer comptait sur elle pour s'occuper de la meute le matin.

— Il ne t'en veut pas ? Si tu restes dormir ?

— À ton avis ? Il est bien obligé de s'occuper tout seul des chiens. Aujourd'hui, je ne l'ai même pas prévenu que je partais. Qu'est-ce que tu prépares ? Ça sent les tomates et les épices. J'ai une de ces faims, si tu savais !

— Pour l'instant, c'est seulement la garniture pour la pizza, la pâte est en train de lever, avec de la levure fraîche et de la vraie farine à pizza.

— De la *vraie* farine à pizza ? Ça existe, de la fausse ?

— Laisse tomber. Je t'apprendrai plus tard à faire la cuisine. Pour l'instant, on s'en tient aux travaux manuels. Débarrasse-toi. Je vais te donner un verre de vin.

Dans le petit appartement, la réplique inversée de son ancien logement, régnait comme d'habitude un apparent chaos. Le salon faisait office de bureau, la table ne servait de table à manger qu'à une extrémité, et encore ! La machine à coudre se dressait telle une petite locomotive entre des montagnes de tissus et d'ouvrages à toutes les phases de réalisation.

Sur le sol et sous la planche à repasser toujours sortie s'entassaient des cartons d'étoffes.

Dans la cuisine, une petite table en Formica était recouverte de papiers, de ciseaux et de pages Web imprimées ; le plan de travail accueillait une haute pile de coffrets percés de petits trous d'où sortaient des biais de toutes les couleurs imaginables. À côté, un nécessaire à couture en plastique avec des bobines de fil, et des boîtes avec différents bidules en métal pour accrocher les rideaux. Seule la cuisinière, avec une casserole de sauce qui mijotait et une grande planche avec des oignons hachés et des olives noires tranchées qui attendaient sur du papier absorbant, rappelait les activités normales de la pièce.

— Ta sauce sent super bon. Mais où est la pâte avec la vraie farine ?

— Le bol est dans la chambre à coucher. Il n'y avait plus de place ici.

— J'ai comme l'impression que c'est encore plus encombré que d'habitude. Tu croules sous les commandes ou quoi ?

— Oui, crouler est le terme exact. Je crois que je vais bientôt pouvoir donner ma démission. Santé ! Ça fait plaisir de te revoir.

Margrete travaillait comme infirmière à Ahus et détestait ça. En guise de loisirs, elle avait lancé un site Internet de commandes de couture. Elle avait conclu des marchés avec les fournisseurs et obtenait les étoffes au prix d'achat. Elle cousait surtout des rideaux.

— Je commence aussi à avoir des entreprises, maintenant, les plus petites. Je n'ai ni la capacité ni la place pour les plus grandes, je dois déjà utiliser la chambre à coucher. Rien que cette semaine, j'ai rendu visite à trois clients ici, à Oslo. Ils sont soulagés quand je leur annonce que je peux m'occuper de tout, et c'est beaucoup plus simple pour moi, ça m'évite de leur envoyer des échantillons par la poste et d'avoir ensuite tous ces échanges au téléphone.

— Mais pourquoi dois-tu leur parler autant au téléphone ?

— Parce que les échantillons que j'envoie sont minuscules ! Quand je me rends sur place, je peux emporter des pans entiers, et ils voient aussitôt ce qui est le plus joli.

— Et si tu louais un local ? Un endroit où tu pourrais stocker et travailler ? Tu pourrais aussi embaucher quelqu'un. Tu créerais ta boîte, ça serait chouette ! Mais ça me donne faim, tout ça. Tu n'aurais pas quelque chose pour me faire patienter ? Des cacahuètes ? Des chips ?

— J'ai des Curly.

— Encore mieux. Je t'aime.

Margrete dégagea un peu de place sur la table en Formica pour les verres de vin et le bol de biscuits apéritifs.

— Ton cendrier est sur le balcon.

— Super. Je vais m'en griller une.

Le cendrier était un ancien pot de confiture avec de l'eau dans le fond, et la vue, la même que celle de son appartement. Dehors, une cigarette à la main, elle avait l'impression de vivre à nouveau ici. Elle ne pouvait pas s'accouder à la balustrade à cause de la neige, malgré l'avancée du toit. Elle avait les pieds gelés, puisqu'elle était en chaussettes, mais cela en valait la peine : fumer était agréable après sa longue promenade.

Pendant ce temps, Margrete avait rempli leurs verres.

— Tu n'as pas peur de marcher comme ça le long de la route ? Est-ce qu'il ne fait pas tout noir, là-haut, à Maridalen ?

— Si, on n'y voit goutte, c'est normal à cette époque de l'année. C'est comme avancer dans un tunnel noir. Et la neige n'éclaire même pas... mais c'est comme ça, les nuits sans lune.

— Et tu n'as pas peur ? Quelqu'un pourrait te forcer à monter dans une voiture...

— Non, c'est eux qui auraient des problèmes ! Je suis capable de me défendre, tu sais. Mais j'ai vu un renard avec ma lampe frontale, avant que la route ne soit éclairée. Il a eu plus peur que moi et a sauté par-dessus la congère ; si tu avais vu le bond qu'il a fait ! L'obscurité n'est pas dangereuse, ce qui t'entoure n'est pas différent que quand il y a de la lumière.

— Tu te la joues un peu, non ? TOUT peut arriver dans le noir, Torunn.

— Pas sans prévenir. Les voitures ont des phares qui se voient de loin. Et aucun animal n'est dangereux. Du moins en Norvège. Dis, tu envisages sérieusement de démissionner ?

— Oui, j'en ai ma claque. J'ai toujours la sensation de ne pas avoir accompli la moitié de ce que je devrais faire, que c'est toujours la pagaille, et le pire, c'est les infirmières et infirmiers qui ne parlent pas norvégien. Je suis parfois à deux doigts de péter un plomb. On perd un temps fou à cause de malentendus ridicules et de tout ce que je dois leur préciser sans arrêt. Changeons plutôt de sujet. On va se détendre et passer un bon moment ensemble. Je vais te chercher ta couverture ?

Elle avait la sensation d'exercer une activité secrète, voire illégale. Jamais auparavant elle n'avait fait quelque chose d'aussi incongru, pas même lorsqu'elle avait joué les femmes de chambre à Neshov, d'abord pour son père et son grand-père, puis juste pour son grand-père. Il s'agissait somme toute de s'occuper d'eux physiquement, et de la logistique, des domaines qu'elle maîtrisait. Mais ceci n'avait rien à voir.

Margrete lui avait appris à faire du crochet.

Le plus surprenant était qu'elle adorait ça. Un calme profond s'emparait d'elle tandis que, penchée sur son ouvrage, son crochet à la main, elle voyait la couverture s'allonger de plus en plus. Un jour, elle serait assez grande pour la recouvrir entièrement.

— T'as bien avancé, Torunn, ça fera bientôt un mètre.

— Je n'y arrive pas avec les bordures, elles rentrent et elles sortent.

— Je mettrai un large biais gansé après, ça fera très chic. Tu utilises trois gris différents, je crois que le plus foncé sera le plus joli sur le bord.

Elle exécutait un modèle nommé Missoni, un motif en dents de scie où elle prenait cinq brides basses du zigzag et augmentait du même nombre en haut. Une rangée sur deux, elle changeait de couleur. Les pelotes de laine, dans un carton, étaient elles aussi acquises au prix d'achat, depuis que Margrete crochetait des coussins de canapé avec le même motif pour plusieurs boutiques de décoration. Elle tricotait le devant d'un coussin en une soirée et cousait au dos le tissu avec la fermeture Éclair en un temps record. Pour un tel coussin, elle gagnait

250 couronnes[1], la boutique le revendait 400, et tout le monde était content.

— Ah, je me demande quelle tête ferait Christer s'il me voyait.

— Tu dis ça à chaque fois. Laisse-le tomber, ce type.

— C'est ce que je fais. Il en baise une autre, maintenant, j'en ai la quasi-certitude.

— Encore ? Je ne comprends pas que tu...

— J'économise de l'argent, je loge gratuitement. C'est aussi lui qui paie la nourriture, puisque je m'occupe de tellement de choses pour lui ; il a du fric à ne savoir qu'en faire et n'y accorde aucune importance. Il m'a affirmé l'autre jour qu'il avait gagné un demi-million en une nuit, grâce à ses actions. Pendant ce temps-là, l'argent que j'ai récupéré pour l'appartement et ma part de la clinique peut faire des petits à la banque.

— Quand je pense que tu as vendu ta part de cette bonne clinique.

— Je n'ai pas envie d'en reparler. Ça te plairait qu'on reparle d'Ahus ?

— Mais tu t'y *plaisais* ! Pas comme moi.

— La raison était tout autre. Tu ne crois pas que la pâte a fini de lever ?

— Mon Dieu ! J'avais complètement oublié. Ça fait une éternité que le four est préchauffé et qu'il s'éteint et se rallume...

Margrete enfila des gants jetables, étala la pâte et y versa la sauce tomate, ajouta du fromage, parsema le tout d'oignons, d'olives et de petits morceaux d'une saucisse rouge.

1. Soit environ 27 euros.

— C'est du salami ?

— Non, du chorizo. C'est bien meilleur, ça a plus de goût. Et il y a du piment.

— Maintenant, parle-moi de cette farine.

— Ha ha ! Comme si tu allais un jour préparer une pâte à pizza alors qu'on en trouve de toutes faites dans le commerce.

— Personne n'aurait cru non plus que j'apprendrais à faire du crochet. Y compris *toi*.

— Pas faux. Elle est moulue plus finement qu'une farine normale, et la qualité du blé est supérieure. C'est marqué, tipo 00. Il faut ajouter très peu de levure, et laisser la pâte gonfler beaucoup plus longtemps.

— Je peux la conseiller à Christer, il est bon en cuisine, tu sais. Tipo 00. Je vais m'en souvenir et glisser ça un jour dans une phrase en passant. Ça l'impressionnera.

— Tu trouves qu'il a besoin d'être impressionné ? Il est avec qui, maintenant ? Ou disons, avec qui tu *crois* qu'il est ?

— Il vaut mieux que tu sois assise quand je vais te dire son nom.

Margrete s'assit aussitôt et but une grande gorgée de vin.

— Iris. Elle s'appelle Iris. Et elle a vingt ans. Elle est à croquer, comme un bonbon.

— Je vois. Exactement la moitié de ton âge.

— Et de celui de Christer. Mais ce nom, Margrete ! Qui, en Norvège, baptise sa fille Iris ?

— Qu'est-ce qu'elle fait chez vous, au juste ?

— Elle a trois chiens en pension, le temps de construire sa propre ferme de chiens de traîneau. En échange, elle participe à l'entraînement des chiens de Christer, elle enduit leurs pattes de graisse et répare les harnais, ce genre de choses. Il va bientôt s'élancer pour la Finnmarksløpet. Mais *Iris*, Margrete... C'est pas possible.

— Tu es plus choquée par son prénom que par le fait qu'il couche avec elle ?

— Eh bien oui, car ça n'a rien à voir avec *moi*.

— Ah bon ?

— Nous utilisons des préservatifs. J'ai menti en disant que je ne supportais ni la pilule ni le stérilet, et il m'a crue.

— Des préservatifs ? Vous utilisez des *préservatifs* ? Enfin, Torunn, ne me dis pas que vous continuez à...

— Si.

— Alors que tu sais qu'il...

— Eh oui.

— Parce que...

— Parce que j'en ai besoin. C'est un bon amant. Et comme ça, il ne se doute pas que je suis au courant de son petit jeu. Il s'imagine que je gobe tout ce qu'il me dit et que je suis une parfaite idiote.

— Tu veux vraiment qu'il croie ça ?

— S'il ne le croyait pas, ça serait un bordel pas possible, et je devrais déménager pour conserver mon estime de moi-même. Mais tant qu'on couche ensemble de temps en temps et qu'il a l'illusion de dissimuler parfaitement ses escapades, tout continue comme avant.

— Et pendant ce temps-là, ton argent fructifie.

— Entre autres.

— Mais quels sont tes plans ? À long terme, je veux dire ?

Quand sa mère lui posait la même question, en ajoutant parfois *Tu as quarante ans, Torunn !*, elle se fermait comme une huître, prenait ses affaires et foutait le camp. Elle remonta sur ses genoux la couverture de presque un mètre et regarda fixement son crochet, avec la laine, au bout, qu'elle piquait dans les mailles.

— Tipo 00, drôle de nom…

Elles mangèrent la pizza sur le bout de la table et retournèrent à la cuisine pour le café, leurs ouvrages en crochet et encore du vin. Torunn répondit à un SMS de Christer, qui s'était aperçu de son absence. Elle lui écrivit qu'elle ne rentrerait pas cette nuit, ce à quoi il ne répondit pas.

— Tu dis que Christer a plein de fric, mais toi aussi, Torunn.

— On ne joue pas dans la même catégorie.

— T'as quand même quelques millions.

— C'est vrai. Un peu plus de 4[1], je crois. Il me restait encore la fin de mon prêt pour l'appartement à rembourser, même s'il avait pris de la valeur quand je l'ai vendu. Je ne sais plus très bien la somme exacte. J'aurais pu toucher beaucoup plus si la ferme avait été vendue. Je ne comprends pas trop ce que fabrique Margido. Pourquoi n'arrive-t-il pas à tout liquider et à solder les comptes ? Tu parles d'une procrastination !

— C'est bizarre de penser à ta famille. Elle est un peu hors normes, c'est le moins qu'on puisse dire.

— Je ne sais pas si on peut vraiment parler de famille. Plus maintenant. Honnêtement, je suis plus attachée à certains chiens de Christer qu'à ces drôles de bonshommes Neshov.

— Mais c'est parce que tu n'es jamais avec eux.

— Je l'ai été *beaucoup* à un moment. Et crois-moi, j'ai eu ma dose. Seul mon grand-père me manque. Et pas qu'un peu.

1. Soit environ 432 000 euros.

— Celui qui est en maison de retraite médicalisée ?

— Oui, celui-là. Mon grand-père est un homme petit et gentil. Pourtant, personne n'a été gentil avec lui, personne, pendant toute sa vie.

— Quand je pense à tout ce que tu m'as raconté, c'est affreux. Comment ont-ils pu le maltraiter à ce point ? Ça lui fait quel âge, maintenant ? Il était déjà assez âgé lorsque tu…

— Quatre-vingt-trois ou quatre-vingt-quatre, dans ces eaux-là. Je crois qu'il paraissait vieux parce qu'il s'en voulait tout le temps. S'en vouloir tout le temps, c'est pas une vie, Margrete. Mais maintenant ça va, il est dans cette institution. Il criait sans arrêt, dans son fauteuil, au salon, qu'il voulait aller en maison de retraite. Si c'est pas tragique… Ça veut bien dire qu'il ne se sentait vraiment pas bien là où il se trouvait. Je suis contente que tout se soit arrangé pour lui. Ça me fait chaud au cœur de penser qu'il a enfin pu échapper à cette ferme.

— Faut espérer que ce soit une bonne maison de retraite.

— C'est le cas. Elle est à la campagne, tu sais. Margido m'a dit qu'elle était vraiment bien. Et quand il dit ça, je le crois.

— Et *lui* ? Il ne te manque pas ?

— Je ne sais pas. J'étais très en colère contre lui quand je suis partie, mais il faisait sans doute de son mieux. Il était si rigide, *si* rigide. Impossible de percer la carapace. Mais très correct, jamais d'histoires, on peut compter sur lui, à condition de ne pas être pressé. Il est si pointilleux. Quand je pense à lui, c'est l'image d'un rectangle gris qui s'impose.

— Un rectangle gris… Dis donc, un peu comme ta couverture. Et qu'est-ce que tu vois quand tu penses à ton oncle, à Copenhague ?

— Oh, mon Dieu. Ils ont trois mômes, maintenant, et je parie qu'ils sont plus speed que jamais. Non, j'essaie de penser le moins possible à toute cette bande. Ils n'arrêtent pas. Je suis contente, au fond, de ne pas avoir *autant* d'argent. Ça rend complètement hystérique.

— Ils sont en plein dans la période « enfants en bas âge ». Nous ne pouvons pas en dire autant, Torunn. Nous sommes là, avec nos verres de vin, à faire des coussins et des couvertures au crochet.

— Aucune de nous n'a trouvé l'amour de sa vie. C'est triste, mais on ne va pas s'apitoyer. Santé !

— Pourquoi faudrait-il que notre vie implique forcément un homme ? Pour ma part, en tout cas, j'ai la tête qui déborde de projets, et il n'y a aucun homme dans le tableau.

— C'est parce que tu fais ce que tu aimes. Ici, à la maison, je veux dire.

— Toi aussi tu aimais ce que tu faisais, avec les cours de dressage de chiens, tes super collègues, et…

— Ce n'étaient pas des collègues mais des vétérinaires dûment formés. Nous avions juste quelque chose en commun.

— C'est donc ça, le problème ? Tu as un complexe d'infériorité parce que tu n'es pas diplômée comme eux ?

— J'ai quand même suivi une formation d'aide aux soins animaux. Pendant une année. Ça fait un siècle. Je suis officiellement assistante vétérinaire, ne l'oublie pas ! Quelle blague… Et j'ai repris des cours de maths et de physique, il y a deux ans, niveau terminale.

— Ah bon ? Tu ne m'en as pas parlé.

— Je m'étais mis en tête d'entrer à l'École vétérinaire. Mais je n'ai vraiment rien qui me *pousse*, que ce soit à ça ou à autre chose. Je ne sais pas. On verra. Je lave, je range, je prépare la nourriture des chiens et je lis plein de bouquins.

— Tu ne peux quand même pas gâcher toutes tes belles années dans la forêt avec ce type ?

— Tu n'as qu'à me qualifier de chercheuse à mi-temps, ha ha ! Tu n'es pas obligée de me croire, mais j'ai commencé à lire sur la Seconde Guerre mondiale. Il y a tant de choses que j'ignore !

— Mais, Torunn, il faut que tu...

— Allez, Margrete, nous allons passer une bonne soirée, toutes les deux ! On continue le crochet et on va mettre un peu de musique. Tu n'as rien de sucré pour accompagner le café ? Un petit carré de chocolat ? Au fait, tu commences à quelle heure, demain ?

— Pas avant midi. Encore heureux. Je te l'ai dit quand tu as appelé pour m'annoncer ta visite. Je n'aurais pas pu te recevoir, sinon. Ce n'est pas la première fois que tu as de l'alcool dans ton sac à dos, et je connais la chanson. Si, j'ai un Snickers et la moitié d'un Daim, je crois.

Ça faisait du bien d'être allongée sur le canapé de Margrete. Les coutures entre les trois coussins formaient une bosse, mais l'une d'elles tombait juste sous ses fesses, alors ce n'était pas trop gênant. Ça faisait du bien d'être là parce que Margrete se trouvait tout à côté, et Margrete l'aimait bien, ils n'étaient pas si nombreux dans ce cas. Au moins, ici, elle se savait aimée. Si elle devait se réveiller au milieu de la nuit en suffoquant, en proie aux spasmes de la mort ou pour toute autre raison inconnue, Margrete serait là pour elle, ferait l'infirmière, et serait ravagée à l'idée de la perdre. C'était incroyable, quand elle y pensait : voilà ce que ça devait faire de tenir à quelqu'un. Christer, lui, ne réagissait même pas quand elle faisait des cauchemars, se contentant de lui donner un coup d'épaule.

Une nuit, il y a quelques semaines, elle s'était retrouvée avec des éclats de verre glissés sous les ongles. Elle s'était retournée dans ses draps trempés de sueur, le souffle court ; ils ne changeaient pas souvent les draps et ils collaient quand on transpirait. Elle souffrait le martyre avec ces éclats de verre minuscules, aux pointes acérées, qu'elle ne parvenait ni à casser ni à extraire de sous ses ongles, et elle s'était réveillée parce que Christer lui avait pincé la lèvre inférieure, fort.

— Quoi ?

— Tu fais des bruits.

— J'ai du verre, j'ai du verre sous les ongles. J'ai du VERRE sous les ongles !

— Hein ? N'importe quoi. Rendors-toi ! Mon Dieu… j'ai bossé toute la nuit et je viens de me coucher, j'ai besoin d'avoir la paix !

Elle ouvrit les yeux ; les débris de verre avaient disparu, le radio-réveil digital indiquait 5 h 30, et la seule chose qu'elle vit fut un dos dressé comme une tour, tout le corps de Christer qui s'écartait d'elle pour s'allonger à son aise. Elle se lécha l'extrémité des doigts qui, heureusement, n'avaient pas d'éclats de verre, et pensa qu'elle ne pouvait plus rester ici – merde, trop c'était trop… *Bon, je ne bouge pas encore d'ici, jusqu'à ce que je me rende compte une bonne fois pour toutes qu'il m'est impossible de rester une seconde de plus.*

Jamais, jamais, jamais au cours des quarante-trois années de sa vie, Erlend ne s'était senti aussi démuni, aussi terrorisé qu'à l'approche des accouchements. Celui de Lizzi pour ses jumeaux était prévu le 13 novembre, et celui de Jytte trois semaines après.

Les premiers temps après l'échographie, qui avait révélé non pas deux mais *trois* enfants, avaient été euphoriques : le champagne avait coulé à flots, les achats sur Internet de vêtements et de matériel pour bébé s'étaient précipités, ils avaient partagé de délicieux repas chez eux, à Gråbrødretorv, ou chez les mères, dans la Koreavej, à Amager. Ils avaient planifié, rêvé, pleuré, ri, tapé sur Google les recherches les plus incongrues, de l'accouchement dans l'eau au rythme de la musique de Hare Krishna jusqu'aux écoles privées danoises avec port obligatoire de l'uniforme.

Erlend leur avait montré toutes les tenues pour nouveau-né qu'il avait déjà mises de côté pour sa fille Eleonora, mais à l'échographie, elle se révéla être *un garçon*. Krumme dut échanger un des landaus contre un plus grand pour les petites jumelles, qui profiteraient à fond de l'armoire d'Erlend, pleine à craquer de vêtements pour fille. Erlend commanda aussi un troisième sac à langer Mia Bossi ; il avait cru que deux sacs suffiraient largement, mais on peut se tromper.

— Il faut que les enfants ne manquent de *rien*, Krumme. Et pas question qu'ils aient des fripes ou de la camelote à deux balles.

— Bien sûr, petit mulot. Je sais que tu aimes trouver ce qu'il y a de mieux. Et de plus cher.

— Justement !

Mais quand les ventres se mirent à grossir, ça devint moins amusant.

Erlend n'avait jusqu'ici jamais eu besoin de se confronter à un corps féminin. La peau des femmes, leur poitrine ou leurs formes voluptueuses ne lui faisaient ni chaud ni froid. Il reconnaissait que certaines étaient ravissantes, il y avait des femmes belles, bien habillées, sûres d'elles-mêmes, il admirait leurs cheveux épais et éclatants, leur démarche allègre, flottante, leurs mains soignées parfaitement manucurées, oui, il en appréciait *la vue* ! Mais à bonne distance. La seule femme qu'il avait côtoyée de près était sa mère, encore qu'elle n'eût jamais été pour lui un corps vraiment visible.

Sa mère, c'étaient des jambes et des pieds nus en été, des bras allant des coudes aux mains, un peu de cou, et une tête, cela va de soi, mais elle consistait surtout en des *vêtements*. Des vêtements hideux et informes qui ne soulignaient aucune courbe, ni la poitrine ni plus bas, et des épaules comme une sorte de point d'équilibre. De plus, elle portait toujours un tablier par-dessus sa robe terne, un tablier qu'elle nouait derrière son cou et dans le dos, et qui la recouvrait sur le devant de la clavicule aux genoux.

À un moment qu'il eût été en peine de situer, il avait compris qu'un corps se cachait derrière tout ce tissu, et cela l'avait rempli de dégoût. Lorsqu'ils avaient eu des cours sur la fécondation, à l'école, il avait trouvé inconcevable que sa mère à lui s'active à Neshov, épluche des pommes de terre et lave le sol, tout en possédant un *vagina*[1] entre les jambes.

Un mot si beau pour quelque chose d'aussi dégoûtant.

L'idée que Tor et lui, et même Margido, se soient extirpés de ce truc-là suffisait à le garder éveillé la nuit, tant il était submergé par le dégoût ; ça lui donnait envie de se lever, de prendre un bain, de se doucher et se désinfecter, et pour repousser ces images, il devait recourir à des subterfuges, des subterfuges qui, d'une manière ou d'une autre, incluaient toujours une cigogne. Quand il grandit et prit la mesure de la théorie de la fécondation, y compris de l'acte de conception, ses rêveries de cigogne lui offrirent une grande consolation, et il broda dessus une foultitude de détails : cet oiseau puissant, venu de loin, atterrissait en douceur sur l'arbre de la cour des Neshov, avec dans le bec une couverture bleu pâle retenue par un nœud, au fond de laquelle gigotait un nouveau-né. Sa mère accourait de la maison, pleine de remerciements, vêtue de son tablier et de tout le reste, elle soulevait le paquet, détachait la couverture du bec de la cigogne pour en envelopper l'enfant, puis donnait à l'oiseau quelque chose de bon à manger pour le remercier de sa livraison, vraisemblablement du pain frais. C'est ainsi qu'il était arrivé à Neshov.

1. Le mot norvégien a repris le terme latin.

Tor et Margido aussi, bien sûr, mais peut-être pas avec la même cigogne. Sur ce point, Erlend hésitait un peu, il ignorait combien de temps les cigognes étaient en âge de voler et de porter les bébés. Pour voler en sécurité et avec précision en balançant quatre kilos au bout de son bec, il fallait à l'oiseau une bonne condition physique.

Erlend n'avait jamais vu de femme nue de près. À la Gay Pride, les femmes étaient plus ou moins dénudées, et qu'elles soient lesbiennes n'avait aucune importance ; certes, c'étaient des femmes aux formes féminines, mais elles devenaient un troupeau de membres remuants et de peau, et ça ne le concernait pas.

Et ce vagin, ce *trou féminin*, le rebutait carrément. Il n'avait jamais cherché à voir de films porno pour étudier la question de plus près, cela ne l'intéressait pas. Le porno en général ne l'intéressait pas, et Krumme était, Dieu soit loué, du même avis. Ils ne regardaient jamais de porno homo, ils se suffisaient l'un à l'autre, s'aimaient profondément tels qu'ils étaient, avec tous leurs défauts et leurs insuffisances physiques.

Et il adorait Jytte et Lizzi. C'étaient de proches amies, elles l'avaient été bien avant qu'ils ne songent à faire des enfants ensemble. Avec elles, on pouvait souffler, respirer, rire, c'étaient des personnes ouvertes, tolérantes, des *êtres humains* et pas des femmes avant tout ; ce fait-là était secondaire.

Jusqu'à la grossesse.

Soudain, c'était devenu du sérieux. Leurs vagins existaient, Jytte et Lizzi avaient chacune le leur. Krumme et lui allaient devenir pères de trois enfants qui sortiraient par là. Il avait beau croiser les doigts pour que ce soit par césarienne, Lizzi comme Jytte désiraient accoucher naturellement, c'est-à-dire « par voie basse », et elles en parlaient comme si c'était aussi simple que de faire sauter le bouchon d'une bouteille de champagne Bollinger.

Et puis ces ventres qui ne cessaient de gonfler, celui de Lizzi à toute allure, bien entendu. Elle avait des vergetures et les exhibait comme d'autres montrent un doigt orné d'un sparadrap. Des traînées bleu pâle, nacrées, couraient en tout sens sous l'épiderme de son ventre tendu comme une peau de tambour.

— Il se déchire ! s'écriait Erlend, ressentant des crampes à l'aine quand il examinait les marques. Tire donc sur ta robe et rentre le ventre. Oh, s'il te plaît, essaie !

Elles se moquaient de lui, riaient à gorge déployée. Jamais il n'aurait imaginé qu'on puisse parler de degré de *fermeté* pour un ventre. Il chercha sur son propre corps. L'épaule ? Non. Pas assez ferme. L'endroit le plus ferme qu'il pût trouver était l'avant du genou quand il le pliait au maximum. La peau ne supportait pas ça, les vergetures étaient la preuve visible que c'était contre-nature. Un ventre devait être moelleux. Avec quelque chose à l'intérieur, évidemment, un enfant ou deux, pourquoi pas. Mais ne pouvait-il pas malgré tout rester souple et doux à toucher ?

Le ventre de Krumme était assez volumineux pour abriter des triplés, et pourtant, il restait moelleux. Il adorait le ventre de Krumme, le creux de son nombril qui formait un petit cratère au sommet, avec presque toujours un peu de pus au fond, une boule de pus qui sentait Krumme.

— Je l'enlève en grattant chaque matin dans le jacuzzi, mais elle se reforme aussitôt, répétait-il, son bel ange de chez Rubens.

Krumme ne partageait pas du tout l'effroi d'Erlend, au contraire. Il trouvait *merveilleux* tout ce qui concernait les ventres de Jytte et Lizzi.

Merveilleux. Pas si étonnant, peut-être, étant donné que Krumme avait fréquenté le sexe opposé dans sa jeunesse. Juste pour se rendre compte qu'il n'était pas dans la bonne file, mais quand même. Il avait eu un contact personnel et intime avec ce *trou féminin* et n'était pas terrorisé à cette simple pensée. Il acceptait sans dégoût que cela fasse partie de la biologie féminine, et, détail qui avait son importance, qu'on pouvait par là devenir père, de la même façon que tout homme hétéro comprenait que pénétrer une femme par cette ouverture pouvait impliquer que son rejeton sorte un jour par le même chemin.

Et lorsque les enfants commencèrent à bouger derrière ces peaux de ventre tendues, le bonheur de Krumme devint sans limite.

Celui d'Erlend aussi : il aurait pu concourir pour un Oscar tant il trompait son monde. Sans faire de différence entre Jytte et Lizzi, il collait l'oreille contre leurs ventres qu'il caressait et embrassait, il filmait cette peau vallonnée avec son iPhone, il riait aux larmes lorsque les bébés avaient le hoquet, ce qui, de manière alarmante, était très souvent le cas. Le hoquet survenait quand un peu de nourriture avalée de travers passait dans la trachée, mais les enfants étaient nourris par le placenta, alors que signifiait ce phénomène chez un fœtus ?

Pourtant, Erlend riait joyeusement, en regardant tout le monde pour bien montrer qu'il était des leurs. Il ne réussit toutefois à jouer cette comédie que lorsque le médecin lui eut prescrit du Stesolid.

Des comprimés de 5 mg qu'il divisait en deux, et qu'il cachait à Krumme.

Un demi-Stesolid et vingt minutes d'attente fiévreuse, et l'effet escompté arrivait. Il était sur la même longueur d'onde, se joignait au concert de louanges, ne faisait plus qu'un avec eux. N'était-il pas celui qui avait le plus de connaissances sur les premiers mois de grossesse ? N'avait-il pas expliqué au fur et à mesure aux trois autres le développement du fœtus, le moment où la queue embryonnaire tombait et où les oreilles et les doigts commençaient à se former ?

Mais ils étaient alors des fœtus.

Et voilà que tout à coup, ils étaient devenus des enfants, des personnes.

Derrière une fine épaisseur de peau qui, lentement, se déchirait.

Dans peu de temps, ils *sortiraient* de là et rencontreraient quatre seins. Quatre tétons gorgés de lait qu'il serait obligé d'accepter dans son univers, après deux accouchements pour lesquels il lui faudrait bien plus qu'un demi-Stesolid. Il avait lu sur Internet que le Stesolid existait aussi sous forme de suppositoires et, pour les cas très graves, sous forme liquide. Arriverait-il à se faire une injection tout seul ? À l'intérieur du coude ? Allait-il devenir toxicomane pour réussir à être père ? Ils en étaient arrivés là, à ce projet apparemment insensé. Tout ça parce que Krumme, un soir, s'était fait renverser par une voiture, avait frôlé la mort, et avait commencé à s'interroger sur le sens de la vie, de l'existence, et patati et patata.

Mon Dieu. Comme s'ils n'avaient pas profité à fond de la vie jusqu'à ce qu'un chauffard malade s'amuse à incarner le Destin en détraquant le centre magnétique de la Terre. Quand la peau de Jytte se tendit en laissant apparaître des traînées bleu clair, qu'elle annonça en plus que du lait montait déjà dans ses seins, ou plus exactement une sorte de liquide visqueux jaunâtre, Erlend n'éprouva aucun besoin de se renseigner plus avant sur Google, mais plutôt d'augmenter sa dose de Stesolid. Il céda aussitôt à ce besoin, dans la salle de bains des mères, en avalant un comprimé entier avec *l'infâme* eau tiède du robinet.

Le soir où, pour la première fois, il doubla la dose, Krumme explosa. Ils venaient de rentrer de chez les mères en emportant la moitié des restes d'une succulente soupe de goulasch au goût relevé qu'Erlend avait envie de finir au dîner accompagnée d'un tout petit verre de champagne. Quand il proposa cela, Krumme envoya valser la boîte avec la soupe dans l'évier ; le couvercle s'ouvrit, et Erlend se précipita pour sauver ce qui pouvait encore l'être. Krumme cria, oui, son Krumme adoré, toujours si calme et si posé, haussa le ton, la mine sombre :

— Maintenant ça suffit ! Oui, ça suffit, *bordel* ! La coupe est pleine, petit mulot. Je n'en peux plus. Sérieusement.

Erlend se mit à pleurer, les mains dans l'évier, couvertes de goulasch rouge, suivant des yeux les bons morceaux de paleron de bœuf qui rebondissaient sur le plan de travail en pierre noire polie. Il était plein de reconnaissance pour le demi-comprimé qu'il avait avalé quelques heures plus tôt et qui lui laissait une impression de velours dans la bouche et derrière les yeux. Ses larmes, elles, coulaient sans problème.

— Que veux-tu dire ? De quoi tu parles ? Krumme… Qu'est-ce qui te prend ?

— Tu le sais bien.

Krumme ouvrit le robinet pour qu'Erlend puisse se rincer les mains.

— Viens, on va s'asseoir là-bas, dit-il.

— Où ça ?

— Dans la salle à manger. Je me charge du café et du cognac, Erlend. Va t'asseoir.

— Mais pourquoi ?

— Va t'asseoir, j'ai dit. Allez, va.

Il envisagea un instant de couronner le tout par un autre demi-comprimé, mais un peu de cognac ferait l'affaire, même si l'alcool n'était vraiment pas recommandé avec les médicaments. Oh, une gorgée ou deux lui feraient du bien, douceur bienvenue de ce moment.

Il s'assit sur une chaise, le dos bien droit, les mains jointes sur les genoux, et regarda fixement la table. Jamais il n'avait vu Krumme si en colère. Pas même quand, sur un coup de tête – ou, pour dire les choses crûment, fin saoul –, il avait réservé deux semaines de vacances en Alaska, avec des sauts de puce en avion d'un coin paumé à l'autre, dans l'idée de *s'endurcir* un peu en tant qu'hommes, de puiser l'inspiration dans le côté rustique pour retrouver ensuite avec d'autant plus de joie leur mode vie urbain, et briller en société en racontant des anecdotes à donner des frissons dans le dos. En outre, il avait commandé deux sacs de couchage à des prix exorbitants ; à ce prix-là, leur duvet devait provenir de colibris. Ils avaient une capuche que l'on pouvait attacher sous le menton et permettaient de supporter des températures de – 30 °C. Il faut dire que l'Alaska, ce n'était pas vraiment le Sud.

Le problème, c'était qu'Erlend n'avait pas coché la case d'assurance annulation, et qu'il avait ignoré, ou disons carrément oublié, le fait que Krumme n'arrêtait pas une minute au journal et ne pouvait pas du tout se permettre de s'absenter quinze jours pour sillonner les étendues désertiques de l'Alaska, sac de couchage en duvet de colibris ou pas.

Krumme s'était alors fâché.

Pas à cause de l'argent. Mon Dieu, l'argent. Là n'était pas le problème, ni la raison de sa colère. Mais qu'Erlend démontre avec une telle conviction qu'il ignorait tout du quotidien de Krumme, comme s'il n'existait pas, comme s'il pouvait recréer l'univers dans sa tête et *croire* que c'était la réalité. Voilà tout ce que trahissait l'oubli d'Erlend de cocher la case d'assurance annulation.

Toutefois, en subissant et en acceptant la colère et les reproches de Krumme, stoïque, la nuque courbée et les tempes battantes, Erlend avait ressenti un énorme soulagement à la pensée que, Dieu soit loué, ils n'iraient pas en Alaska. Que diable seraient-ils allés faire en Alaska ? Pourquoi, dans son état d'ébriété, n'avait-il pas acheté sur Internet des costumes en soie, une nouvelle salle à manger ou des lampes design italiennes, comme les autres fois ?

Mais la colère de Krumme, ce jour-là, n'était rien comparée à celle qu'il laissait exploser aujourd'hui.

Lorsque les sacs de couchage étaient arrivés par la poste, Krumme avait depuis longtemps retrouvé sa bonne humeur habituelle, et suggéré de les offrir en cadeau de mariage à deux journalistes de *BT* qui souhaitaient passer leur lune de miel au Spitzberg, où il faisait un froid polaire : le pôle Nord n'était qu'à un jet de pierre de là. La question fut réglée en moins de deux, et Erlend retrouva la chaleur protectrice de Krumme en posant la joue contre son ventre moelleux et accueillant.

— Tiens.

Ploc. Krumme posa le nouveau petit plateau noir Chanel qu'Erlend avait acheté à Illums la semaine passée, avec de la place pour deux tasses à espresso, une petite cuiller dans l'une (Krumme mettait souvent un morceau de sucre candi dans son café), et pour deux verres à cognac, l'un rempli à ras bord de la boisson ambrée et brillante, l'autre avec une minuscule demi-lune brune au fond du verre.

— Mais, Krumme ? Pourquoi…

— Tu ne dois plus en prendre. Tu crois que je ne vois pas ce qui se passe ?

— Comment ça ? Je ne comprends pas. C'est à cause du goulasch ?

— Idiot.

— Idiot… ?

Il ne put retenir ses larmes plus longtemps.

— Arrête avec ça, Erlend. Pas la peine de pleurer. Je te parle sérieusement. Tes larmes, tu peux te les garder.

— Tu me fais peur, Krumme. Tu as l'air… de ne plus m'aimer.

Il avait prononcé ces derniers mots sans oser le regarder. Ils s'aimaient. Cela faisait des lustres qu'ils étaient ensemble. Ils partageaient la même couette double.

— Je ne comprends pas, Krumme. Je ne comprends pas.

— Regarde-moi. Regarde-moi dans les yeux.

Erlend s'exécuta, mais il lui en coûta. Ses larmes ne voulaient plus s'arrêter ; il aurait vraiment dû prendre un demi-comprimé de plus. Zut et zut ! Pourquoi ne l'avait-il pas fait ?

— Tu ne te réjouis pas de la venue au monde de ces enfants, Erlend. Si tu penses que je ne le vois pas...

— Mais *si* ! Je suis vraiment content ! Je leur ai même donné des prénoms !

— Des prénoms... Erlend ! Je ne crois pas cinq secondes à ta comédie. Les mères n'y voient que du feu, mais on ne me la fait pas, à moi.

— Je leur ai acheté des choses magnifiques !

— Je sais. Et quoi d'autre as-tu acheté ? Ou, plus exactement, t'es-tu fait prescrire ?

— Hein ?

— Tu me prends pour un parfait *crétin* ? À quoi tu carbures ?

— Carbures ?

— Arrête TOUT DE SUITE ! Qu'est-ce que tu prends ?

— Du Stesolid. Rien qu'un demi à la fois. Sauf ce soir, j'ai pris l'autre moitié assez peu de temps après la première.

— Et c'est parce que...

— Parce que je suis MORT DE TROUILLE ! Je suis *scared shitless*[1] à la pensée de ces corps de femmes et de tout ce qui flotte dans le liquide, derrière la peau de ces ventres tendus à craquer !

— Rassieds-toi. Rassieds-toi et cesse d'agiter les bras dans tous les sens, tu vas faire tomber quelque chose. Prends ton café et ton cognac. De préférence en une seule gorgée. Et à ton avis, Erlend, je vais comment, moi ?

— Tu es souverain. Tu es toujours souverain. À ta santé !

1. « Effrayé à en chier dans mon froc. » (En anglais dans le texte.)

— Je suis *mort de trouille*, petit mulot. *Mort de trouille.* Comme toi.

Erlend s'assit et ferma fort les yeux. Il but le cognac chambré, suivi du café brûlant, sentit le liquide descendre dans son corps, passer le cœur, arriver dans son estomac. Ça brûlait. Il rouvrit les yeux et croisa le regard de Krumme.

— Toi, Krumme… ? *Mort de trouille ?*

— Évidemment, petit mulot. Évidemment.

— Mais pourquoi ? Pourquoi tu as peur ?

— Les choses peuvent mal tourner. Nous avons nos trois petits à l'intérieur des ventres, Erlend. *Trois !* Les statistiques sont contre nous, *un* enfant est déjà un miracle, et voilà que nous attendons *trois* miracles. Il peut y avoir des problèmes à l'accouchement, les nouveau-nés peuvent attraper une pneumonie dès qu'ils sortiront à l'air libre, avoir une maladie que les échographies n'ont pas détectée, Lizzi ou Jytte peuvent décéder d'une embolie cérébrale au beau milieu d'une contraction, ou toutes les deux, de sorte qu'on se retrouverait les seuls parents.

— Mais, Krumme, tu es devenu hystérique, ma parole ! Une embolie cérébrale ? Je n'y avais même pas pensé.

— Non, tu n'as pensé qu'à ta pomme. C'est pour ça que je suis si en colère. Tu n'as pensé qu'à ce que *tu* ressentais et tu t'es réfugié dans les cachets au lieu de me parler. La trahison est énorme, Erlend. Énorme. Au moment précis où nous devons vraiment nous serrer les coudes. Est-ce que tu comprends à quel point je me sens *seul* quand tu agis de cette manière ?

— Mais c'est *moi* qui me suis senti seul. Tout ce bonheur que vous…

— Et voilà que ça recommence…

— Il faut que je réfléchisse.

— Va sur le balcon, allume-toi une cigarette et réfléchis. Pendant ce temps-là, je vais nettoyer les restes de goulasch.

— Ah, ce bon goulasch que tu as…

— Sors, maintenant. Allez, *dégage* !

Ses yeux se portèrent au loin, sur Kastrup, où les avions décollaient et se posaient telles des perles le long d'un fil invisible, énormes engins où des roues dentées s'engrenaient parfaitement les unes aux autres, où le moindre élément avait une fonction. Et derrière lui, dans la cuisine aux grandes baies vitrées, Krumme, l'amour de sa vie, dévoré d'angoisse à l'idée que ce projet d'enfant tourne mal.

Ce qui, bien sûr, pouvait arriver.

Pour sa part, le lait poisseux des seins de Jytte l'avait dégoûté, et il avait dû avaler des cachets rien que pour supporter d'en *parler*. De là où il était, son petit Leon, son *gamin* à lui, ressentait peut-être son propre dégoût envers cet élixir de vie que sa mère allait faire jaillir dans sa bouche quand, en *nouveau* petit homme, il arriverait sur Terre.

Ô Dieu de bonté. Ô Dieu de miséricorde (auquel il ne croyait même pas), comment, oui, comment s'était-il fourré dans un tel guêpier ? Les mots étaient maintenant inutiles face à Krumme, aucune parole ne pourrait effacer ce qui s'était passé, permettre de tirer un trait. Il aspira la nicotine et sentit une lucidité douloureuse l'envahir. Il n'avait qu'à jouer cartes sur table, assumer celui qu'il était, c'était la seule solution. Il retourna à l'intérieur et se rassit sur la même chaise.

— Krumme ? Je t'aime. Tu le sais. Est-ce que tu m'entends malgré le bruit de la vaisselle ?

— Oui.

— Je t'aime si fort que si le soleil tombait du ciel, cela me serait parfaitement égal tant que tu serais à mes côtés au moment où ça arriverait.

— J'écoute.

— Laisse tomber cette soupe. Reviens. Reviens vers moi, Krumme.

— J'arrive.

Et c'était comme s'il voyait Krumme pour la première fois. Un Karlson[1] enrobé, âgé de quarante-six ans, les mains mouillées, de l'eau gouttant de ses doigts sur le parquet, les épaules tombantes, les yeux baissés – tout en lui exprimait une infinie lassitude. Erlend se leva et le serra fort contre lui.

— Mon Krumme adoré, bien sûr qu'elles n'auront pas d'embolie cérébrale, ce sont des femmes en bonne santé qui sont faites pour avoir des enfants, tout va bien se passer.

Le front de Krumme se posa contre son épaule droite et fut soudain secoué de sanglots.

— Mais, Krumme…

— Je te retrouve comme avant, petit mulot…

— Viens, on va s'asseoir. Est-ce que je peux avoir un peu plus de cognac ?

— Bien entendu. En échange de tes comprimés.

— C'est toute une boîte.

— Alors donne-la-moi.

Erlend courut dans l'entrée et chercha le paquet dans la poche de sa veste.

— Tiens.

— Merci. Je vais jeter le contenu dans les toilettes. Tu nous ressers du cognac, OK ?

1. « Karlson på taket » est un personnage roux et rondouillard créé par Astrid Lindgren.

Quand Krumme revint s'asseoir, Erlend lui prit les mains, ses petits doigts boudinés, encore humides. Humides et chauds. Ses mains tremblaient.

— Qu'allons-nous faire ? demanda Erlend.

— Ce que chacun de nous sait faire le mieux, je pense.

— C'est-à-dire ?

— Nous souvenir de nos points forts. Cela paraît peut-être cynique, mais je crois que c'est cela qui nous redonnera la joie de vivre, nous aidera à rester debout.

— Est-ce que je peux t'embrasser sur le front avant que nous continuions à discuter ?

— Oui.

La peau plissée du front de Krumme contre ses lèvres.

Mon Dieu. Mais bien sûr ! Comment n'y avait-il pas pensé plus tôt ? Le front soucieux était forcément plissé...

— Nos points forts, répéta Erlend. Commençons par les tiens.

— L'argent. Et la bonne nourriture.

— Moi, c'est la déco. Et faire un buffet beau à regarder. C'est toi le cuisinier, toi qui sais préparer de vrais repas. Et je sais aussi nettoyer. Si c'est la guerre et que Birte baisse les bras, je peux m'occuper de leur intérieur aussi bien qu'une femme de ménage envoyée par une entreprise de nettoyage *haut de gamme*. Ici, à Copenhague. Ou à New York. Ou à Dubaï. Je sais exactement où les bacilles se cachent. Il n'y a pas que Birte et le setter anglais qui soient expertes en ce domaine.

— Le setter anglais ? Je ne vois pas très bien...

— Susy, voyons ! Celle qui vient de temps en temps chez Birte ou qui l'aide pour ranger après une

fête. En Norvège, seuls les setters anglais s'appellent
Susy.

— Et ce sont…

— Des *chiens*, Krumme ! Des chiens de chasse !
Mon Dieu…

— Alors nous allons partir de là, petit mulot.

— Ça ne suffira pas, Krumme.

— Qu'est-ce qui ne suffira pas ?

— La nourriture, le ménage et l'argent, Krumme,
ça ne suffira pas.

— Il faudra bien. Car c'est ce que nous pouvons
apporter. En plus de l'amour. Nous ne sommes pas
des surhommes, rien que des êtres humains. Que tu
le croies ou non.

— Ah, Krumme, on s'aventure sur une fine couche
de glace.

— Comme tu dis.

— Sauf que nous sommes ici ensemble, mon
Krumme à moi, sur cette fine couche de glace.
À partir de maintenant. Je te le promets.

— Ce sera notre point de départ. Tiens-moi la
main, plus fort.

— Tu vas voir, je vais te tenir, Krumme. Je ne
te lâcherai pas.

Margido regarda son corps et vit une baleine.

Comment le décrire autrement ? pensa-t-il. La nuque courbée, en considérant son corps nu qui suait par tous les pores de sa peau pâle, luisante et boursouflée, dans la chaleur du sauna qui relâchait tous ses muscles, il vit une baleine blanche.

Beaucoup trop de tartines au fromage revenues à la poêle, avec des oignons et beaucoup de beurre des deux côtés. Il adorait que le beurre, absorbé par le pain, le rende croustillant. Bien sûr qu'il aurait pu faire gratiner ses tartines au fromage dans le four, sur du papier sulfurisé, mais ça ne donnait pas le même résultat, rien à voir. Et avec ça, il buvait du lait. Pas d'eau ni de soda light, mais du lait. Très écrémé, d'accord, mais du lait quand même.

Fromage, lait et beurre, ses intestins étaient une immense coopérative laitière d'acides gras saturés. Ou insaturés, il ne se rappelait jamais la différence, il savait seulement que ces acides gras étaient les pires et qu'il aurait mieux fait de consommer de l'huile d'olive au quotidien. Mais il n'aimait pas l'huile d'olive, il trouvait que ça laissait un film désagréable sur le palais.

Les immigrés affirmaient qu'ils pouvaient savoir rien qu'à *l'odeur* que les Norvégiens buvaient du lait.

Il ferma les yeux et inspira profondément, jusqu'au diaphragme, l'air plein de vapeur. Quel bonheur, quelle purification. Mon Dieu, qu'il était reconnaissant à l'agent immobilier, un drôle d'homme tout fluet, d'avoir jeté un coup d'œil à sa salle de bains et dit qu'il avait tout à fait la place d'installer un sauna, du type Compact Sauna. Et voilà qu'il avait perdu une vente, puisque le rêve de Margido d'avoir un sauna était l'unique raison pour laquelle il avait envisagé de se séparer de cet appartement. L'agent immobilier avait dû s'en mordre les doigts, mais tant pis pour lui.

Ainsi n'avait-il pas eu besoin de déménager : il s'était fait installer ce sauna tant désiré. Quel bonheur ! Nulle part ailleurs, en aucune autre situation, il ne se détendait comme ici, dans cette petite cabine fermée remplie de vapeur, à laisser vagabonder ses pensées sans aucune retenue.

Était-ce cette détente qu'il avait recherchée quand, à sa plus grande surprise, il s'était l'autre jour aventuré en forêt ? Il avait marché dans un bois, au hasard, et s'était assis sur une souche d'arbre avec son casse-croûte, sans café pour accompagner sa collation. Non, ce n'était pas tout à fait ça. Il se souvenait avoir pensé à une chanson d'Eggum et envié la vieille femme reposant, morte, au milieu du muguet en fleur. Il avait eu la tentation de s'allonger lui aussi pour mourir, trouver le repos, se blottir entre les bras de Jésus et enfin pouvoir fermer les yeux.

Devait-il aller chez le médecin pour faire un check-up complet de sa vieille carcasse ? Il manquait peut-être de globules rouges. Il avait cinquante-six ans au compteur. D'après ce qu'il avait entendu dire, un déficit en globules rouges ou un manque de vitamines pouvaient conduire à un état dépressif. Car sans doute l'était-il, dépressif.

Mais il n'y avait pas urgence à consulter un médecin. Il irait demain à la pharmacie acheter des vitamines, et quelque chose pour le sang. Cela aiderait sûrement. Du Tran[1], peut-être ? L'hiver, il le savait, le corps manquait de vitamine D, une vitamine importante, disait-on. Et l'hiver avait été long.

À travers la vapeur et la buée sur la porte vitrée, Margido apercevait son téléphone portable, sur le bord du lavabo. Si l'écran s'allumait, il le verrait. Mais par deux fois, ces dernières semaines, il l'avait laissé sonner pendant qu'il était au sauna. Les deux fois, c'était la police, et il en avait été soulagé. Il ne lésait ainsi que sa propre entreprise de pompes funèbres, puisque la police appelait ailleurs et finissait toujours par trouver quelqu'un qui pouvait arriver rapidement ; il y avait d'autres entreprises en ville, la sienne faisait partie des plus modestes.

Malgré cela, il avait honte, comme s'il mentait. N'était-ce pas un mensonge que de faire semblant d'être occupé alors qu'il se détendait dans son espèce d'étuve ? Pourtant, ils avaient du travail par-dessus la tête, au bureau, les finances étaient on ne peut plus saines, et son compte d'épargne atteignait de telles sommes qu'au moins une fois par mois, la banque le contactait pour le *prier* de jeter un coup d'œil à d'éventuels fonds d'épargne : il perdait pour ainsi dire de l'argent à garder une somme aussi importante sur un compte aux intérêts si bas. Mais il opposait à

1. Huile de foie de morue en flacon. Tous les enfants norvégiens y ont droit pour pallier le manque de soleil en hiver.

chaque fois un refus catégorique sans donner d'explication.

La raison en était simple. Fidèle à ses convictions rétrogrades, ayant peu d'appétence pour cette époque où régnaient les applications pour téléphone portable et les réseaux dits sociaux – toujours aussi incompréhensibles –, il souhaitait disposer comme autrefois de cet argent quand bon lui chantait, avoir en tout cas la *possibilité* de le toucher physiquement n'importe quand, en allant faire un retrait à la banque la plus proche. Son argent était de l'argent, un point c'est tout. Inutile de l'affubler d'un autre nom.

Fonds d'épargne. Comme si *épargner* n'était pas suffisant en soi, et qu'il fallait ajouter *fonds*.

Et s'il osait adresser quelques lignes au sujet de tous ces mots au courrier des lecteurs d'*Adresseavisen* ? Mais s'il signait de manière anonyme, le journal exigerait quand même son nom. Alors pas question. Pourtant, cela l'aurait sans doute aidé. C'était toujours satisfaisant de déverser son agacement et sa frustration, de les canaliser d'une manière ou d'une autre. D'autres le liraient, répondraient à son courrier, le soutiendraient. Cela lui ferait chaud au cœur, même s'il signait juste par *Homme, 56 ans.* Cela le tranquilliserait de savoir que d'autres partageaient ses inquiétudes. Curieux, quand même, de trouver une consolation dans le fait que d'autres souffrent autant que soi-même. Il savait qu'après un suicide, un accident de la circulation ou un décès « des suites d'une longue maladie », les proches du défunt étaient aidés par des groupes de soutien. Il aurait profité de son courrier pour parler aussi du *podcast.* Durant des années, il avait ignoré ce que ce terme signifiait, jusqu'au jour où Mme Marstad avait demandé, au déjeuner :

76

— C'est quoi, en réalité, un « podcast » ? Je sais que je vais passer pour une idiote, mais…

— Rien de plus simple, avait répondu Mme Gabrielsen.

Pourtant, la question ne s'adressait pas à elle.

Les yeux de Mme Marstad et de Margido s'étaient portés automatiquement sur Peder Bovim, le dernier venu, qui savait tout mieux que tout le monde. Le jeune homme avait pris une grande bouchée de sa viennoiserie fourrée avant de répondre, la bouche pleine, de la crème pâtissière sur les incisives :

— Un enregistrement sonore, voyons.

Voyons. Pourquoi se sentait-il obligé d'ajouter ce « voyons » ?

— Un enregistrement sur bandes ? avait répété Mme Marstad.

— Pas « sur bandes », avait dit Bovim en mâchonnant. Un enregistrement. Il suffit d'appuyer sur le symbole qui apparaît à l'écran, et tu entends l'enregistrement. Tu sais, ce n'est pas enregistré sur des rubans magnétiques, plus personne n'utilise ça, de nos jours.

À part les rubans des couronnes mortuaires, avait pensé Margido.

C'était donc aussi simple que ça. Un podcast était un *enregistrement sonore*.

Au fond, on en revenait toujours à la langue. Il ne s'agissait pas de dénigrer comme d'habitude l'invasion de l'anglais, mais de constater qu'on compliquait l'accès à bien des choses au commun des mortels, créant ainsi un phénomène d'exclusion vis-à-vis de ceux qui ne comprenaient pas ou n'étaient pas dans le coup. Une sorte de punition, en somme. Ils se retrouvaient plongés dans l'obscurité de l'ignorance juste parce qu'ils n'avaient pas saisi la signification des nouveaux mots, parce qu'ils avaient manqué la petite seconde, tout au début, où ces termes avaient été expliqués, à toute vitesse.

Il changea de position sur le siège en bois, glissa les fesses vers la droite, et regarda l'heure à côté du thermomètre. Quatorze minutes. Encore une minute et ça devrait suffire. D'ailleurs, il avait un autre prétexte pour ne pas prendre son téléphone quand il était au sauna.

La transpiration.

Elle pouvait se poursuivre pendant trois quarts d'heure, sans doute en raison de son âge. La sueur sortait de ses pores dilatés même lorsqu'il était revenu à une température ambiante normale. C'était une expérience presque fascinante, comme un bonus de sauna sans chaleur artificielle : son corps restait en mode sauna. Margido lavait toujours son peignoir de bain après deux saunas.

Il lui était arrivé, trois ou quatre fois, de devoir sortir précipitamment du sauna ; il ne se rappelait plus si c'était trois ou quatre, sans doute avait-il refoulé ce souvenir.

Enfiler un caleçon sur une peau mouillée au risque de le déchirer, des chaussettes sur ses pieds encore humides, une chemise blanche et une cravate, ça lui serrait le cou et il haletait, puis le pantalon, la veste, prendre ses dossiers, se peigner malgré la sueur qui suintait littéralement à la racine de ses cheveux, trouver les clés de la voiture et ne pas oublier son portable, se rappeler tout ce qu'il fallait emporter, devait-il passer au bureau prendre un imperméable, une petite benne pour les déchets, des gants, ou y avait-il tout ce qu'il fallait dans la réserve en bas, devait-il passer à la ferme pour récupérer un cercueil provisoire ou y en avait-il déjà un de prêt dans la voiture, la police disposait-elle ou non d'un sac mortuaire…

Dans le cas d'une maison de retraite, une bonne partie de ces questions pratiques étaient déjà réglées, car ils disposaient de tous les produits d'hygiène ; en revanche, il fallait prendre en charge des proches.

Et tout ça pendant que la sueur continuait de ruisseler ou venait à peine de s'arrêter de couler. Ses vêtements enfilés à la hâte étaient aussitôt trempés. Cela ne sentait pas mauvais, la sueur était assez propre, mais elle était froide, désagréable. Il aurait difficilement pu s'en plaindre à quiconque : une personne venait de décéder, une personne qui aurait bien aimé continuer à transpirer. Alors il devait prendre son mal en patience.

Il arrêta la fonction sauna, mit en marche la ventilation, quitta le banc en bois où il faisait si bon être assis et ouvrit la porte de la douche. De l'eau glaciale ruissela sur son crâne et tomba en pluie autour de son corps ; il tourna lentement la manette pour monter à 36 °C, baissa de nouveau le siège pour le nettoyer aussi, le releva, courba la nuque et étudia ses ongles de pieds, qui auraient dû être coupés depuis longtemps. Surtout ceux des gros orteils, qui frottaient contre le bout des chaussures et les abîmaient de l'intérieur.

Personne d'extérieur à sa branche ne comprenait l'importance d'avoir de bonnes chaussures, excepté les prêtres.

Lors des enterrements, il fallait toujours avoir de belles chaussures à semelle fine, et à la rigueur des surchaussures en plastique quand il faisait un temps de cochon et que tout devait être prêt pour l'inhumation. Ni lui ni le prêtre ne pouvaient se balader en bottes de caoutchouc ou en grosses bottines, cela ne se faisait pas. Surtout avec un habit de prêtre. Ou un complet sombre.

Des cimetières boueux et des sols d'église glacés. Le froid qui, en hiver, remontait des pierres du sol le long des jambes, malgré les semelles intérieures en laine qu'il avait glissées dans ses belles chaussures, et les surchaussures si c'était mouillé. Des câbles chauffants ou de petits radiateurs soufflants étaient installés le long des bancs pour que la communauté puisse se réchauffer les pieds ; les gens étaient assis là avec de grosses chaussures de saison. Étonnant qu'il ne tombe pas plus souvent malade, lui qui avait toujours les pieds gelés.

Tor avait dit un jour qu'ils avaient de bons gènes ; lui non plus n'était jamais enrhumé, pas plus que sa mère. Il était drôle de penser que les rhumes dépendaient des gènes, que les défenses immunitaires pouvaient être héréditaires. Si c'était bien le cas, cela faisait au moins un élément positif dans ses racines familiales.

Il n'avait pas le courage de se couper les ongles maintenant, de rester debout, un pied posé sur la lunette des W.-C., à rassembler les bouts au fur et à mesure qu'ils volaient dans tous les sens. Sa mycose était repartie de plus belle, remarqua-t-il, et il n'avait plus sa pommade habituelle ; comment elle s'appelait déjà, ça commençait par un V. Il demanderait demain à la pharmacie. Bon, il allait au moins poser ses pieds, dans des sandales ouvertes, sur un repose-pieds devant son fauteuil Stressless, dans son salon bien chauffé.

Personne n'avait appelé. Et il allait se préparer une tartine au fromage, acides gras mortels ou pas. *Count your blessings*[1], pensa-t-il, comme aurait dit Stein-Ove à la station de lavage auto.

1. « Apprécie ta bonne fortune. » Expression anglaise fourre-tout, à connotation d'abord religieuse.

Le lendemain matin, sur le chemin du travail, il passa à la pharmacie au centre commercial de Byåsen, se gara juste devant, à quelques pas seulement ; la journée commençait bien, il espéra que c'était un signe. Il avait posé son casse-croûte sur le siège passager. Aujourd'hui, il ne mangerait pas ses tartines dans la forêt, sans accompagnement, mais au bureau, avec du café sortant tout chaud de la machine.

La pommade contre la mycose des ongles s'appelait Verucid, quant aux vitamines et aux sels minéraux, il pouvait les avaler en un seul comprimé. La femme en blouse blanche avec les tatouages si peu seyants sur le bras droit tapait sans quitter l'écran des yeux. Elle devait entrer un paquet de données rien que pour avoir le prix d'un flacon de vitamines et d'une petite boîte de pommade.

— Et puis j'aimerais des comprimés contre le manque de globules rouges.

— Oui, des comprimés de fer. Vous en avez déjà pris ?

— Pas que je me souvienne.

— Que vous a dit votre médecin traitant ?

Elle regarda enfin son client en face.

— Euh… Je n'ai pas parlé au médecin. Je pensais seulement que ça pourrait m'aider à lutter contre une certaine apathie…

— Apathie…

Il jeta un rapide regard autour de lui ; personne n'était assez proche pour entendre ses propos, mais qu'importe, ne pouvait-elle pas simplement poser sur le comptoir une boîte contre la carence en fer, qu'on en termine ?

— Oui, dit-il.

— Vous devriez d'abord faire des analyses de sang. «Manque de globules rouges» est un terme trop général, le médecin vérifie à la fois…

— Est-ce que je ne peux pas simplement acheter ces comprimés de fer ? Ou il faut une ordonnance pour ça ?

— Non, mais…

— Il y a des effets secondaires assez terribles, vous voulez dire ?

Elle se redressa.

— Vous pouvez avoir des maux de ventre, même assez importants au début, vos selles peuvent être sombres, vous ne devez pas prendre ces comprimés avec du lait car cela en réduit l'effet, et il ne faut pas non plus dépasser la dose prescrite. D'habitude, les gens absorbent assez de fer par le biais de la nourriture.

— Alors je n'en ai peut-être pas besoin, dit-il en sortant son portefeuille.

— Il y en a dans les légumes verts, les noix, surtout les noix de cajou, la viande rouge, le pain complet. Et il faut de la vitamine C, le jus d'orange par exemple, ça aide à fixer le fer contenu dans la nourriture que vous mangez. La carence en fer peut survenir en cas d'alimentation appauvrie ou de maladie. Il reste que pour la grande majorité des gens, prendre un apport en fer est tout à fait superflu.

— J'achète toujours du pain de campagne. C'est bien, non ?

— Ça se rapproche davantage du pain blanc que du pain complet, mais vous pouvez terminer le repas avec du pain croustillant aux céréales, par exemple. Et ajouter du pâté de foie.

— Oui. Ça fait un moment que je n'ai pas acheté de pâté de foie. Par contre, je prends une tranche de fromage de chèvre tous les jours.

— Avant, on ajoutait du fer à ces fromages de chèvre, mais maintenant ça revient à manger du lait avec du sucre sur sa tartine.

— J'aimerais payer.

— La viande rouge est aussi une bonne source de fer, ajouta-t-elle.

À croire qu'elle ne l'entendait pas. Il glissa sa carte bancaire dans l'appareil.

— La charcuterie sur le pain, c'est comme la viande rouge.

— Ah bon ? fit-il. Je mange du salami tous les jours.

— C'est du fer, dit-elle.

— Vraiment ?

— Oui, il y a du fer dans le salami, répéta-t-elle en souriant.

Il lui rendit son sourire par politesse. Il ne lui restait plus qu'à acheter du pain croustillant et du pâté de foie, du jus d'orange et quelques sachets de noix dont le nom commençait par *caj...*, et ce serait le début d'une vie plus saine.

En ouvrant la porte de son bureau ce jour-là, il remarqua aussitôt que les choses n'étaient pas comme d'habitude.

Jamais il n'aurait dû embaucher ce passager clandestin, ce blanc-bec qui n'en foutait pas une et qui n'avait rien à faire dans cette branche.

Margido revoyait très bien Peder Bovim discuter âprement son salaire et les conditions de sa retraite, avant d'annoncer qu'il voulait commencer son contrat d'embauche par trois semaines de vacances. Il avait appelé ça *une transition en douceur.*

En douceur ? Pour qui ?

Pour lui, ce terme évoquait avant tout la peau des joues enfin détendue après que les crampes de la mort eurent relâché leur emprise, le moment où il pouvait les enduire de crème assouplissante avant de montrer le corps aux familles.

Voilà ce qu'était *la douceur* au sens propre du terme.

Mais Margido avait besoin de personnel. Il n'y avait aucune douceur à travailler presque vingt-quatre heures sur vingt-quatre, à certaines périodes, tandis que le nouvel employé se prélassait dans des transats aux quatre coins de l'Europe centrale, ce que Mme Gabrielsen suivait à la loupe depuis qu'elle faisait partie de ses *amis* sur Facebook. Mme Gabrielsen savait ce qu'était un podcast, elle aussi. Pourtant, c'est seulement depuis que cette espèce d'anguille déversait ses connaissances informatiques que ses collègues prenaient tout cela au sérieux.

Les pompes funèbres constituaient un secteur d'activité assez fermé. L'on y trouvait rarement des offres d'emploi. Pourquoi des étrangers sans aucune expérience auraient-ils postulé, quand le travail impliquait de se rendre dans des maisons de retraite à toute heure du jour et de la nuit, d'être aux premières loges lors d'accidents de la route mortels, de s'occuper de la toilette mortuaire, d'organiser les obsèques ou de jongler avec la paperasse administrative qui vous tombait dessus quand un citoyen de ce pays passait l'arme à gauche ?

On recrutait à l'intérieur de la branche, et les entreprises étaient le plus souvent familiales. Tous les enfants de la génération suivante pouvaient y travailler s'ils le souhaitaient.

Par ailleurs, ce n'était pas un business soumis à la conjoncture économique. Il y avait toujours des gens qui mouraient. Certes, il y avait la haute saison, mais en fait, ça ne s'arrêtait jamais.

— Il n'y a jamais de temps mort, dans cette activité, avait un jour sorti Mme Marstad en plein déjeuner, faisant rire tout le monde, même Margido.

Et on y gagnait de l'argent. Les personnes en deuil réglaient le prix demandé, il était rare de tomber sur de mauvais payeurs. C'était une branche fermée et lucrative. Aussi, lorsque Margido avait appris que Peder Bovim cherchait du travail quand lui-même souhaitait se développer, la solution lui avait paru toute trouvée.

Peder Bovim était le fils cadet de l'entreprise de pompes funèbres Bovim. Konrad et Karin Bovim avaient trois fils et une fille, laquelle était le bras droit du père. Mais le recrutement de Peder Bovim avait été beaucoup trop précipité. Margido savait pourquoi, et ne pouvait s'en prendre qu'à lui-même.

En premier lieu, il avait été pris de panique à l'idée que son entreprise raterait le coche de l'informatique. En second lieu, il avait le plus profond respect pour le couple Bovim et s'était imaginé qu'ils devaient avoir engendré des enfants à leur image, robustes, y compris leur dernier fils.

Le gamin s'y connaissait en informatique, sur ce plan, rien à redire. Mais le reste était expédié en moins de deux, à la va-vite : il ne se creusait vraiment pas la tête et bâclait le travail. Pas question pour lui de faire la toilette des morts, parce que, disait-il, « ça sentait et que l'odeur restait dans les vêtements ». Difficile de croire qu'une telle femmelette soit le fils de Konrad Bovim.

Car s'il y avait bien une chose que Margido abhorrait, c'était le manque de professionnalisme *quel que soit* le métier. Or Peder Bovim était dénué de toute conscience professionnelle, et ne ressentait aucune *honte* de ce manque de professionnalisme, de cette absence de fierté du travail bien fait. Tout lui était égal, du moment qu'il avait affaire à un clavier et un écran.

— C'est le petit dernier arrivé par accident, vous savez, lui avait confié Mme Marstad un jour qu'ils faisaient la toilette d'un pensionnaire récemment décédé de la maison de retraite d'Ilevollen.

Il n'avait pas pensé à ça.

Évidemment.

Sa sœur et ses deux frères étaient beaucoup plus âgés que Peder. Cela expliquait beaucoup de choses. Un petit dernier gâté ; Konrad avait dû avoir du fil à retordre avec lui. Raison de plus pour ne pas le congédier.

Néanmoins, Margido gardait un vague espoir de voir Peder Bovim devenir un jour adulte, se réveiller en pleine possession de ses facultés, avec l'ambition de devenir un formidable conseiller funéraire. Il se lèverait, s'habillerait et se pointerait à l'entreprise de pompes funèbres Neshov, la tenue impeccable, l'esprit alerte et le désir de donner son maximum.

Les voies du Seigneur étaient impénétrables et Peder Bovim avait l'excuse de la jeunesse. Margido avait-il jamais été jeune ? Pas qu'il s'en souvienne. Il lui semblait être devenu vieux le jour où il avait appris le secret de famille. Difficile de garder longtemps le sourire aux lèvres après avoir vu sa mère dans une situation qu'on préférerait pouvoir oublier à jamais.

Mais il se souvenait qu'une fois – il devait avoir dans les dix-sept ans –, il avait coursé un lièvre jusque vers l'église de Byneset. Il n'y avait jamais de lièvre à Byneset. Margido avait couru comme un fou et était tombé en avant, s'ouvrant méchamment le genou gauche sur des bouts de bois. Il y avait eu du sang partout, on l'avait conduit aux urgences en ville, mais il s'en était bien moqué. Ce qui lui manquait, c'était sa course effrénée après le lièvre, une joie de vivre qu'il avait l'habitude de réprimer mais qui avait alors, soudain, jailli de sa poitrine.

— Un lièvre ? avait demandé le médecin.

— Oui.

— Sans doute un lapin apprivoisé qui s'est échappé.

Il laissa le sac de la pharmacie dans la voiture pour éviter d'avoir à répondre aux questions inquiètes de Mme Marstad concernant sa santé. Il appréciait sa sollicitude, bien sûr, mais elle l'agaçait parfois outre mesure.

Dès qu'il eut passé la porte, il sentit que quelque chose avait changé.

Ni Mme Marstad ni Mme Gabrielsen ne croisèrent son regard, elles se contentèrent de lui lancer un « Bonjour » machinal en continuant leurs tâches.

Peder Bovim se tenait devant la photocopieuse.

— Bonjour, dit Margido.

— En fait, je ne sais pas trop si ça va être une bonne journée, répondit le jeune homme sans se retourner.

— Ah bon ?

— Oui, parce que je devais procéder à l'inhumation de l'urne, hier soir, poursuivit-il, toujours sans se retourner.

— Très juste. Celle de Veronika Karlsen. Je me souviens. Ils voulaient la cérémonie le soir, n'est-ce pas ? Parce que la sœur venait par avion et tenait à rentrer chez elle aussitôt après ?

— Oui, c'est ça.

— Et... ?

— Le nom sur l'urne était mal orthographié, alors ils ont interrompu l'inhumation.

— Mal orthographié ? Pourtant, on s'en était rendu compte à l'enterrement…

— Oui, mais le problème s'était reproduit un peu. Sur l'urne.

— Reproduit *un peu* ?

Margido entra dans son bureau et ferma la porte derrière lui. Sans lâcher la poignée, il avança les lèvres en inspirant et expirant rapidement plusieurs fois. Konrad et Karin, eux, auraient mieux fait de s'abstenir d'aller au bout du processus de reproduction…

Les obsèques de Veronika Karlsen avaient eu lieu un bon mois auparavant. Avant la cérémonie dans la chapelle, une de ses proches, parente ou amie, s'était rendue à l'endroit du cimetière réservé à la future inhumation de l'urne ; les gens faisaient souvent ça, ils étaient nombreux à vouloir fleurir la tombe avant même que l'urne y soit déposée. C'est pourquoi Margido faisait toujours mettre une simple croix blanche en bois indiquant le nom, et cette parente ou amie avait remarqué que la croix portait le nom Veronica avec un c. Elle s'était précipitée dans sa voiture, pour y prendre un feutre noir, et avait ajouté un trait vertical devant le c, pour que cela ait quand même l'air d'un k. De cette manière, personne d'autre qu'elle ne l'avait remarqué, mais elle avait contacté Margido peu après, très remontée, voire choquée.

À raison.

Margido s'était chargé du faire-part de décès et du programme dans l'église, ainsi que des documents et des formulaires, et il avait bien entendu orthographié le prénom correctement, mais il avait laissé Peder Bovim prendre contact avec le responsable du cimetière et le crématorium. Lorsque la faute d'orthographe avait été découverte, il l'avait fortement réprimandé.

Et maintenant, ceci.

Il ouvrit la porte et retourna dans la pièce principale. Bovim n'était plus devant la photocopieuse, mais assis à son bureau, les yeux fixés sur son écran.

— Tu sais que j'ai beaucoup de respect pour ton père ? dit Margido au visage de profil.

— Oui, il est cool, lui.

— Cool ? En fait, j'ai beaucoup de respect pour ta mère, ton père et ta sœur, et certainement aussi pour tes deux grands frères, même si je ne les connais pas vraiment, mais je sais qu'ils travaillent avec ton père. Ce qui me fait dire qu'ils doivent être compétents.

— Et ?

— Toi, tu es tombé loin de l'arbre. Et c'est un euphémisme.

— Détendez-vous.

— Moi, je dois me détendre ?

— Oui ; au fond, ils étaient contents de devoir interrompre la cérémonie, m'ont-ils dit, car ils avaient regretté leur décision. Ils préfèrent que les cendres soient dispersées, mais ils croyaient que c'était trop tard pour changer. Maintenant, ils vont pouvoir le faire quand même.

— Et est-ce que tu as pu les conseiller sur ce plan ?

— Comment ça ?

— Est-ce que tu connais le règlement ? Des endroits déserts, aucune construction ou lieu de passage, l'autorisation qu'il faut demander au préfet, ce genre de choses ?

— Ils veulent les disperser sur le terrain de leur chalet.

— Ce n'est pas possible. C'est considéré comme un lieu de sépulture privé, et ce n'est pas légal. Les règles sont très strictes.

— Ah bon ? Moi, je leur ai dit que ça ne devrait pas poser de problème. Ils aimaient l'idée que les cendres retournent à la terre, la nourrissent et participent au cycle naturel…

— Les cendres qui sortent de l'incinérateur sont constituées de phosphate de calcium ; c'est une erreur communément répandue de croire qu'elles sont aussi pures que celles d'un banal feu de cheminée.

— Vous en savez, des choses.

— Je m'y *connais*. C'est le minimum. La mort exige de la précision, Peder Bovim, une précision que tu ne possèdes pas. Est-ce que tu aimerais, toi, avoir tes cendres inhumées dans une urne qui porterait le nom de Petter Bovim ? Ou Peder Buvam ? Une autre règle stipule que le défunt doit avoir exprimé le souhait de voir ses cendres dispersées.

— Ce qu'elle avait fait, paraît-il.

— *Paraît-il ?* Qu'est-ce que je viens de dire sur la précision ?

— Elle l'avait fait. Elle *avait* exprimé ce désir. C'est ce qu'ils croient.

— Je vais reprendre tout ça. S'ils téléphonent, dis-leur de s'adresser à moi, dorénavant. D'ailleurs, je vais les appeler moi-même, tout de suite.

— Et moi, qu'est-ce que je dois faire ?

— Le moins possible. N'importe quelle tâche sur ordinateur. Reste dans ton fauteuil de bureau.

À l'heure du déjeuner, Margido alla dans un café au coin de la rue. Il n'avait vraiment pas la force de supporter la tronche de Bovim pendant sa pause, et voulait passer un bon moment avec son délicieux casse-croûte, un café et un journal. Il allait devoir réorganiser sa petite équipe, veiller à ce que Peder

Bovim n'ait aucun contact avec les proches des défunts ni de responsabilités sur le plan pratique.

Autrement dit, il n'était pas plus avancé qu'avant, puisque le seul travail que Bovim pouvait maintenant accomplir était lié aux conséquences de cette ère dite numérique. Une *ère* qui faisait miroiter à tous un surcroît de productivité et une réduction de travail, pour la plus grande joie de la société. Résultat des courses : les personnes âgées ne pouvaient même plus se rendre à un guichet de banque. Jusqu'à cette tasse de café qu'il venait de commander : il fallait tapoter sur un écran. Le monde était envahi de claviers et de touches, c'était ridicule. Il se sentait comme un naufragé seul sur un récif, agitant son petit mouchoir alors qu'un gros bateau s'éloignait sans que personne regarde dans sa direction.

Cinquante-six ans. Et largué. Quand, jeune homme, il s'était lancé dans cette entreprise, il était agent funéraire. À présent, il était conseiller. Il semblait qu'il devait tout revoir de fond en comble. Comment tant de choses pouvaient-elles changer en moins de temps qu'il ne lui en fallait pour se moucher ?

Il ferma les yeux au-dessus de son journal ouvert, dont il n'avait pas retenu une ligne, et pensa très fort à Abraham. Lorsque Abraham eut quatre-vingt-dix-neuf ans, le Seigneur lui apparut et dit : *Je suis Dieu, le Tout-Puissant. Marche devant ma face et sois intègre !*

Margido hocha pensivement la tête et sentit son pouls se calmer. Il avait la foi, il n'était pas seul. Au contraire. Et aujourd'hui, il allait commencer à prendre des vitamines, se couper les ongles de pieds et faire un sort à sa mycose.

Il était intègre. Personne ne pouvait l'accuser du contraire.

— Mais laisse-la tranquille, enfin ! Tu vois bien qu'elle ne *veut* pas !

— Faudrait quand même qu'elle puisse lever une patte pour…

— Non. Elle n'est pas obligée. C'est ma chienne de tête. Si elle n'aime pas que tu t'occupes d'elle, il y a forcément une raison.

— Je ne l'ai jamais aimée. Elle rampe devant moi. Je ne lui fais pas confiance.

— Tu vois. Ça vient de là. Évidemment qu'elle sent que tu ne l'aimes pas, que tu as tes préférés. Laisse-la tranquille, merde ! Je vais la prendre moi-même.

— Tu as envie de gaufres après la balade ? J'ai préparé de la pâte.

— Bien sûr. Mais est-ce qu'on a des fraises ? Des gaufres sans fraises, ça ne vaut pas la peine.

— Les fraîches que j'ai achetées sont en train de décongeler. Je les mixerai avec du sucre.

— Des fraîches congelées ? Je ne la connaissais pas, celle-là, ha ha ! C'est comme le turbo diesel. Ça marche par paire ! Est-ce qu'on a de la crème fraîche ? De la vraie, bien grasse, pas ce truc allégé merdique ?

— Mais oui. Le gras perlera sur les fraises, ne t'inquiète pas.

— Bon, je prends le relais. Iris et moi, on va faire une balade d'entraînement avec six chiens par attelage, ça nous prendra environ une heure, une heure et demie, ça sera parfait d'avoir des gaufres au retour.

— Il s'est remis à neiger.

— Putain. Beaucoup ?

— Pas mal.

— J'ai fait la piste ce matin. Alors ce sera la piste éclairée.

— Et tu auras beaucoup de succès dans tes costumes de préservatifs.

— Je n'en ai rien à foutre. Les chiens vont faire la course du Finnmark[1]. Pas comme ces types de la Vasaloppet[2] avec leurs bâtons de ski en fibre de verre. Est-ce que mon lupin est à l'intérieur ?

— Oui, bien au chaud pour les batteries.

— Iris empruntera l'autre que j'avais avant, il doit aussi être à l'intérieur, non ?

— Mais oui. Tout est à sa place.

Torunn se dit qu'il ignorait sans doute à quel point il était pathétique quand il demandait où était son « lupin[3] », fleur qu'il ne devait même pas connaître. Elle était d'ailleurs souvent détestée, vu qu'elle envahissait comme une mauvaise herbe tous les bas-côtés du pays.

---

1. Finnmarksløpet : la plus longue et la plus septentrionale des courses européennes de chiens de traîneau (environ 1 000 kilomètres), avec la ville d'Alta comme point de départ et d'arrivée.
2. Vasaloppet : course annuelle de ski de fond (90 kilomètres) qui a lieu en Suède.
3. Prononcé *lupine* (pas de nasale en norvégien), d'où la confusion avec le nom de la lampe.

Le « lupin » de Christer n'était pas détesté mais adoré, puisqu'il s'agissait d'une lampe frontale ultra-puissante Lupine Wilma à LED qui valait plusieurs milliers de couronnes. *Est-ce que mon lupin est à l'intérieur...*

— Qu'est-ce qui te fait rire ?

— Je ne ris pas. Je rentre, maintenant. Bonne balade.

— Est-ce qu'Iris aura aussi droit aux gaufres, après ?

— Évidemment. Pourquoi est-ce qu'elle n'aurait pas droit elle aussi à des gaufres et du café après avoir entraîné les chiens avec toi ?

Elle n'y voyait pas d'inconvénient. Absolument pas, au fond.

Iris remplissait sa vie. Il passait toutes ses nuits dans son bureau avec le Nasdaq, l'indice Nikkei et le Dow Jones pour toute compagnie, devant les écrans et les claviers d'ordinateurs qui le faisaient vivre, entouré de documents. La spéculation boursière était sa vie nocturne, sa réelle passion, sa concentration à deux doigts de faire imploser son cerveau. Le jour, il pouvait la laisser exploser en énergie physique sur son traîneau, derrière son attelage, en silence, avec en fond sonore le halètement des chiens et non les signaux venant des écrans, la vraie vie, rude, avec la neige en pleine figure, les cils collés par la glace, le souffle presque coupé quand l'attelage partait dans une mauvaise direction. Elle-même l'avait entendu, elle connaissait par cœur le fonctionnement des poumons de Christer depuis la fois où il l'avait laissée s'asseoir sur le traîneau et partir en balade pour admirer les étoiles, un soir d'hiver. C'était il y a longtemps.

Elle nota qu'il n'avait pas jeté les peaux de rennes sur les traîneaux qui attendaient dehors, ce qui voulait dire qu'Iris serait obligée de sortir son popotin à l'air. Il faisait – 9 °C dehors, mais Christer serait certainement rapide à la besogne, il bandait toujours comme un fou quand il baisait sur la piste. Sa technique consistait à maintenir fermement le frein du traîneau avec la main droite tandis que, de la gauche, il agrippait la hanche de la femme penchée devant lui. Elle connaissait parfaitement le scénario. Et le cri qu'il poussait quand il avait terminé.

Enfin, les voilà partis, et les chiens non retenus pour la balade s'étaient calmés après avoir accompagné de leurs aboiements frustrés leurs camarades qui avaient la chance de s'entraîner.

La neige tombait dru, à gros flocons bien lourds, les chiens secouaient leur fourrure, quittaient leur position lovée en spirale pour rentrer chacun dans sa niche et s'enfouir dans la paille tiède. Elle aussi secoua sa chevelure comme un clébard, puis elle balaya le perron, même si la neige fraîche recouvrit immédiatement les marches qu'elle venait de dégager.

Après avoir déposé la caisse de bois juste derrière la porte d'entrée, elle la souleva pour la porter sur sa hanche, trottina jusqu'à la remise et ouvrit la porte. Elle avait pris l'habitude de toujours s'attarder quelques secondes sur le seuil pour sentir la bonne odeur du bois, qui l'apaisait. C'était comme un parfum, une des meilleures odeurs qu'elle connût. Elle pouvait porter à son nez une bûche qu'il venait de fendre et, bouche fermée, la humer. Il l'avait toujours taquinée à ce sujet à l'époque où elle le suivait dans tout ce qu'il faisait, empilant les bûches et plaçant devant lui, au fur et à mesure, de nouveaux rondins sur le billot.

Tout ça, c'était avant. Car il y avait un *avant*, il y avait un *ici et maintenant*, et rien d'autre. Ah si, la pâte à gaufres, ça, c'était situé dans l'avenir. Et la course du Finnmark, bien entendu. Sauf que cet avenir n'était pas le sien mais uniquement celui de Christer, et vraiment rien qui la mît en joie.

Ils partiraient à deux voitures, elle serait avec Owe tandis que Gabi et Georg prendraient l'autre véhicule. Ils habitaient dans une ferme non loin de là ; eux et Christer participaient à la course du Finnmark tous les deux ans, de façon à pouvoir, chacun à leur tour, servir de *handlers*[1] pour l'autre.

Douze chiens dans leurs box à l'arrière des pick-up. Christer, lui, prendrait l'avion pour être reposé et au maximum de ses capacités. Il leur faudrait trois jours de voiture de Maridalen à Alta. Il n'y avait, semble-t-il, pas de neige au nord de Dovre. Elle avait vu au journal télévisé que le Trøndelag avait un hiver exceptionnellement sec, avec partout des risques de feu de forêt. Il serait en tout cas beaucoup plus facile de circuler sur des routes pas encore enneigées. Les feux de forêt étaient bien la dernière de ses préoccupations.

Elle rajouta des bûches dans la cheminée du salon et dans le poêle de la petite cuisine, se remplit un verre de vin du cubi sur le plan de travail et mit un CD de Diana Krall.

Elle n'avait connu la jalousie qu'au début, lorsqu'elle n'était pas encore sûre de la nature de leur relation, qu'elle avait cru qu'il y avait peut-

1. Assistants des mushers.

être un peu d'amour entre eux, malgré tout. Puis elle s'était rendu compte qu'il s'agissait de tout autre chose, de plus noir et plus laid. Mais au fond, cela lui convenait, surtout après qu'elle fut tombée enceinte de lui, un an et demi après avoir emménagé ici, et avait fait une fausse couche dans les toilettes à deux mois de grossesse, en pleine nuit. Il était alors scotché devant ses écrans. Elle ne lui avait pas soufflé mot de sa grossesse, n'avait pas même éprouvé le besoin de lui dire qu'elle avait perdu l'enfant et qu'elle en était soulagée, presque euphorique, heureuse comme elle ne l'avait pas été depuis longtemps.

Les douleurs une fois calmées, après avoir glissé une serviette hygiénique de nuit dans sa culotte, elle avait pris une bière bien fraîche devant la cheminée où ne restaient que les braises de la veille, et contemplé la couleur ambrée de son verre sur le fond de lueur rouge des braises.

Voilà, c'en était terminé de cet enfant-là, expulsé. C'en était terminé de ces sentiments-là. Et elle savait que désormais, cette expérience, cette demi-heure aux toilettes incroyablement douloureuse et vécue dans la solitude, le sang, le minuscule embryon qu'elle avait *senti* glisser hors d'elle, ce souvenir serait un garde-fou contre les sentiments qu'elle ne voulait plus s'autoriser à éprouver.

Elle qui avait été à deux doigts de téléphoner à Erlend et Krumme pour leur annoncer qu'elle était enceinte. Peut-on être bête à ce point ! Non, vraiment. Sans doute une simple histoire d'hormones. Et tout en buvant sa bière à grandes lampées viriles, elle se dit : *Maintenant, je suis libre, il n'y a plus rien à espérer. Ou plus de film à se faire.*

Après cet événement, elle reprit deux matières de terminale[1] sans but ni projet précis, même si des idées farfelues lui traversaient l'esprit quand, réveillée aux aurores, elle bâtissait des châteaux en Espagne. Elle n'avait d'autre choix que de laisser le temps s'écouler. Si seulement elle n'avait pas autant de peine pour lui.

Elle ne connaissait personne d'aussi solitaire que lui. À part elle-même.

Ils étaient comme deux hérissons qui se réchauffaient au contact l'un de l'autre.

Torunn alla chercher de nouvelles bougies chauffe-plat qu'elle disposa sur le plateau en laiton, au milieu des pommes de pin, cailloux et autres végétaux qu'elle avait trouvés dans la forêt et rapportés au chalet.

Un petit lutin poussiéreux en porcelaine était resté après Noël. Elle lécha son index et le passa sur le bonnet rouge du lutin pour le laver de sa salive, avant de s'accroupir près de la cheminée et d'allumer une cigarette. Il ne supportait pas qu'elle fume à l'intérieur mais ne le remarquait pas quand elle se mettait près du feu ; la fumée camouflait la fumée.

Elle les imaginait parfaitement, tous les deux, sur la piste éclairée, s'arrêter à un endroit où certaines lampes étaient défectueuses ; ça arrivait fréquemment, le plus souvent par série. Ils entraînaient les chiens sur le côté de la piste, à l'ombre des arbres. Et la fille de vingt ans, frêle et ambitieuse, laissait pendre le haut de sa combinaison de ski le long de ses jambes, telle une carcasse vidée, avant de descendre son legging et sa culotte.

---

1. En Norvège, on peut, même longtemps après, repasser des matières du bac pour améliorer ses notes, dans l'espoir d'accéder à certaines études supérieures soumises à un *numerus clausus*.

Il devait certainement l'aider, fallait pas lambiner, quelqu'un pouvait venir sur la piste, quelqu'un qui ne s'entraînait pas pour la Vasaloppet, bref, quelqu'un de pas pressé, on ne pouvait jamais savoir, un retraité à l'ouïe fine qui n'avait pas les yeux dans sa poche et qui se serait mis récemment à s'entraîner au ski de fond. Les chiens aboyaient et se chamaillaient, embrouillaient les lignes de trait en se déplaçant pour se renifler ou se battre un peu, pendant que ceux à deux pattes faisaient vite leur petite affaire. Ils y arrivaient, et la petite aux dents longues et aux grands rêves, accrochée à cet homme qui se retirait d'elle en poussant un gémissement, devait se dire maintenant je vais avoir du sperme à l'intérieur de ma grosse combinaison, je vais être obligée de la retourner sur l'envers et d'enlever le sperme sous la douche à la maison. Mais elle l'avait déjà fait auparavant, ce n'était pas un problème.

Au fait, le fromage, pensa Torunn, *j'espère que nous avons du fromage*. Rien ne surpassait le Norvegia sur des gaufres en forme de cœur encore brûlantes et pliées en deux pour le faire fondre. Elle avait l'habitude de les manger au fur et à mesure qu'elles cuisaient, de sorte qu'elle n'avait plus faim quand elle posait enfin le plateau sur la table.

Elle trouva dans le frigo un paquet entamé de fromage prétranché. Elle préférait laisser le fromage sur le plan de travail pour qu'il soit à la température de la pièce, mais lui le remettait systématiquement au froid. Elle fouetta la pâte à gaufres pour vérifier sa consistance, et ajouta un peu d'eau avant de verser les fruits et le sucre dans le bol et d'y plonger son mixeur. Le tout devint une épaisse mousse rouge à la fraise qui sentait bon l'été ; elle ne put s'empêcher de soulever le bol pour encore mieux respirer cette bonne odeur. Oui, un parfum d'été, alors qu'au-dehors, la neige s'amassait contre les fenêtres à petits carreaux de la cuisine. Elle se souvint de ce qu'il avait dit l'autre fois à propos de l'été, qu'ils devaient avant les beaux jours débroussailler tout autour du chenil pour empêcher les tiques de sauter des buissons sur les chiens, puis sur eux. *Eux*. Avant *les beaux jours*. Sa confiance était si grande.

En prenant les tasses à café et les assiettes dans le placard pour les poser sur la table et en se demandant s'ils avaient des serviettes – si, peut-être des serviettes de Noël, même si cela faisait deux mois que Noël était passé, mais vu comme il neigeait, on pouvait encore s'y croire –, elle examina de plus près le premier mug qui lui était tombé sous la main, un jaune. Avec un bord rouge tout en haut et un logo usé et illisible sous l'anse. D'où venait-il ?

Il n'y avait pas une seule chose dans ces placards à laquelle elle fût attachée ; tout appartenait à Christer. Ses tasses à elle étaient emballées dans des caisses dans le grenier de sa mère, à Sandvika, des caisses que sa mère ne manquait jamais de lui rappeler de venir récupérer, elle en avait *marre* de les voir prendre toute la place, elle avait même dû louer une cave supplémentaire, c'est dire. Les choses que Torunn avaient gardées de son enfance occupaient la première cave, et celle qu'elle avait louée était remplie jusqu'au plafond de meubles et d'objets venant de la vente de son deux pièces à Stovner.

Elle n'avait aucune idée de l'origine de ce mug jaune, n'avait jamais posé la question à Christer. Les seules choses qu'elle avait déposées chez lui, c'était des produits de beauté, du maquillage et des vêtements, c'était tout, après trois ans et demi. Si quelqu'un avait sorti un par un les mugs qu'elle possédait – ceux empaquetés à Sandvika –, elle aurait pu dire l'exacte provenance de chacun d'eux. Des mugs publicitaires qu'elle avait rapportés de la clinique, portant le logo d'une entreprise pharmaceutique, deux autres qu'elle avait reçus à Noël de ses collègues dans un coffret à thé, d'autres achetés elle-même parce qu'elle aimait leur couleur ou leur forme.

Elle ouvrit le placard du haut et examina les mugs qui s'y trouvaient par légions. Tous différents, sauf deux vert olive. Un cadeau qu'on lui avait fait ? Avec un sachet de thé à l'intérieur ? Elle ne voyait pas Christer entrer dans un magasin et indiquer des mugs en disant : « J'en prendrai six. »

Aucun d'eux ne lui rappelait quoi que ce soit. Rien de tout cela n'avait à voir avec son histoire personnelle. Ni les assiettes, ni le bol avec la bonne pâte, ni le fouet ou la louche, ni le gaufrier qui attendait sur sa planche, ni même cette planche en bois. Cette pensée ne l'avait jamais effleurée auparavant : ce n'était que des *choses*, des choses qu'ils utilisaient tous les jours et qui ne signifiaient rien pour elle.

Ils pénétrèrent dans le salon en chaussettes et leggings, après avoir laissé les combinaisons de ski sur le sol chauffant de la buanderie. Iris avait dû faire attention à ne pas retourner la sienne sur l'envers pour dissimuler les taches, au cas où Torunn serait entrée dans la pièce pour autre chose ; elle n'était pas si bête. Les joues toutes rouges, ils lui firent un grand sourire. Elle baissa le volume de la musique.

— Miam, des gaufres ! dit-il.

— Quelle chance, renchérit Iris.

Torunn lut dans le regard de Christer que tout ce qu'elle s'était imaginé correspondait trait pour trait à la réalité. Le mâle alpha avait eu ce qu'il voulait.

— Ce sera prêt dans quelques minutes, dit-elle. Je vais préparer le café. Est-ce que l'un de vous veut aussi un verre de lait, à côté ?

Tous deux secouèrent la tête.

— Nous avons bu de l'eau dans la buanderie, répondit-il. On avait une de ces soifs ! Les chiens étaient déchaînés, aujourd'hui, comme s'ils savaient ce qui les attend bientôt.

— Oui, ils le sentent, confirma Iris. Ce n'est pas la première fois qu'ils participent à cette course.

Comme elle était belle ! Le corps en V, comme un garçon, c'est-à-dire les épaules plus larges que les hanches, des bras musclés qui maîtrisaient les molosses comme si de rien n'était, grande, elle devait faire presque un mètre quatre-vingts. Ses cheveux bruns épais ondulaient dans toutes les directions comme si elle ne faisait rien pour qu'ils soient aussi beaux : ils étaient magnifiques par eux-mêmes, tombant dans le dos, sur le pull tricoté, une mèche s'aventurant au coin d'un œil ou une pointe s'approchant de la commissure de ses lèvres. Des cheveux partout, qu'elle essayait de dompter en les rejetant à contrecœur derrière son oreille où, bien sûr, ils ne restaient pas : seul importait ce geste affecté, *essayer* de mettre ses cheveux derrière l'oreille, *mais mon Dieu ma chevelure est si épaisse et rebelle qu'elle ne tient pas derrière l'oreille.* Cela étant, elle n'avait que vingt ans, un âge où les cheveux jouent un grand rôle dans la vie d'une jeune femme qui vient de se faire prendre par-derrière au milieu d'une piste éclairée. Elle avait dû feindre la jouissance, puisque l'affaire avait été expédiée en moins de deux, contrairement à ce qu'il fallait aux femmes. Elle avait dû pousser durant ces quelques minutes des gémissements

102

seyants, intriguant les chiens de l'attelage qui avaient tourné la tête vers eux pour essayer de comprendre ce qui se passait.

Ils avaient une faim de loup et dévorèrent cinq gaufres chacun.

— Tu n'en prends pas ? demanda Iris.

— Torunn mange pendant qu'elle les fait. Avec du fromage à l'intérieur.

— Moi, je vais prendre mon café maintenant.

— C'est super agréable, comme ambiance, dit Iris. Qui chante ?

— Diana Krall.

— Jamais entendu parler, mais c'est bien. Et les gaufres sont super bonnes. Vraiment. J'aurais bien aimé avoir une cheminée. J'aurais fait du feu tout le temps. Même en été, chaque fois qu'il pleut !

— Vous n'avez pas de cheminée, à la maison ?

— Si, mais elle se trouve dans le salon, et mes parents y sont tout le temps. J'aurais bien aimé avoir une cheminée à moi, c'est ça que je voulais dire.

— Tu n'as qu'à déménager, dit Torunn.

— Ça coûte si cher, il faut que j'attende un peu. Ça m'obligerait à travailler.

— Ou bien à faire un emprunt étudiant et à prendre un studio.

— Il n'y a pas tellement de studios avec une cheminée, répondit Iris. Qu'est-ce que tu lis, Christer ?

Iris montra du doigt, près du fauteuil dans le coin à côté de la cheminée, la table où s'empilaient des livres. Deux d'entre eux étaient même retournés, ouverts.

— Non, ça, c'est Torunn, dit-il. Moi, je ne lis que sur l'écran. C'est largement suffisant et beaucoup plus économique.

— Et c'est quoi que tu lis, Torunn ? insista Iris.

Elle se leva pour s'approcher des livres et se pencha pour lire les titres.

— Des bouquins sur la guerre, si tu veux savoir, répondit Torunn avec un petit rire.

— Ah ? La guerre... comme la Seconde Guerre mondiale ? demanda Iris.

— Oui, cette guerre-là, répondit-elle.

Christer se cala dans le canapé, les joues toutes rouges, et cligna des yeux. Pas question qu'il s'endorme maintenant, elle n'avait pas envie de se retrouver toute seule avec cette bimbo. C'était son jouet à lui, pas le sien. Elle lui donna un coup dans la jambe ; il ouvrit grand les yeux et la regarda.

— Ne t'endors pas, dit-elle. Ça plombe la soirée. Reprends du café.

— Un livre sur une femme qui s'appelle Magda ? dit Iris. C'est qui ? En quoi ça a un lien avec la guerre ?

— Magda *Goebbels*, répondit Torunn. Elle a tué six de ses gosses.

— Elle les a tués *elle-même* ? Pendant la guerre ?

— Oui. Tout à la fin, dit Torunn.

— Ils étaient juifs, ces gosses ?

— Non. Je croyais savoir pas mal de choses sur la guerre, reprit Torunn. En tout cas, l'essentiel. Et puis, il n'y a pas longtemps, j'ai vu une émission à la télévision et je me suis rendu compte que je n'y avais rien compris. En tout cas, pas vraiment.

— Tu ne m'en as jamais parlé, dit Christer.

Il s'était redressé et, penché en avant, avait posé les coudes sur la table.

— C'est possible. Tu ne m'as pas demandé. Les livres sont là, Christer, il suffit de regarder de quoi ils parlent.

— Mais c'était qui, cette Magda ? demanda Iris. Et pourquoi elle a tué ses gosses ?

— Je crois que je vais m'allonger un peu sur le lit, dit-il.

— Non. C'est *hors de question*.

— Je ne suis pas allé me coucher avant 6 h 30, ce matin…

— Tu restes ici. Prends plus de café, ça te réveillera.

— Explique donc à Iris cette histoire avec Magda Goebbels, dit-il.

— D'ailleurs, tu sais, toi, qui elle était ? demanda Torunn.

— La femme de Goebbels, le ministre de la Propagande. Ce type malingre et boiteux qui était le bras droit de Hitler, dit-il.

— T'en sais, des choses. Et comme Hitler n'était pas marié et qu'Eva Braun, en tant que maîtresse de Hitler, était tenue secrète, Magda est devenue en quelque sorte la première dame, dit Torunn.

— Mais qu'est-ce qu'elle avait de spécial ? Je veux dire… en plus de ça ? insista Iris en prenant une dernière gaufre qu'elle se mit à manger par petites bouchées.

Sur le plateau en laiton, les bougies jetaient un beau reflet doré sur son visage.

— Rien, au départ, et c'est ça le plus choquant. C'était une belle femme qui a eu six beaux enfants avec Joseph Goebbels. Elle avait aussi un fils plus âgé, d'un autre lit, il n'était pas là et a survécu à la guerre.

— Elle les a tués par balle ? voulut savoir Iris.

— Non. D'abord elle leur a administré une dose de morphine, puis elle a glissé une ampoule de poison entre leurs mâchoires et leur a donné un coup sous le menton pour qu'elle se casse. De l'arsenic.

— Oh, mon Dieu ! Tous les six ?

— Oui.

— Mais pourquoi est-ce qu'elle a fait ça ? demanda Iris.

Ses grands yeux d'une beauté insolente s'étaient mis à briller.

— Parce que c'était la fin de la guerre et qu'elle avait tout perdu. Ensuite, Goebbels et elle se sont suicidés. Hitler et Eva Braun aussi.

— Mais les petits enfants innocents, pourquoi elle ne les a pas laissés vivre ?

— Dans les livres, on parle souvent du *mystère* Magda. Mais je la comprends bien, moi, dit Torunn. Elle n'avait pas envie de jeter ses gosses aux loups. Elle les aimait trop pour ça.

— Tu la *comprends* ? Pourtant, tu dis qu'elle les aimait !

— Qu'elle les aimait *trop*, j'ai dit. Mais c'étaient les enfants du monstre Goebbels. Il était presque aussi terrible que Hitler lui-même. Les six enfants avaient tous un prénom commençant par H, comme Hitler. Ces gosses en auraient bavé.

— Je ne crois pas, dit Iris.

— Tu ne *crois* pas… ? Tu ne *crois* pas qu'ils en auraient bavé ? Dans la petite Norvège si gentille, des filles de ton âge, et même plus jeunes que toi, ont été battues et ont eu le crâne rasé parce qu'elles étaient tombées amoureuses des garçons qu'il ne fallait pas, à savoir de jeunes soldats allemands. Ce qui, comparé au reste, était assez innocent. Alors si, Magda l'a fait par amour. Ces gosses-là auraient été réduits en miettes. Brisés. Achevés.

— *Freedom's just another word for nothing left to lose*[1], dit Christer.

Iris voulut rentrer à la maison aussitôt après. Torunn fumait dehors, sous l'auvent du perron. Elle s'écarta en la voyant sortir, mais Iris la heurta quand même en passant.

— T'es complètement givrée. Ce n'est pas normal de *comprendre* que quelqu'un tue ses gamins.

— On ne vit pas toujours dans un monde de Bisounours, dit Torunn.

— Tu dis ça parce que toi, tu n'as pas d'enfants. Et maintenant, ça doit être un peu trop tard pour toi.

Torunn inhala lentement en regardant Iris courir vers sa voiture, sa combinaison de ski sur le bras, tandis que la neige tombait dru. Ses longues jambes fines dans ses moonboots aux lacets défaits.

Iris jeta la combinaison de ski sur la banquette arrière et eut le temps d'être couverte de flocons avant de balayer la neige sur la voiture. Il devait y en avoir quinze centimètres. Christer aurait pu l'aider. Torunn lui fit un signe de la main quand elle s'assit au volant, mais l'autre ne répondit pas à son geste.

— Est-ce que c'était vraiment nécessaire ? dit-il quand elle rentra.

— C'est elle qui a demandé. Ça semblait l'intéresser. Je te signale que je ne lui ai pas raconté que Helga, l'aînée des enfants, a été retrouvée couverte de bleus. Elle avait visiblement eu des soupçons et s'était débattue, répondit Torunn en débarrassant la table à manger.

1. « Liberté est juste un autre mot pour dire qu'il n'y a plus rien à perdre. » Vers d'une chanson de Kris Kristofferson, *Me and Bobby McGee*, rendue célèbre par Johnny Cash et Janis Joplin.

— Quelle délicatesse de ta part, dit-il.
— N'est-ce pas ?

Torunn laissa Owe prendre le volant au départ. Ils se relaieraient durant les trois jours que durerait le voyage vers le nord. Ils dormiraient la première nuit à Stjørdal, chez un musher qu'ils connaissaient et qui pouvait accueillir les douze chiens. La neige s'était remise à tomber dru, et ils durent suivre un chasse-neige un long moment qui leur parut une éternité, avant d'enfin arriver sur la E6 et d'appuyer sur le champignon.

Owe était un taiseux, et la radio se chargeait de meubler le silence. Elle le découvrit seulement lors de leur premier arrêt à Alvdal, quand ils se rangèrent à côté du pick-up de Gabi et Georg déjà garé près du café routier couleur rouille. Pour tous les voyageurs qui allaient loin, c'était une halte naturelle entre Oslo et Trondheim.

Les chiens s'agitèrent dès qu'ils s'arrêtèrent et commencèrent à geindre et à se presser contre les ouvertures des box, la vapeur sortant de leurs gueules comme de la barbe à papa. Il faisait – 16 °C.

— Couché ! Tout va bien, leur dit-elle à travers les trous des parois.

Elle avait faim et envie d'une tasse de café. Ils pénétrèrent dans la salle surchauffée ; en venant du froid intense de l'extérieur, c'était comme entrer dans un sauna.

Ce n'était pas Gabi qui était attablée à côté de Georg, c'était Iris, qui leur souriait. Torunn vint vers eux, souriante elle aussi. Georg évita d'abord de croiser son regard, mais il fut obligé de la regarder quand elle demanda :

— Gabi n'a pas pu venir ?

— Non, il y a des problèmes avec les mômes de sa sœur, dit-il. Alors c'est elle qui va surveiller tous les chiens, y compris ceux de Christer qui sont restés et dont Iris devait normalement s'occuper.

Il détourna aussitôt les yeux et se mit à tripoter un sachet de pain azyme déjà entamé. *Dire qu'il y a encore des cafés qui servent ça*, pensa Torunn, *huit fines tranches dans un petit sac en papier*.

— Quelle aubaine pour *toi*, Iris ! C'est génial de participer pour la première fois à la course du Finnmark, lança-t-elle.

— Oui, j'ai hâte de vivre ça, dit la jeune fille, ses jolies boucles ondulant dans tous les sens.

— Vous avez mangé ? demanda Torunn. Qu'est-ce qu'ils ont, aujourd'hui ?

— Leur ragoût de renne était une tuerie, répondit Iris en lui souriant.

Elle avait pour elle la jeunesse de ses yeux bleus et affichait l'assurance de sa victoire. *Mon Dieu, ce que tu peux être conne*, pensa Torunn, *t'es tout sauf innocente, oui, t'es qu'une sale prédatrice !*

— Ça me tente, je vais prendre la même chose. C'était servi avec des airelles en conserve ou décongelées ? dit-elle.

— Décongelées, répondit Georg. Un grand bol d'airelles mélangées avec du sucre, tu peux en prendre autant que tu veux.

Elle resta au comptoir à côté d'Owe en attendant qu'ils soient servis, regardant fixement la boue marron du ragoût de renne, dans le bac rectangulaire en aluminium derrière la vitrine réfrigérée. Tout à coup, l'idée de manger lui donna un haut-le-cœur, mais pas question de le montrer. Elle allait ravaler tout ça à coups de pommes de terre, d'airelles et tout le bataclan.

— Bon… dit Owe.

— N'y pense plus, dit-elle. Tu prends aussi de la viande de renne ?

La radio continua à faire son boulot durant les trois heures restant jusqu'à Trondheim. Elle laissa encore Owe conduire, ça n'avait aucune importance. Les routes étaient sèches – un miracle – et grises, bordées d'un paysage de forêts et de plaines sans neige. Cela donnait l'impression étrange d'avoir atterri sur une autre planète ou dans un autre pays. Ainsi, la Norvège pouvait aussi avoir ce visage-là, en hiver. Ici planait le risque d'incendie de forêt, tandis que les régions plus au sud avaient droit à d'importantes chutes de neige. La lune montait lentement dans le ciel bleu foncé de l'après-midi. Après le repas, elle fit semblant de somnoler, alors qu'en fait elle avait la nausée ; elle aurait pu vomir par la fenêtre toute la bonne viande et son accompagnement. Elle baissa un peu la vitre et alluma une cigarette.

— Il n'aime pas que la voiture sente la cigarette, dit Owe.

— Alors là, si tu savais comme je m'en fous.

Elle fuma pendant tout le trajet, se débarrassant de ses mégots dans une bouteille vide avec un peu d'eau qui devint de plus en plus brune ; elle ne voulait pas les jeter par la fenêtre, vu la sécheresse. Mais une fois sur le plateau marécageux de Heimdalsmyra, à quelques kilomètres au sud de Trondheim, ils eurent de la pluie. Aucun d'eux ne fit de commentaire, Owe se contenta d'enclencher les essuie-glaces (vieux et desséchés, ils laissaient des traînées en couinant), se racla la gorge et toussa plusieurs fois avant de lâcher, sans tourner la tête :

— Tu sais, je me doutais pas une seconde que ce serait elle qui...

— Te fatigue pas, dit-elle. Tu en sais visiblement un rayon, pour me dire ça.

— C'est pas facile de dire quelque chose. Il est assez...

— Te fatigue pas, je t'ai dit. On est bientôt arrivés à Trondheim. Tu peux faire le plein de diesel à la station-service, ici à droite.

Elle pointa le doigt, il tourna.

— Tu connais le coin ? demanda-t-il.

— Oui, pas mal. Maintenant, on est à Heimdal. Encore cinq cents mètres sur la E6, puis tu verras toute la ville en contrebas près du fjord. Tu m'as dit que tu n'avais jamais été à Trondheim. Une ville pas mal du tout, quand on y pense. Mais toi, tu ne vas pas traverser la ville. La E6 la contourne, il suffit de suivre les panneaux.

— *Toi* ? Pourquoi tu dis *toi* ?

Elle prit son sac, qu'elle avait posé derrière les sièges.

— Parce que moi, je ne vais pas plus loin, dit-elle.

— Hein ? Qu'est-ce que tu racontes ?

— Je reste ici. Vous vous en sortirez très bien sans moi.

— Tu *restes* ici ? Mais qu'est-ce que tu vas faire ici ?

— J'ai de la famille en ville.

— Mais tu peux quand même pas...

— Oh que si. Bonne route. Tu leur donneras le bonjour.

— Bon Dieu, Torunn, tu es un de ses *handlers* !

— Les *handlers*, ça pousse aux arbres, Owe. *Moi* pas.

Ellen et Nora avaient vu le jour après une césarienne pratiquée une semaine après le terme, puisque Lizzi était en grande forme, et quatre jours après, ce fut le tour de Leon, dix jours avant le terme. Tous trois faisaient un poids de naissance normal et étaient des nouveau-nés en parfaite santé. Leon avec des cheveux un peu foncés, les *gonzesses* sans un poil sur le ciboulot.

Cela avait été un moment de pure folie.

Erlend ne respirait plus, ne dormait plus, ne pouvait plus enchaîner deux pensées logiques ; Krumme et lui devaient par moments s'étreindre de toutes leurs forces pour se rappeler qu'ils existaient, qu'eux deux aussi étaient des personnes importantes, chacun ayant contribué avec quelques gouttes de son élixir à donner la vie. Et à chaque violente étreinte de cette période poignante, Erlend répétait comme un moulin, la bouche collée contre le crâne chaud et rassurant de Krumme :

— Nous devons voir le côté positif de ce cirque, mon chéri, ils sont nés à trois jours d'intervalle, cela signifie que nous pourrons célébrer leurs anniversaires en une seule fois, le jour intermédiaire entre les deux dates, le 22 novembre. Les anniversaires *à thème* sont très tendance en ce moment ; il faudra trouver un thème qui implique à la fois les filles et les garçons, ce seront des fêtes grandioses, nous louerons des clowns, peut-être un poney que les enfants pourront monter...

— Et tout ça aura lieu où, petit mulot ? répondait chaque fois Krumme, le nez enfoui dans le creux de la nuque d'Erlend. Tu crois vraiment qu'on peut faire entrer un poney dans l'ascenseur ?

— L'ascenseur ? Tu n'y penses pas. Il suffit que l'animal fasse ses besoins dedans pour que nous soyons asphyxiés par le méthane. Non, il faut que ça ait lieu dans la Koreavej, jusqu'à ce que nous achetions une maison pour nous tous, quand les enfants seront plus âgés. Je suis si heureux qu'on ne l'ait pas encore fait, Krumme, si tu savais, et qu'on ait eu assez de jugeote pour attendre. Comme ça, Dieu soit loué, on peut avoir de temps en temps un moment de répit dans notre bon vieux lit.

Après les accouchements, Jytte et Lizzi étaient allées dans une clinique privée. Krumme avait tout organisé : pas question de suivre la procédure normale où, dès que l'enfant est expulsé, on prie la mère, pourtant tout juste nommée à ce poste, de prendre ses cliques et ses claques pour laisser sa place à la prochaine parturiente. Lizzi sortait pour ainsi dire d'opération, et Jytte, qui s'était relevée et avait marché quelques heures seulement après avoir accouché, voulait bien entendu être auprès d'elle.

— Ils n'ont même pas eu besoin de me recoudre, tout s'est rétracté de nouveau, comme un petit anus.

Erlend *détestait* l'entendre s'exprimer ainsi, cela lui donnait la nausée, mais il n'osait rien dire. Les mères étaient des reines, à présent, elles faisaient la loi, il fallait les porter aux nues et prévenir le moindre de leurs désirs. Ainsi, vers la fin de leur grossesse, Krumme, ou lui-même, ou les deux, avaient-ils sauté dans le premier taxi venu pour aller dans la Koreavej à toute heure du jour et de la nuit, mais surtout le soir, et répondre aux exigences les plus farfelues et aux envies de nourriture bien particulières qui, semble-t-il, terrassaient sans prévenir toutes les femmes enceintes.

Si Krumme restait travailler tard, Erlend devait s'en charger seul. Sa tête avait failli exploser quand, Noël approchant, il avait dû se souvenir de tout. Les grands magasins et les boutiques de luxe rivalisaient avec leurs vitrines, et les assistants travaillaient d'arrache-pied, contraints de sous-traiter en douce, pour mettre en œuvre au millimètre près les instructions d'Erlend.

Il fallait que les vitrines jettent mille feux correspondant à *sa* vision, avec *sa* signature sur la facture, mais lui-même avait à peine le temps de passer voir l'avancement de ses projets, et encore moins de fêter au champagne l'inauguration des vitrines. Pas une seule fois, il n'osa se laisser aller à une légère ivresse, au cas où il devrait soudain se comporter en père responsable sur le coup des 11 heures du soir.

— Ne me dis pas que c'est normal. Leurs exigences sont sans doute les pires du monde, dit Erlend.

— C'est tout à fait normal, dit Krumme, très au courant de la chose – ils venaient de traiter ce sujet dans *BT*.

Les futures mères mangeaient, selon le principe de plaisir, les choses les plus absurdes, y compris du papier journal ; il y avait même des femmes qui *bouffaient* le journal de Krumme comme si c'était des biscuits apéritifs. Aussi ce dernier avait-il davantage de bienveillance et d'empathie envers ces accès de folie.

Mais tout cela pouvait arriver si brusquement !

— Je suis à bout de nerfs ! Il faut que je me fasse hospitaliser ! criait Erlend quand l'alarme se déclenchait dans la Koreavej.

Les écrans de leurs téléphones portables s'allumaient, et les mères n'attendaient même pas qu'Erlend prenne le temps de répondre pour appeler aussi Krumme, ou l'inverse. Il fallait sur-le-champ laisser tomber tout ce qu'on tenait entre les mains. Les dernières semaines de la grossesse, ils se précipitèrent encore plus vite que d'habitude (à supposer que ce fût possible), persuadés à chaque coup de fil que les femmes avaient perdu l'eau. Ou plutôt *les eaux*.

Mais non, *les eaux* ne partaient pas. Il s'agissait seulement d'une autre de leurs lubies : il leur fallait *instantanément* des cornichons et de la glace pralinée, des pommes vertes et surtout pas rouges, seules les granny-smith trouvaient grâce à leurs yeux, il leur fallait des friandises à la réglisse en forme de bateau et des Werther's Original, Lizzi voulait du pâté de foie dans sa version la plus concentrée, avec le plus de foie possible à l'intérieur.

C'était un mystère pour Erlend et Krumme : les mères remplissaient la maison du sol au grenier sans être satisfaites pour autant. Pendant leurs courses, elles pouvaient presque éprouver du *dégoût* pour les pommes vertes et le pâté de foie, et trois heures plus tard, elles étaient à l'agonie si elles n'obtenaient pas dans la seconde qui suivait une friandise à la réglisse ou un cornichon à se mettre sous la dent. Et surtout, elles descendaient des quantités astronomiques de lait ; Krumme avait envie de vomir rien que d'y penser.

Lizzi mangeait aussi des gommes, qui devaient sentir la fraise ; elle les mâchait comme une cinglée mais sans avaler, recrachant la masse déchiquetée dans les toilettes ou dans la poubelle quand ça n'avait plus de goût. Erlend avait prudemment suggéré du chewing-gum classique, mais s'était vu rétorquer qu'il n'y comprenait *rien*, ce qui était tout à fait juste. Qu'avoir un être humain dans son ventre donne envie à une femme de mâchonner des gommes au goût de fraise artificiel dépassait son entendement. Il était assez intelligent pour ne pas lui proposer de manger juste quelques fraises.

La frénésie de réglisse, c'était l'affaire de Jytte. La réglisse en forme de bateau, puis celle des sachets Panda, en quantités là aussi astronomiques. Krumme plaisantait en disant que Leon naîtrait nègre, ce qui n'était pas politiquement correct : aujourd'hui, on disait noir ou *black*. Mais lorsque le médecin annonça que la réglisse faisait grimper le taux de cholestérol, Jytte mit la pédale douce et se contenta de deux sachets par jour.

Elle était aussi raide dingue d'allumettes carbonisées. Elle en allumait une qu'elle laissait brûler complètement, puis elle enlevait le soufre au bout et mangeait le reste. Elle se garda bien d'en toucher un mot au médecin, mais Krumme se renseigna de son côté et apprit qu'il n'y avait aucun problème, c'était du charbon pur, pour ainsi dire un complément alimentaire.

— Quand je vois ces pauvres petites allumettes... Pourquoi tu ne fais pas brûler toute une bûche dans le poêle ? Tu pourrais la manger à la cuiller et ça t'éviterait de te salir les doigts.

Aucun rire. Même ça, ce n'était pas drôle.

— Aurais-je perdu mon sens de l'humour, Krumme ? Toutes mes blagues tombent à plat. Avant, elles riaient toujours, même quand je ne voyais pas ce qu'il y avait de drôle. Est-ce que c'est moi ?

Est-ce que c'est *moi*, Krumme ? Est-ce que mes paroles tournent à vide ? Réponds-moi honnêtement.

— C'est comme ça quand on est à deux doigts d'accoucher. Voilà ce qu'on m'a dit. C'est comme se trouver dans un état d'urgence permanent, répondit Krumme. À mon avis, elles entendent à peine ce que tu dis. Elles ne réagissent pas non plus à ce que je leur dis. Elles ne pensent qu'à leurs ventres…

— Qui bientôt va se déchirer.

Les mères avaient particulièrement envie de ce qu'elles ne devaient en aucun cas manger, comme des sushis, du roquefort, du brie et du jambon fumé cru. Lizzi affirmait qu'elle rêvait si fort d'un brie moelleux, un peu coulant au milieu, qu'elle se réveillait la bouche pleine et tendait le bras pour saisir un verre de vin rouge ; sa main ne trouvait qu'un verre d'eau tiède sur la table de nuit.

— De l'eau stagnante avec, à la surface, toute la poussière de la chambre à coucher, dit-elle. Tu parles d'une désillusion.

Longtemps avant les accouchements, Erlend acheta deux couffins ovales, en blanc laqué, qu'il tapissa respectivement de soie bleu clair et rose, avec une sous-couche de feutrine au fond. Il fixa la soie avec une couture irrégulière à la bordure un peu effilochée, avant de nouer un nœud de la même couleur sur les anses à chaque extrémité.

Il se fichait royalement que les mères affichent peu d'enthousiasme, pour ne pas dire une franche hostilité, vis-à-vis du rose et du bleu clair ; elles trouvaient le rouge vif et le bleu cobalt beaucoup mieux, si l'on voulait à tout prix faire une distinction entre les sexes. C'était bien un truc de lesbiennes, ça. Tout devenait une affaire de genres. Mon Dieu qu'elles pouvaient être stupides. Rouge était une couleur super puissante, qui rappelait un peu Noël sur les bords, évidemment, néanmoins une couleur splendide, même chose pour le bleu cobalt, une très belle nuance de bleu. Mais il s'agissait de nouveau-nés.

Certes, il n'avait jamais *vu* d'aussi jeunes bébés en chair et en os, mais il faisait confiance à son intuition. Ce serait du rose et du bleu clair, un point c'est tout. Les jeunes mères n'étaient-elles pas terriblement sentimentales ? Google était son dieu, à présent, il lisait sur « la dépression postnatale », qui survenait quand l'extase de l'adrénaline, juste après la naissance, laissait la place à « un sentiment insidieux de tristesse » ; on appelait ça le *baby blues*, et il était souvent accompagné de la mauvaise conscience de ne pas sauter de joie comme les autres se l'étaient imaginé.

Pile quand les mères devraient pouvoir contempler des couleurs pastel, et non un rouge criard et un bleu vif.

Pour remplir les couffins, Erlend acheta du vin rouge en petits cubis, pas de grands millésimes bien sûr, mais il partait du principe qu'après neuf mois d'abstinence, même un *vin de table* leur paraîtrait divin. Il acheta aussi deux paquets de mini-bruschettas, des serviettes en papier décorées de cigognes, en bleu et en rose, des couteaux à beurre dans les mêmes couleurs douces et des verres à vin en plastique à bordure dorée, vu que dans son angoisse des catastrophes, toujours à plein volume, il imaginait déjà des bris de verre tomber dans les yeux grands ouverts, d'un bleu innocent, des nouveau-nés.

Dans le réfrigérateur, il remplit une boîte en carton de jambon serrano et de fromages bien faits, et dessina au feutre noir une tête de mort sur le côté afin que

Krumme n'y touche pas. Il ne manquait plus que des grappes de raisin, à acheter au dernier moment, et peut-être une baguette. Mais il y avait aussi ces sushis, dont les mères avaient l'eau à la bouche rien que d'y penser.

— Nous ne pouvons pas courir dans toute la ville pour trouver des sushis au moment où elles perdent les eaux, petit mulot.

— Lizzi aura une césarienne.

Il avait été infiniment soulagé que la sage-femme et le médecin aient suggéré cette solution ; ça éviterait au moins à deux des trois bébés d'être coincés dans ce canal d'enfantement qui le répugnait tant, même s'il adorait la femme qui en était dotée.

— Nous ne pouvons pas non plus courir dans toute la ville pour trouver des sushis quand on ouvrira le ventre de Lizzi pour en faire sortir deux petits enfants, Erlend. Même si c'est planifié.

— On n'a qu'à commander une fois à l'hôpital, ils doivent bien livrer de la nourriture, là-bas ?

— Certainement. Mais je crois que nous aurons autre chose à penser.

— Alors ce sera du vin avec du fromage et du jambon serrano.

Il regarda les couffins à moitié remplis posés côte à côte à l'extrémité de la table à manger, et soupira.

— Qu'est-ce qu'il y a, petit mulot ? Les couffins sont absolument ravissants, c'était adorable de ta part d'y penser. Même si les couleurs ne sont peut-être pas tout à fait du goût des mères. Mais tu le sais, je pense.

— Je le sais et je m'en fous. J'ai l'intention de commander aussi des ballons et des fleurs dans ces mêmes couleurs pastel. Mais Lizzi aurait dû avoir *deux* couffins.

— Un seul suffit. Elle n'a qu'un ventre, que je sache, même s'il y a deux enfants dedans.

— Ça devient plus réel, en quelque sorte, quand je vois les couffins. Tu ne vois pas, Krumme ? Tu ne vois pas que c'est le premier truc de bébé que nous avons dans *notre* foyer ? À part toute la garde-robe que j'ai achetée pour celle que je m'étais imaginé être Eleonora. Sauf que ce n'était pas vraiment de la layette, plutôt des habits d'enfant. Tout le reste – les lits, les tables à langer, les pommades, les couches et je ne sais quel équipement – se trouve à la Koreavej. Si je peux te poser une question : quand as-tu vu du rose dans cette maison pour la dernière fois ?

— Tu portes une chemise rose, Erlend. Et j'en ai une, moi aussi...

— MAIS TU COMPRENDS CE QUE JE VEUX DIRE !

— Du calme. Mais oui, dit Krumme.

Erlend s'écroula sur une des chaises de la salle à manger et enfouit son visage entre ses mains.

— Mon Dieu, qu'est-ce qui nous a pris de faire ça ? Et *trois* d'un coup ! La plupart des gens se contentent d'en avoir *un* et ils sont déjà au bord de l'effondrement ! Oh, mon Dieu, mon Dieu... j'ai besoin de cinq vodka-tonic. Au moins. *Là, tout de suite.*

— Et si elles appellent ?

— On va éteindre nos téléphones portables.

— Tu es fou ! Elles vont nous tuer.

— Nous chargerons Birte ou le setter anglais de faire les courses et la livraison. Birte fait *tout* ce qu'on veut pour de l'argent. Susy aussi.

— Excellente idée. Même si Jytte et Lizzi vont faire la gueule...

— Nous avons besoin d'un *time out*[1], Krumme. Une soirée. Nous avons bien mérité ça. J'en ai marre d'être vingt-quatre sur vingt-quatre sur le pied de guerre. C'est DEFCON 1[2] non-stop. Pense aux hommes qui vivent sous le même toit que des femmes comme elles, pas étonnant qu'ils finissent par péter un plomb, les pauvres ! Ce soir, nous serons aux abonnés absents. Tout simplement, oui !

— Et si elles perdent les eaux ?

— Alors nous serons ravis d'avoir déjà quatre vodka-tonic à notre actif, Krumme, crois-moi. J'ai regardé un million de fois sur Google des femmes en train d'accoucher. Leurs maris peuvent entrer dans la salle d'accouchement déguisés en Kim Larsen[3], Superman ou Eddie Skoller[4], elles n'y prêtent aucune attention, toutes leurs pensées sont tournées vers elles-mêmes. On est de *l'air* dans un moment comme celui-là, Krumme. Alors autant être de *l'air alcoolisé*.

Dans les semaines qui suivirent les accouchements, Erlend se remémora souvent cette soirée, le seul soir de liberté que Krumme et lui s'étaient octroyé. Jytte avait appelé, évidemment, et Birte, aussitôt contactée, avait accepté l'offre : 1 000 couronnes plus les frais de taxi pour aller acheter six litres de lait et un pot de betteraves vinaigrées (les cornichons ne faisaient soudain plus l'affaire) et les livrer à domicile, dans la Koreavej. Jytte n'avait pas fait la tête, ce qui avait soulagé la conscience des futurs pères

1. Courte pause (à la demande de l'entraîneur, au handball, par exemple, pour faire le point avec son équipe).
2. Niveau d'alerte militaire des forces armées des États-Unis (contraction de DEFense et CONdition).
3. Musicien rock, danois, assez déjanté, né en 1945.
4. Chanteur-guitariste danois né en 1944.

au point qu'ils s'étaient resservis de vodka-tonic et avaient improvisé un somptueux souper au champagne avant de s'amuser comme des fous dans le jacuzzi.

— Pourquoi n'avons-nous pas pensé plus tôt à demander à Birte, Krumme ? Cette mademoiselle *adore* qu'on lui fourre de l'argent au noir dans la main.

— Parce que nous sommes les pères. Et que nous adorons Lizzi et Jytte et leurs ventres, et que nous voulons satisfaire leurs moindres désirs. Allez, à ta santé, petit mulot !

Ils avaient vite oublié que le champagne, en plus de grandes quantités de vodka, c'est la gueule de bois assurée, et quand la réalité les rattrapa, à peine quelques semaines plus tard, pour les assommer littéralement, ils se souvinrent avec émotion de cette soirée insouciante et débridée.

Erlend s'était toujours vanté de sa capacité à gérer le total chaos.

— Au plus fort de la tempête, oui, dans les pires turbulences, je garde l'esprit clair et imperturbable, disait-il souvent à Krumme en rentrant du travail.

— Je n'ai jamais entendu de déclaration aussi inepte depuis le procès de Nuremberg, répliquait alors Krumme. Tu es un hystérique. Et tu le resteras à jamais.

— Mais avec moi, les choses se font ! Les vitrines sont terminées à temps.

— Oui. Absolument.

— Parfois, j'ai l'impression d'être un génie. Peutêtre pas Einstein, mais…

— Tu es génial dans ton boulot. Personne ne peut t'enlever ça.

Erlend était conscient que stressé, les gens trouvaient son comportement hystérique, et qu'il avait cette réputation, mais il s'en moquait : il avait une hystérie *constructive*, ce n'était pas du tout la même chose.

C'était une hystérie qui faisait courir les assistants dans tous les sens comme des rats, accomplir le moindre de ses ordres juste avant le dévoilement d'une vitrine où, bien entendu, rien n'était comme il fallait : des vêtements, des objets ou des accessoires importants manquaient parce que le véhicule de livraison avait eu un accident ou que le chauffeur était *saoul comme un Polonais*, des bras et des jambes tombaient des mannequins parce qu'on avait trop serré les tissus sur eux, les spots refusaient de s'allumer, l'escabeau s'effondrait et lacérait un travail de Sisyphe minutieusement installé à l'arrière-plan de la vitrine. Tout pouvait arriver. Et tout arrivait. Ses commanditaires étaient, à supposer que ce fût possible, encore plus sur les dents que lui : Erlend et ses assistants (et les assistants des assistants) travaillaient d'arrache-pied dans les vitrines encore dissimulées, derrière le papier gris où, dans la rue, l'on pouvait lire, faussement écrit à la va-vite, en grosses lettres à la bombe de peinture noire, comme sur un chantier, la date à laquelle les vitrines seraient dévoilées.

Dans la tête des propriétaires des magasins, des flots d'argent partaient dans le caniveau tant que les vitrines restaient voilées. Aussi harcelaient-ils Erlend pour savoir quand tout serait enfin prêt, même si la date était affichée sur la devanture de *leurs propres vitrines.* Il y avait de quoi devenir fou, car les propriétaires eux-mêmes étaient témoins des catastrophes à la chaîne, sans comprendre que tout cela était normal.

La question était de savoir *quelles* catastrophes allaient survenir. Et *quand.*

Erlend devait donc tranquilliser les uns et houspiller les autres, et au milieu de tout ce chaos, il se sentait un roc. À la fin, tout s'arrangerait, il mènerait le bateau à bon port et son acharnement serait couronné de succès.

Erlend était convaincu que Krumme aussi savait gérer les crises qui surgissaient quand la voiture du livreur avait un accident, que le chauffeur était *saoul comme un Polonais,* qu'une célébrité mondiale adulée des lecteurs passait l'arme à gauche dix minutes avant la deadline, ou qu'ils devaient supprimer tout un article un quart d'heure avant l'impression parce que le ou la journaliste n'était pas neutre dans le traitement de l'affaire, ayant couché avec la personne interviewée. Krumme devait alors, à la dernière minute et au bord de l'apoplexie, trouver un article de remplacement ; les encarts publicitaires ne suffisaient pas, il fallait ressortir de vieux articles qu'ils avaient en réserve, souvent sur l'hérédité ou le cancer. C'était le branle-bas de combat : il fallait vérifier les intertitres, les responsables étaient partis on ne savait où, tout le monde criait et rejetait la faute sur quelqu'un d'autre, le journal ne serait jamais près à temps, et l'ensemble de l'équipe rendait Krumme personnellement responsable des dernières réductions d'effectifs.

Il rentrait à 3 heures du matin et s'effondrait dans le grand lit à côté d'Erlend sans passer par la case brosse à dents, avec la ferme intention de descendre tel et tel de ses proches collaborateurs à l'aube.

— Mais tu prônes toujours la paix, Krumme. Tu es ce roseau qui plie sous la tempête sans se rompre, tu ne ferais pas de mal à une mouche[1], si tu me pardonnes ce jeu de mots, tu es la réponse danoise à Mère Teresa, tu ne souhaites que le bien, mon tout tendre.

— Pas cette nuit. Cette nuit, j'ai des envies de meurtre. J'ai envie de trucider ces putains d'incapables et d'imbéciles qui m'empoisonnent la vie.

— Pose ta tête sur mon bras, ça va passer. Personne ne sera tué cette nuit. Maintenant, on va dormir.

Et les catastrophes étaient toujours évitées de justesse, le quotidien paraissait à temps, et quand le soleil pointait son nez au-dessus du pont d'Øresund, les piles s'entassaient sur les étagères et les présentoirs tandis que Krumme ronflait, couché sur le dos, avant de partir affronter une nouvelle journée pleine de nouvelles dates butoir et de catastrophes en tout genre.

Voilà à quoi ressemblait la vie du rédacteur en chef de *BT* à Copenhague.

Mais rien ne pouvait les préparer à cette épreuve-là. Le seul secours était de s'en tenir à ce qui, tous deux s'accordaient sur ce point, constituait leurs forces.

— La nourriture, le ménage et l'argent. La nourriture, le ménage et l'argent, répétait Erlend.

C'était devenu une sorte de mantra.

Le soir précédant la césarienne, ils avaient décidé de tenir dans la Koreavej une *réunion d'état-major*, selon les termes de Krumme. La date n'avait pas été choisie au hasard : prises de court, les mères n'auraient pas le temps de protester.

— *Une réunion d'état-major ?* s'était écriée Jytte au téléphone. Qu'entends-tu par là ?

1. *Krumme*, en tant que verbe, signifie en norvégien « recourber » au sens premier et « faire du mal à quelqu'un » au sens figuré.

— Erlend et moi avons pas mal réfléchi. Nous en parlerons une fois chez vous, nous apportons la nourriture.

Comme d'habitude, ils durent se frayer un chemin dans l'entrée. Les deux mères aimaient faire des achats, mais aimaient beaucoup moins se débarrasser des emballages. Emballages plastique et cartons s'empilaient le long des murs.

— Est-ce que tu as préparé ton sac pour l'accouchement, Lizzi ? demanda Erlend.

— Il est prêt. Disons que c'est plutôt un sac pour la césarienne. Et aujourd'hui, Jytte m'a acheté des pantoufles divines. Chaudes. Assorties à la robe de chambre. Encore que ça n'ait pas grande importance, mais bon. Qu'est-ce que Krumme a préparé ?

— Un sauté d'agneau et de la purée, bien jaune, avec tout le beurre qu'il y a mis.

— Je ne peux pas manger beaucoup à la fois, mon estomac est repoussé en haut dans un petit coin de l'abdomen. Ah, quand je pense qu'à partir de demain, je vais pouvoir respirer normalement !

— Tu es vraiment énorme. Cela paraît contre nature.

— Mon centre de gravité est complètement *de traviole*. Je suis obligée de marcher penchée vers l'arrière si je ne veux pas me retrouver le nez par terre ; j'ai encore dû prendre deux kilos rien que cette dernière semaine.

— Parfait. Ça veut dire que les petites filles à l'intérieur ont aussi pris du poids, dit Krumme. Où est le grand faitout turquoise Le Creuset ?

— Dehors, sur le balcon de la cuisine, avec un reste de soupe à l'intérieur. Mais ça date, il faut tout laver.

Krumme partit en soupirant.

— On n'arrive pas à tout faire, dit Lizzi, mais tout est prêt pour accueillir les enfants. Absolument tout. Alors à quoi rime cette *réunion d'état-major*, si Jytte a bien entendu cette expression ?

— Ça sonne mieux que « réunion de crise », répondit Erlend. Attendons que Jytte sorte de la douche et qu'on soit tous les quatre.

— Tu me fais peur ! Vous êtes tombés malades ? Vous allez vous séparer ? Vous avez un *cancer* ?

Enfin, il avait toute son attention ; pas trop tôt... Aussi marqua-t-il un temps d'hésitation avant de répondre.

— *Bon, vous allez cracher le morceau !* cria-t-elle. QU'EST-CE QUI SE PASSE ?

— Mais rien de grave ! dit Erlend. Assieds-toi, je vais te masser les épaules.

— Il ne faut pas qu'il arrive quelque chose maintenant, tu peux comprendre ça ?

— Pourquoi veux-tu qu'il arrive quelque chose ? Calme-toi et laisse les doigts magiques d'Erlend te détendre.

— Nous ne pouvons pas beaucoup vous aider, déclara Krumme pendant le repas.

Jytte et Lizzi le regardèrent, effrayées.

— Il entend par là, tout de suite après les accouchements, s'empressa de préciser Erlend. Vous avez toutes les deux de quoi les nourrir... vous allez les allaiter, je veux dire, donc ce n'est pas nous qui allons leur donner à manger. Et les nouveau-nés sont extrêmement liés à leurs mères, c'est un fait biologique. Contact par la peau et ce genre de choses. Et ils seront si petits, nous dit-on, que nous ne pourrons pas trop les tenir, avec nos grosses paluches d'hommes, et...

— Que veux-tu dire ? demanda Jytte.

— Pour ce qui est de nos grosses paluches d'hommes, je laisse Erlend juger, dit Krumme. Moi, je veux bien changer les couches. Mais je sens qu'on part dans tous les sens. Reprenons les choses dans l'ordre. Premièrement, je vous ai réservé une place dans une clinique privée. Oui, pour Lizzi en premier lieu, naturellement, mais Jytte pourra aussi y habiter pour que vous restiez ensemble. Vous aurez la possibilité d'y séjourner aussi longtemps que vous le souhaitez.

— Une clinique privée ?

— Personnel aux petits soins et assistance médicale, de la bonne nourriture, des boissons que vous aimez, bref, tout ce dont vous avez besoin.

— Mais vous deux...

— Nous viendrons vous voir le plus souvent possible, avant ou après le travail, évidemment, dit Erlend.

— Dans ce cas... dit Lizzi.

— Oui, cela paraît assez idéal, renchérit Jytte.

— Comme ça, pendant que vous serez là-bas, nous nous occuperons de la maison, reprit Erlend.

— Quoi ? fit Lizzi.

— S'occuper de la maison ? répéta Jytte.

— Laver, faire le ménage. À fond.

— Vous deux ? demanda Jytte.

— T'es folle ? Non, Birte et le setter anglais, répondit Erlend.

— Tu pourrais quand même l'appeler Susy. La pauvre, si elle savait, dit Lizzi. C'est vraiment le bordel, ici, à part tout ce qui concerne les enfants.

— C'est pour ça, ma chère, qu'elles doivent venir, dit Krumme. Elles ont l'habitude de tout ranger chez nous, même après des fêtes assez folles. Ce sont des êtres surhumains, elles courbent l'échine jusqu'à ce que tout soit impeccable et étincelant.

— Mais elles vont mettre leur nez dans nos effets personnels et…

— Oui, dit Erlend. Elles vont tout passer en revue.

— Je ne sais pas trop, dit Lizzi. Nous avons toujours tenu la maison toutes seules.

— Si on veut… lâcha Erlend, qui se prit un coup de pied dans le tibia de la part de Krumme.

— Nous nous sommes déjà mis d'accord avec elles, dit Krumme. Elles commencent demain soir.

— Comment ça, elles *commencent* ?

— Ça peut prendre plusieurs jours, répondit Erlend. Pendant que vous mènerez une vie de pacha dans la clinique privée.

Birte avait suggéré quatre, cinq jours, peut-être six, voire *sept*, quand Erlend avait listé tout ce qu'il y avait à faire.

Il fallait désinfecter la maison en insistant particulièrement sur la cuisine, la salle de bains et les toilettes pour invités, il fallait mettre les pommeaux de douche dans de l'eau chlorée, nettoyer le four, démonter et nettoyer la hotte, se débarrasser de tout le bric-à-brac en téléphonant à une entreprise d'enlèvement d'ordures, passer l'aspirateur sur les matelas et changer les draps, décrocher les rideaux et les porter au pressing avant de les remettre en place, vider, dégeler le frigo et le congélateur, puis les laver tout en vérifiant la date de péremption des aliments, passer l'aspirateur et laver les murs et le plafond, enlever sérieusement la poussière des étagères, remplacer tous les paillassons, les brosses à vaisselle et les éponges nettoyantes, et pour finir aussi l'aspirateur, car arrivé à ce stade, le vieil appareil rendrait certainement l'âme.

— Il n'y a quand même pas *tant de choses* à faire ici, protesta Lizzi.

— Birte jugera par elle-même, répondit Erlend tout en buvant trois gorgées de vin rouge d'affilée.

C'était le moment d'annoncer l'idée extraordinaire qui leur était venue à l'esprit quand, quelques soirs plus tôt, ils avaient énuméré leurs points forts : la nourriture, le ménage et l'argent.

— Et puis… enchaîna Krumme.

— Il y a autre chose ? demanda Lizzi. Mon Dieu, je n'ai déjà plus faim. Après quatre bouchées, merde ! Mais c'était divin.

— Une clinique privée et une maison propre, c'est déjà plus que suffisant, dit Jytte.

— Et quand vous rentrerez à la maison, répondit Krumme, oui, quand vous rentrerez à la maison, tous les cinq…

— Ce sera couches et tétées vingt-quatre heures sur vingt-quatre, le coupa Lizzi. Nous y sommes préparées.

— Justement, l'êtes-vous vraiment ? demanda Krumme.

— Quelle question ! Nous sommes archi au point ! s'exclama Lizzi. Nous avons suivi des cours, acheté plein de bouquins que nous avons lus, et nous sommes deux à gérer tout ça. Ma mère nous donnera aussi un coup de main, et vous, vous pourrez nous faire les courses, ça ira très bien.

— Néanmoins, nous avons pris la liberté… commença Krumme.

— Nous voulons seulement le meilleur pour les enfants, enchaîna Erlend. Et pour *vous*. Nous ne voulons pas que vous soyez à ramasser à la petite cuiller.

— Allez, dites-le, s'impatienta Jytte. Quelle liberté avez-vous prise ?

— Des nourrices, dit Krumme. Deux nounous qui se relaieront. Vous ne remarquerez rien, elles feront seulement en sorte que tout se passe bien.

— *Vous êtes cinglés !* s'écria Jytte en se levant de table. On n'en veut pas ! Elles dormiraient où, hein ? On n'a pas la place pour accueillir qui que ce soit maintenant !

— Assieds-toi, voyons, avant de tomber par terre, et écoute-nous jusqu'au bout, dit Erlend. Nous avons réservé pour elles un appartement à l'*Ocean Hotel*, dans la Amager Strandvej, c'est à deux pas d'ici, quelques minutes à vélo. Le logement a une cuisine équipée, les nounous auront tout ce dont elles ont besoin. L'une sera de garde de 6 heures du matin à 14 heures, puis l'autre viendra et restera jusque dans la soirée.

— Ou alors vous trouverez un autre rythme, poursuivit Krumme, qui soit davantage à votre convenance et à celui des enfants. Vous pouvez aussi leur dire de rentrer à l'hôtel s'il n'y a rien à faire, ou au contraire leur demander d'enfourcher leur vélo et d'arriver le plus vite possible si les trois bébés hurlent tous en même temps et que vous êtes épuisées par le manque de sommeil.

— Trois machines à pipi avec d'énormes poumons, dit Erlend, ce n'est pas rien. Vous serez peut-être contentes de pouvoir…

— OK, lâcha Lizzi.

— *OK ?* fit Jytte. Mais Lizzi !

— Jytte, nous avons des hommes qui prennent en charge tous nos besoins, chérie.

— Mais est-ce que c'est ce qu'on *veut* ? Nous devions nous en sortir toutes seules…

— C'est du luxe, Jytte, du pur luxe. Tu te rends compte comme ça va nous faciliter la vie ? Nous allons être comme les membres de la famille royale.

— Exactement, dit Krumme. Vous êtes nos reines et méritez d'être traitées comme telles.

— Cela doit coûter la peau des fesses, dit Jytte.

— Ça oui, dit Krumme avec satisfaction.

Dans le taxi du retour, ils fermèrent les yeux et se prirent les mains.

— Mon Dieu que je suis soulagé, dit Krumme. Je n'en reviens pas qu'elles aient tout accepté.

Mais ce soulagement eut tôt fait de disparaître le lendemain, quand il dut enfiler combinaison stérile, charlotte verte et masque buccal pour avoir simplement le droit d'être dans la même pièce que le ventre de Lizzi.

— Tu ressembles à un technicien de la police scientifique sur les lieux d'un crime qui vient d'être commis, dit Erlend.

— Pas étonnant. À mon avis, la police utilise le même type de combinaison jetable. Je crois que je suis à deux doigts de m'évanouir, Erlend. Oui, je vais m'évanouir.

Erlend n'eut pas le temps de répondre qu'un infirmier faisait déjà entrer Krumme. Un homme trapu, dans une combinaison blanche, avec une charlotte verte sur la tête : ce fut la dernière chose qu'il vit de Krumme quand ce dernier s'engouffra entre les portes battantes. Erlend était désormais seul ici, dans cette salle d'attente hideuse ; il n'arrêtait pas de déglutir, paniqué à l'idée de vomir, et pris d'un sentiment de solitude comme il n'en avait plus connu depuis qu'il avait rencontré Krumme. Tout pouvait arriver. Lizzi pouvait ne pas se réveiller de l'anesthésie générale, les enfants pouvaient mourir, Krumme pouvait avoir un infarctus et mourir, laissant Jytte et lui être parents célibataires de Leon.

Jytte serait assise à la tête du lit, elle aussi dans une combinaison blanche avec charlotte et masque buccal. Une espèce de rideau lui masquait la vue : elle n'avait pas le courage de les voir ouvrir le ventre de Lizzi. Mais Krumme voulait tout voir et tenait à s'assurer que la première petite fille brandie en l'air reçoive le bon bracelet d'identification autour du poignet, puisqu'ils avaient décidé que la première-née s'appellerait Ellen.

Sauf que tout ne se passa pas comme prévu. Krumme s'évanouit, mais revint à lui en entendant Nora crier et apprit que tout avait été fait selon ses désirs en matière de noms et de bracelets. D'un pas chancelant, il alla retrouver Erlend, qui était tout près de défaillir. Recroquevillé en position fœtale, ce dernier essayait d'enfouir son nez entre ses genoux. Des larmes dégoulinant sur ses mâchoires carrées, Krumme s'approcha de lui :

— Ça y est, petit mulot. Elles sont nées.

— En vie ?

— Oui, elles sont parfaites.

— Il y avait beaucoup de sang ?

— Évidemment. Et elles avaient une sorte de membrane grasse sur la peau, ici et là, mais ça part quand on les lave et c'est ce qu'ils sont en train de faire. Viens et tiens-moi, Erlend, oui, tiens-moi bien avant que je ne m'effondre à nouveau.

— À nouveau ? Tu t'es évanoui ?

Erlend se redressa et l'étreignit. Le corps de Krumme était parcouru de tremblements et de sanglots, et Erlend ne tarda pas à l'imiter.

Une infirmière vint les chercher pour les conduire dans une autre salle où les petites filles allaient être pesées et mesurées. Erlend les regarda fixement, leur peau contre le papier blanc posé sur les balances en acier légèrement incurvées. Elles gigotaient et criaient, la bouche comme un trou couleur saumon ; les cordons ombilicaux coupés rebiquaient et gouttaient.

Si petites. Avec des minois tout froissés.

Elles ne ressemblaient pas à des enfants mais à des fœtus à l'air libre, ce qu'elles étaient, d'une certaine façon. Il paraissait presque absurde de donner un nom à ces choses-là ; était-il possible que ça devienne un jour des enfants qui parlent, pensent et jouent ? Très mal à propos, il pensa qu'il vaudrait mieux faire la séance de shooting professionnelle, envisagée pour immortaliser la nouvelle famille nombreuse, quand les bébés auraient enfin une apparence normale. Les clichés seraient agrandis et resteraient aux murs plusieurs années, et ils ne pouvaient pas montrer trois microvisages tout fripés. En effet, il n'y avait aucune raison pour que Leon fût plus beau ; au contraire, il risquait d'être encore plus ridé, puisque les enfants nés par césarienne avaient le visage plus lisse, avait-il lu. *Plus lisses.* Encore que *lisse*, l'adjectif utilisé dans son livre, pouvait difficilement s'appliquer à ces deux petits rôtis d'agneau dodus.

— Comment ça peut être aussi petit et malgré tout être une personne ? demanda Erlend.

— Tu as toi-même été aussi petit un jour.

Mais cela ne lui était d'aucune aide, car cela l'amenait inévitablement à penser à la mère qui l'avait mis au monde.

— Je n'en ai aucun souvenir, déclara-t-il.

La pièce sentait le sang et le savon. Les deux petites créatures gigotaient autant qu'elles pouvaient et donnaient des coups de pied dans l'air ; c'était la première fois qu'elles en avaient la possibilité, qu'elles avaient enfin de la place. Erlend n'arrivait guère à réfléchir, si ce n'est à cette histoire de photographe. Elles avaient des taches de sang sur la peau, sur le papier sous elles, entre leurs minuscules doigts, dans les cheveux, au coin des yeux.

— Tu trouves qu'elles me ressemblent ? chuchota Krumme.

Erlend se pencha au-dessus d'elles et l'infirmière le retint un peu, puisqu'il ne portait pas de combinaison de protection.

— Regardez-les seulement, dit-elle. Ne les touchez pas encore.

— Je viens de prendre une douche, protesta Erlend.

— Oui, mais quand même, insista-t-elle.

— Dis, petit mulot, tu trouves qu'il y a un air de famille ?

Bien sûr qu'elles ne ressemblaient pas à Krumme. Leurs têtes faisaient la taille d'une orange.

— Absolument, répondit Erlend. Elles te ressemblent comme deux gouttes d'eau, elles sont d'une beauté incroyable, exactement comme toi.

À vrai dire, il en tombait à la renverse. Doux Seigneur Jésus, dire que c'était *ces petites choses-là* qui, à l'intérieur de cette boule de peau tendue à craquer, avaient été nourries de pommes, de pâté de foie et de cornichons ! Deux créatures vivantes… Était-ce possible ?

À peine avait-il eu le temps d'entériner le fait qu'Ellen et Nora faisaient dorénavant partie de l'humanité que Leon vit le jour. Ils étaient venus tous les trois, Krumme, lui et Lizzi poussée en chaise roulante. Jytte avait perdu les eaux tandis qu'elle était près du lit de Lizzi pour l'aider à allaiter ; cela avait dû être l'élément déclencheur, au sens littéral, puisqu'elle avait si hâte de pouvoir à son tour mettre un enfant au sein.

On appela Erlend et Krumme et ils lâchèrent immédiatement ce qu'ils avaient entre les mains – pour Erlend, son propre pénis, puisqu'il était dans une pissotière à Illums Bolighus quand son portable sonna. Quant à Krumme, il balança son plateau-repas, qui atterrit contre la machine à café de la cantine, et piqua un sprint.

— Ça en fait, du monde, constata le médecin.

— Nous avons aussi deux nouveau-nés qui attendent plus loin, annonça Krumme derrière son masque buccal. Et il y a aussi mon père.

— Il ne veut pas entrer, lui aussi ? demanda le médecin. Au point où on est, un de plus ou de moins…

— Il ne supporte pas la vue du sang, répondit Krumme qui n'avait pas perçu l'ironie.

Erlend avait vaguement salué le vieux Thomsen avant de pénétrer dans la pièce ; il ne se sentait jamais à l'aise en présence du père de Krumme, et l'avoir appelé un jour dans un état avancé d'ébriété en le traitant de « ballon gonflé à l'hélium » n'avait pas amélioré les choses. Il préférait être ici, dans la salle d'accouchement, et Jytte était fantastique, elle ne criait pas et ne se mettait pas dans tous ses états comme le faisaient la plupart des parturientes qu'il avait vues sur YouTube.

Elle respirait avec difficulté ; Lizzi, dont la chaise roulante avait été placée contre le lit, lui caressait la colonne vertébrale et les bras. Après l'épidurale, les traits de Jytte se détendirent enfin.

— Je vais être mère, répétait-elle en boucle. Je vais être mère aussi, Lizzi, mon amour.

— Et ton couffin est bleu clair, glissa Erlend. Tu l'auras après.

— Toi et tes couleurs pastel ! fit Lizzi. Tu es un homme formidable, Erlend, est-ce que tu le sais ?

— Il le sait, dit Krumme. Je n'arrête pas de le lui dire.

Erlend ne voulait pas voir entre les jambes de Jytte, mais Krumme, lui, osa. Même jusqu'à la toute fin, lorsque Jytte laissa échapper des cris de bête fauve, Krumme se jeta pour ainsi dire entre ses cuisses pour ne rien manquer du spectacle.

— Eh, du calme ! dit la sage-femme.

— Excusez-moi, répondit Krumme.

— Pas de problème. L'épisiotomie ne sera pas nécessaire, ça va passer comme une lettre à la poste.

Et puis Leon sortit, dans un flot de sang et de liquide, au bout d'un gros cordon ombilical d'un blanc bleuté dont on allait congeler quelques cellules souches – l'argent de Krumme permettait cela aussi –, mesure qu'il avait prise pour les trois enfants.

La tête de Leon était plus grande que celle des fillettes, *plus comme une mangue*, pensa Erlend qui ne pouvait détacher ses yeux de lui. La petite bouche, les lèvres, les mains qui s'ouvraient et se fermaient, les orteils, les petits ongles bleus, le petit zizi, les cheveux, dire qu'il avait des cheveux, tout le corps du petit garçon était mouillé et brillant, d'une beauté absolument indicible.

— Leon, chuchota-t-il. Le plus beau Leon du monde.

— Est-ce que l'un de vous veut couper le cordon ? Lequel de vous est...

— Tous les deux, répondit Erlend.

Ils tinrent ensemble les ciseaux, les doigts boudinés de Krumme dans les siens serrant fort, et ils coupèrent le cordon comme s'ils découpaient un morceau de pièce montée de mariage. Erlend ne fut même pas révulsé à la vue du sang qui coula de chaque côté de ces drôles de petits ciseaux.

— Désormais, le monde a changé, déclara Krumme. Nous sommes une famille de sept personnes.

— C'est une nouvelle ère qui commence, renchérit Erlend.

Et il se produisit ce qu'aucun d'eux n'avait tout à fait prévu : ils tombèrent raides dingues amoureux, comme ensorcelés. Dès qu'ils n'étaient plus au travail, ils ne résistaient pas à l'envie de voir les enfants.

Eux qui avaient cru que leur présence serait superflue dans les premiers temps (seules comptaient les mères) et qu'ils ne serviraient à rien, hormis faire les courses et la cuisine ! Voilà qu'ils venaient *de leur propre gré*, animés par un désir irrépressible d'être tout le temps auprès des enfants...

— Je pourrais tuer pour eux, déclara Krumme un jour. Donner ma vie pour les défendre.

— Moi aussi, acquiesça Erlend en étreignant Krumme.

C'était de fait le chaos total, malgré la maison désinfectée de fond en comble et les nounous engagées, car Leon et les jumelles ne dormaient jamais en même temps. Erlend avait l'impression d'être constamment entouré de seins gorgés de lait, de bouches affamées et de couches qui sentaient le yaourt acide, et c'était un défilé permanent de visiteurs. Même la sœur de

Krumme, une snob imbuvable, se déplaça, demandant avec insistance lesquels des enfants étaient ceux de Krumme.

— Père croit que ce sont *les petites filles*, dit-elle.

— Qu'est-ce qui lui fait croire ça ? voulut savoir Krumme.

— Il est resté seul avec elles un petit moment et il a trouvé qu'elles te ressemblaient. C'était au moment de la naissance du garçon.

— Ah. Mais nous allons tous les quatre adopter les enfants des uns des autres, des avocats y travaillent, ce sera bétonné, alors tu peux dire à notre père qu'il a eu trois petits-enfants. Pas *deux*. Pas *un*. Mais *trois*.

Les ballons rose et bleu clair restèrent suspendus au plafond à prendre la poussière tandis que les journées perturbées devinrent peu à peu leur nouveau quotidien, avec de temps en temps un semblant de prévisibilité. Le soir du réveillon, ils avaient donné congé aux nounous ; les enfants avaient à peine un mois et l'appartement de Gråbrødretorv n'avait aucune décoration de Noël, ils n'y allaient que pour prendre une douche, dormir et changer de vêtements.

— On se rattrapera plus tard, dit Erlend. Ce sera le seul Noël de notre vie à être ainsi, ça n'a aucune importance.

— Je n'aurais jamais cru entendre ces mots de ta bouche, commenta Krumme. Tu as grandi, Erlend. À mes yeux aussi, ce que je n'aurais pas cru possible. Je t'aime tellement…

— Les cadeaux de Noël, ce sera pour plus tard aussi. J'ai pensé que nous pourrions avoir un réveillon décalé, cette année, par exemple un samedi en mars. On se mettra aux abonnés absents, on glissera au four un délicieux canard bien gras et on ouvrira les cadeaux après.

Krumme aurait alors le droit d'aider à poser les extraordinaires figurines Swarovski de la série bébé qu'Erlend avait commandées et reçues sans avoir le temps de les sortir de leurs boîtes : des oursons en cristal tenant un cœur rose ou bleu clair, de minuscules tétines taillées en facettes et des biberons miniatures, des cigognes avec un tout petit bébé habillé de vêtements de cristal et retenu par un nœud doré autour du bec.

Pour la première fois de sa vie, Krumme serait autorisé à l'assister dans la composition de la vitrine, à placer et éclairer les figurines avec lui en tenant compte de la centaine d'autres déjà là. C'était un travail lent et merveilleux qu'Erlend jusqu'ici s'était toujours réservé exclusivement.

Erlend n'avait même pas *envisagé une seconde* d'offrir les figurines bébé Swarovski aux mères, alors qu'il ne connaissait rien de plus beau. Il aurait eu le cœur brisé de découvrir ces figurines disposées n'importe où sur une étagère entre une plante verte rendant l'âme et un dictionnaire aux pages marquées par des Post-it jaunes formant comme une crête. Sur les deux couffins qu'il leur avait offerts, le rose était dans la salle de bains, rempli de bodys propres, tandis que celui de Leon, à l'extrémité du plan de travail, contenait aussi bien des oignons et des citrons que des coussinets d'allaitement et des brochures publicitaires.

Sans nounous, le réveillon de Noël dans la Koreavej ne fut pas de tout repos.

Krumme s'était sagement contenté de dresser un buffet froid, délicieux et varié, dans la cuisine, avec des assiettes et des serviettes rouges empilées à côté, de sorte que chacun puisse se servir quand il en avait envie.

Nora et Leon avaient de l'aérophagie, aussi Jytte et Erlend firent-ils les cent pas dans la maison avec chacun son petit baluchon sur l'épaule durant ce qui leur parut une éternité, pendant que Lizzi allaitait Ellen et que Krumme rangeait la salle de bains et vidait les poubelles. Cette nuit-là, Krumme et Erlend restèrent dormir sur place, Erlend dans la modeste chambre d'amis, dans un lit ridiculement petit – pas plus de quatre-vingt-dix centimètres de large, pour sûr –, et Krumme sur un des canapés du salon. Et à 6 heures du matin, jour de Noël, tout recommença de plus belle.

Lorsqu'une des deux nounous arriva comme prévu à 15 heures, Krumme la gratifia de deux gros baisers sur les joues.

Après deux mois, ils s'en sortirent sans nounou le soir. Le rythme de sommeil des enfants commença à se mettre en place et, fin janvier, Krumme proposa un dîner plus élaboré que de la nourriture ingurgitée à la va-vite ; cette fois, ce serait entrée-plat-dessert, pris autour d'une table, avec du vin et des bougies.

Les mères voulurent se faire belles.

— Ce sera la première fois depuis la naissance des enfants que je remets du mascara, dit Jytte en resserrant la ceinture de sa robe de chambre.

Un bout de sa ceinture pendait de travers sur le côté droit, et le devant de la robe de chambre était imprégné de taches jaunâtres séchées, à cause du lait maternel, avec des taches plus sombres aux épaules dues aux régurgitations.

— J'ai hâte de te voir comme ça, dit Lizzi en l'enlaçant. Et tiens-toi bien, moi je vais me peigner.

Krumme chantonnait dans la cuisine, en pleins préparatifs. Erlend avait débarrassé la table pour poser des assiettes et des serviettes, avait décoré le tout de roses rouges et de bleuets, une petite rose près de chaque assiette et des bougies dans des coupelles en argent. Il s'interrompit, des bougies bleues à la main, le regard fixe.

Il entendit les mères discuter et s'amuser dans la salle de bains. Les enfants dormaient, Leon venait d'être allaité et mis au lit, Ellen et Nora dormaient depuis déjà une heure, un sommeil un peu agité car toutes les deux avaient des selles trop fluides ; Lizzi croyait que c'était à cause des rondelles d'oignon cru qu'elle avait mangé sur une tranche de pain avec du salami.

Erlend regarda par la fenêtre, dans l'obscurité de ce mois de janvier. Ils avaient eu un Noël sans neige, mais enfin les flocons étaient arrivés. Il écouta les bruits de la maisonnée, Krumme, les mères, le cliquetis des casseroles, et en éprouva un sentiment de reconnaissance si fort qu'il en eut presque un malaise. Il était donc là, au milieu de sa *famille*.

Lui.

Erlend Neshov.

Un homo que sa mère avait rejeté quand il était jeune homme, à une époque où il ne savait plus où il en était. Seul sur Terre, jusqu'à ce qu'il rencontre Krumme.

Comment un être aussi misérable que lui avait-il mérité de rencontrer Krumme ? C'était pourtant ce qui s'était passé. Était-ce possible d'être aussi heureux ? N'était-ce pas carrément *dangereux* d'être aussi heureux ? Bien sûr que oui. Il se produirait tôt ou tard quelque chose d'affreux. Forcément.

Un événement affreux, voire *pire qu'affreux*, quelque chose de parfaitement horrible.

Il souleva un vase de roses pour le déplacer vers la droite, mais il lui glissa des mains et se renversa – l'eau éclaboussa la table, les serviettes, les sets de table et les assiettes – avant de rouler et de se briser sur le sol, où les roses prirent l'air de fines asperges cassées.

Krumme se précipita hors de la cuisine.

— Qu'est-ce qui s'est passé ? Oh non... Toi qui avais fait une si jolie décoration de table !

Immobile, Erlend contemplait les roses mouillées sur le parquet. Il leva les yeux et considéra la décoration dévastée, avant de croiser le regard compatissant de Krumme.

— Bah, ça ne fait rien, dit-il. Je n'ai qu'à le refaire. Ce n'est pas un problème. C'était un soulagement que ça arrive.

— Un soulagement... ? répéta Krumme. D'avoir mis de l'eau partout ?

— Oui, aussi étonnant que cela puisse te paraître.

L'amour ne disparaît jamais. Les paroles dites au nom de Dieu s'arrêteront, le don de parler en langues inconnues disparaîtra, la connaissance finira. En effet, nous ne connaissons pas tout, et les paroles dites au nom de Dieu ne sont pas complètes. Mais quand tout deviendra parfait, ce qui n'est pas complet disparaîtra. Quand j'étais enfant, je parlais comme une enfant, je pensais comme une enfant. Maintenant, je suis adulte et je n'agis plus comme une enfant. À présent, nous ne voyons pas les choses claire-ment, nous les voyons comme dans un miroir, mais plus tard, nous verrons face à face. À présent, je ne connais pas tout, mais plus tard, je connaîtrai comme Dieu me connaît. Maintenant, trois choses sont toujours là : la foi, l'espérance et l'amour. Mais la plus grande des trois, c'est l'amour[1].

Nuque baissée et mains jointes, la petite fille se tenait au pied du cercueil ouvert tandis qu'il lisait. Les jointures de ses longs doigts fins avaient blanchi tant elle serrait fort les mains. Pleurait-elle ? Il ne voyait que la raie comme tracée au rasoir dans ses cheveux blonds, la peau rose de son crâne qui affleurait,

1. Première lettre aux Corinthiens, 13, 8-13.

et deux maigres tresses bien serrées qui tremblotaient devant sa poitrine ; elles étaient attachées au bout par un élastique bleu d'où s'échappaient des touffes de cheveux.

Il n'avait jamais fait ça, se permettre de rectifier un texte biblique. Mais comme la lecture s'adressait avant tout à la petite fille, il trouvait que le terme « un enfant » au masculin ne convenait pas, pas plus que la phrase « maintenant, je suis un homme ». Il aurait eu l'impression que ce « je » était *lui-même*, Margido, et que le texte manquerait alors sa cible ; d'instinct, il s'en était rendu compte.

Ce n'était d'ailleurs pas un texte qu'il choisissait souvent lors des recueillements autour du cercueil ouvert. Le 13ᵉ chapitre de la Iʳᵉ lettre de Paul aux Corinthiens était si souvent cité, surtout lors des mariages, qu'il finissait presque par être vidé de sa substance. Pourtant, lui-même adorait ce texte. Il devait malgré tout rester vigilant et ne pas le lire en mode de pilotage automatique, et il se concentrait sur les pauses et les intonations, si importantes pour garder au texte sa force et son éternelle jeunesse. Au même instant, il aurait préféré être ailleurs, et il en avait honte : au repos, les yeux clos, prêt à s'abandonner dans les bras de Morphée.

Mais la fillette, Marit, n'avait que dix ans, il devait se ressaisir. Peut-être entendait-elle ces versets de la Bible pour la première fois, cela valait la peine de s'appliquer à la lecture, quoi qu'en pensent et disent ses parents, juste derrière elle. Aussi y mit-il tout son cœur, et il ressentit presque une sorte de fierté d'avoir réussi, spontanément, à changer légèrement le texte initial.

Au téléphone, la mère lui avait expliqué la situation quand ils étaient tombés d'accord sur la date du recueillement autour du cercueil ouvert : son mari et elle étaient humanistes et athées, et voilà que leur fille était devenue croyante en veillant sa grand-mère sur son lit de mort, pendant quasi deux mois durant lesquels Marit avait rendu visite à la vieille femme presque chaque jour, puisque la maison de retraite médicalisée se trouvait tout à côté de leur habitation.

Elle qui était sa seule petite-fille lui avait été très attachée, avait expliqué sa mère, mais à présent, son mari et elle étaient tout à fait désespérés.

— Parce qu'elle est devenue croyante ? avait demandé Margido.

Oui. Ils envisageaient même de prendre contact avec un psychologue, car selon eux, c'était pour Marit une façon de refouler son chagrin.

— Je suis moi aussi croyant, mais ce n'est pas une raison pour aller consulter un psychologue, que je sache.

Oh, qu'il n'aille pas croire qu'ils ne respectaient pas sa foi ! Vraiment pas. Ils n'étaient pas des fanatiques, en aucune façon. Elle adorait l'architecture des églises, avait-elle dit, leur contexte historique : quand ils voyageaient, ils visitaient toujours des églises, et elle aimait bien plusieurs psaumes, c'était d'ailleurs idiot que les élèves norvégiens ne puissent pas aller à la messe de Noël, le dernier jour avant les vacances, uniquement parce qu'une minorité s'y opposait. Mais Marit n'avait que dix ans. C'était une enfant. Que savait-elle de la foi en un dieu inventé de toutes pièces ? La situation était devenue ingérable. Surtout pour elle, peut-être, puisque son mari avait grandi avec sa mère, si on peut dire, et y était plus habitué.

— Si je comprends bien, votre fille, dans cette épreuve, a cherché secours dans la foi. Même si elle n'est qu'une enfant. Je suppose que sa grand-mère paternelle, Pernille Haugstad, était personnellement croyante.

Et comment ! Bigote, oui. C'était Dieu par-ci Dieu par-là, toujours une citation de la Bible à la bouche…

— Alors… Marit a aussi grandi avec ça, même si c'est seulement *maintenant* qu'elle a…

Oui, car avant cela, ils avaient toujours réussi à contrebalancer cette influence, ils avaient donné à leur fille des réponses concrètes, logiques, correctes sur le plan rationnel. Or, ces derniers temps, elle avait passé beaucoup de temps seule avec sa grand-mère, sans parler du fait que cette dernière allait bientôt mourir. C'était ça qui avait dû faire basculer leur fille de l'autre côté. La proximité, l'angoisse et le chagrin.

Faire basculer… avait songé Margido.

Comme si la fillette était tombée dans un abîme. Il avait senti qu'il ne voulait pas se laisser entraîner davantage dans cette discussion, et remarqué qu'il avait entretemps recouvert presque une demi-page de son bloc-notes de ses gribouillis carrés. Il n'était pas non plus très motivé pour s'adresser de vive voix à cette fillette : en avait-il seulement les moyens ? Comment parlait-on à des enfants de dix ans ? s'était-il demandé, lui à qui cela n'était encore jamais arrivé. Et puis, elle était sous la responsabilité de ses parents et non sous la sienne, alors pourquoi se mettait-il martel en tête ? Il s'agissait d'accomplir cela en bon professionnel et de tenir compte des desiderata de la personne décédée.

— Il faut qu'on se voie pour parler des obsèques. Est-ce que ça vous conviendrait aujourd'hui, à 13 heures ?

Les obsèques, oui. Il faudrait quand même que cela ait lieu à l'église.

— La défunte souhaitait-elle avoir un enterrement chrétien, puisqu'elle était croyante ?

Ils n'en avaient jamais parlé, si ce n'est que sa belle-mère souhaitait qu'ils chantent à cette occasion « Alors prends donc mes mains[1] ». Elle avait dû considérer comme acquis qu'elle serait enterrée religieusement.

— Et c'est tout naturel. Si l'on est croyant, on souhaite évidemment...

Mais c'était eux qui lui diraient adieu, et il fallait que cette cérémonie soit juste et vraie. Ils l'avaient beaucoup aimée, mais de là à louer le Seigneur...

— C'est à vous de voir. Nous n'avons pas de salle de cérémonie à nous, comme c'est le cas des entreprises de pompes funèbres plus importantes, mais l'église de Moholt possède une très jolie salle pour les cérémonies. Là, on peut chanter le psaume que souhaitait la défunte. On est assez libre pour le programme. Enfin, dans les limites de la bienséance...

Ah, comment faire ? Tant pis, ce serait à l'église, avait conclu la mère. Ils n'avaient pas trop le choix, vu le changement qui s'était opéré chez Marit.

La fillette leva les yeux vers lui au moment où il lut les derniers mots : *Mais la plus grande des trois, c'est l'amour.*

C'est vers lui qu'elle leva le visage, et pas vers ses parents, eux qui auraient dû la consoler.

— Oui, fit-elle. C'est exactement ce que disait grand-mère. Que l'amour était la plus grande chose.

1. *Så ta da mine hender* : psaume très célèbre qu'on trouve dans le « Recueil de psaumes norvégien » *(Norsk Salmebok)*.

— C'est bien, dit-il.

Entre eux gisait la morte, offrant son visage et ses mains jointes. Il l'avait légèrement maquillée, avec un peu de rouge aux joues et une couleur crème sur les paupières qui, sinon, auraient paru plus enfoncées, à cause de la couleur plus sombre conférée par la mort. Ses lèvres pâles avaient aussi eu droit à un peu de rouge, et il avait disposé joliment ses cheveux sur le coussin en soie blanche. Les parents de Marit avaient choisi un modèle de cercueil standard.

— Et puis grand-mère a dit que Jésus l'avait écrite dans ses mains et qu'elle le rejoindrait bientôt.

— Ah bon ? Elle a dit ça ?

— Mais qu'est-ce que ça veut dire ? Je n'ai pas pu le savoir parce qu'elle l'a dit la veille de sa mort, et après elle a perdu conscience. J'ai compris qu'elle parlait de Jésus quand elle a dit qu'elle le rejoindrait bientôt, mais cette histoire d'écrire dans ses mains, qu'est-ce que ça veut dire ?

En retrait dans la pièce, à quelque distance du cercueil, les deux parents se tenaient côte à côte, les bras ballants.

D'un rapide regard en coin, Margido remarqua qu'ils l'observèrent intensément lorsque Marit lui posa cette question. Mal à l'aise, ils bougeaient sans arrêt les pieds, créant autour d'eux des flaques d'eau sur le linoléum ; après quatre mois d'hiver sec, avec risque d'incendie, il s'était enfin mis à pleuvoir. Toutes ces pensées eurent le temps de traverser son esprit avant qu'il ne réponde à l'enfant. Mais ce n'était pas si difficile. La vue des parents nerveux qui croyaient que leur fille était passée de l'autre côté et basculait dans l'abîme l'aida à être honnête et sincère dans sa réponse, car naturellement, ils aimaient leur fille, même s'ils voulaient l'envoyer chez un psychologue

– c'en était peut-être même la raison. Ils l'aimaient, la vénéraient comme Jésus avait aimé les enfants des hommes et, pour eux, accepté de mourir. Ces deux-là auraient été prêts à mourir pour leur fille si on l'avait exigé d'eux.

— Cela signifie que Jésus ne l'avait pas oubliée. Qu'il s'était souvenu d'elle pendant tout ce temps, et qu'il la reconnaîtrait quand elle viendrait vers lui.

— Est-ce qu'il fait ça avec tout le monde ? De les inscrire dans ses mains ? Chacun avec son nom ? Est-ce qu'il y a marqué Pernille, là ? Ou bien Marit ?

— Jésus n'oublie personne. Même ceux qui ne croient pas en lui.

— Alors il y a aussi marqué Marit ?

— Oui.

Que répondre d'autre ? Il ne voyait vraiment pas ce qu'il aurait pu dire à la place. C'était sa foi. Il ne pouvait pas lui mentir.

— Et moi aussi je verrai ça ? Quand je mourrai à mon tour ?

— Il se souvient de toi pendant que tu vis. Tu ne vas pas mourir tout de suite. Tu vas d'abord vivre toute une vie. C'est très important pour Jésus que tu fasses ça, que tu vives et aies une belle vie.

— T'en es sûr à cent pour cent ?

— Oui, j'en suis sûr *à cent pour cent*. Il veut que tu aies une longue vie sur Terre et que tu sois une bonne personne, pour toi-même et pour ceux autour de toi qui t'aiment. Veux-tu poser le tissu sur le visage de ta grand-mère, celui qui est replié à côté d'elle sur l'oreiller, là ? Et puis ton papa et moi mettrons le couvercle, et tu pourras m'aider à le visser.

— J'ai quelque chose avec moi que je veux mettre dans le cercueil, dit Marit.

— Ah bon ? s'étonna la mère.

La fillette sortit une enveloppe de sa poche, ainsi qu'une petite peluche bleu clair, et s'approcha du cercueil.

— Une lettre ? fit la mère.

— Oui. Pour grand-mère et Jésus. Ils pourront la lire ensemble. Je voudrais la glisser sous ses mains. Je peux ?

— Naturellement, dit Margido. Je vais te soulever.

Puis la fillette étendit le fin drap sur le visage de sa grand-mère, et le père aida Margido à mettre le couvercle en place. La fillette s'était mise à pleurer, sans bruit, avec de petits reniflements. Sa mère l'attira contre elle. Margido fit le tour du cercueil en enfonçant toutes les vis, mais sans les visser à fond.

C'étaient de bonnes vis, avec des chevilles de réglage en plastique blanc sur lesquelles les doigts avaient prise, et il n'y avait jamais aucun problème avec les trous : c'était un jeu d'enfant de les visser. C'était du travail de précision réalisé avec des machines ; son fournisseur de cercueils en aurait vu de toutes les couleurs s'il avait eu *une seule fois* des difficultés avec une vis en présence des proches. Fixer le couvercle était une action importante, voire solennelle, qui aidait ceux qui restaient à faire leur deuil et à accepter la perte d'un être cher. Il était alors impensable de s'échiner en suant sur des vis qui ne mordaient pas.

La fillette fit le tour en pleurant doucement et vissa les vis jusqu'au bout, son père et sa mère aussi en vissèrent une chacun. Margido, immobile, attendit en contemplant les cierges blancs. Il n'y avait pas le moindre courant d'air dans la pièce, les flammes jaunes brûlaient toutes droites.

— Est-ce qu'on ne pourrait pas chanter la chanson que grand-mère voulait entendre ? demanda la fillette.

— Maintenant ? dit le père. C'était pour l'enterrement.

— Pourquoi on ne peut pas la chanter avant ? insista la fillette.

— Mais nous ne connaissons pas le texte, dit la mère. Ni la mélodie.

Marit jeta un bref regard à Margido.

— J'ai toujours le recueil de psaumes avec moi, annonça-t-il. Il est là.

Il alla chercher le *Norsk Salmebok* dans sa mallette et ouvrit à la page 608 du psaume.

— Toi et… M. Neshov pouvez chanter, comme nous n'avons qu'un livre de psaumes, suggéra la mère.

— Je le connais par cœur, tenez, prenez le livre. Quant à la mélodie, je suis sûr que vous l'avez déjà entendue plein de fois, répondit Margido en commençant à chanter.

Ils apprirent rapidement la mélodie et chantèrent tous les courts tercets.

— *Alors prends donc mes mains et conduis-moi jusqu'à ce que j'arrive, radieuse, dans la maison du Ciel. Je ne peux aller seule, non, nulle part. Où que tu me mènes, je te suivrai...*

Au moment de quitter la chapelle de la maison de retraite, le père serra la main de Margido et s'inclina. La fillette lui prit aussi la main et fit la révérence ; sa main était glacée et menue, mais ses doigts enserrèrent son gros poing avec une force qui le surprit.

— Tu t'occupes des enterrements tout le temps, toi ? C'est papa qui me l'a dit.

— Oui. C'est mon métier.

— Est-ce que ça ne te rend pas triste ?

— Non, ça va.

— C'est certainement parce que tu ne les connais pas.

— C'est possible, admit-il en lâchant sa main.

Puis il s'en voulut, il aurait dû la tenir jusqu'à ce qu'elle se réchauffe.

Sa mère s'attarda un peu sur le pas de la porte, puis se retourna vers lui et dit tout bas :

— Merci infiniment.

— Ravi d'avoir pu vous aider. C'est mon travail.

— Je ne parlais pas des… questions pratiques que vous réglez, mais de ce que vous avez dit à Marit, qu'elle doit vivre longtemps. J'ai été si inquiète, vous savez, qu'elle veuille mourir pour retrouver sa grand-mère ou… oui, qu'il lui passe je ne sais quoi par la tête. Vous comprenez certainement…

Il hocha la tête, ce qui lui évita de répondre.

Quand le cercueil fut à sa place, que les documents furent prêts et le transport à l'église réservé pour quatre jours plus tard, il porta les chandeliers dans la voiture et rangea les bougies dans des boîtes préparées à cet effet, droites, pour empêcher la cire de couler partout.

Margido s'assit au volant sans tourner la clé de contact, renversa la tête sur l'appuie-tête et, en regardant les gouttes de pluie tant attendues glisser sur le pare-brise, se sentit submergé de fatigue.

Le recueillement autour du cercueil ouvert avait duré moins d'une demi-heure, pourtant il était à bout de forces. Quelque chose n'allait pas. Quand une situation s'écartait un tant soit peu de la routine, il n'avait aucune réserve. Une gamine de dix ans, et il était à ramasser à la petite cuiller. Et il était à peine 15 heures, il devait retourner au bureau, mon Dieu…

On leur avait confié l'enterrement d'un nouveau-né, une petite fille. Le décès avait eu lieu dans un foyer pour demandeurs d'asile, provoquant une véritable chasse aux sorcières : comment cela pouvait-il se produire, qui était coupable ? Personne ne semblait vouloir admettre que la mort pouvait tout bonnement *survenir*, sans que ce soit nécessairement la faute de quelqu'un, qu'une chose aussi complexe qu'un corps humain pouvait, de manière inopinée, cesser de fonctionner. Être en vie n'était jamais prévisible. Que le corps fonctionne et vive était plus incompréhensible que le contraire.

Les parents du bébé, chrétiens, avaient dû fuir la Syrie, et ils étaient à présent complètement hors d'eux car ils ne récupéraient pas tout de suite l'enfant, une autopsie allait être pratiquée. En soi, ce n'était pas pour Margido un travail fatigant, il n'avait qu'à faire comme d'habitude, les personnes endeuillées étaient des adultes. Le seul problème était qu'ils avaient besoin d'un interprète, mais c'était un problème d'ordre pratique, facile à résoudre, les femmes de son bureau s'en occupaient et planifiaient l'inhumation. Cela étant, mieux valait qu'il soit là ; il y avait toujours des détails dont elles voulaient discuter avec lui.

Ensuite, il rentrerait enfin chez lui. Il décida que ce soir non plus, il ne décrocherait pas le téléphone s'il sonnait, tant pis si c'était peu professionnel de sa part. Ou peut-être pas. Justement parce qu'il désirait faire un travail extrêmement professionnel, il ne répondrait pas au téléphone. Il fallait faire preuve de réalisme, c'était aussi simple que ça. Il n'était pas en forme. Il couvait quelque chose, qui sait ? Il était vacciné contre la grippe, comme tous les autres au bureau, mais il pouvait s'agir d'autre chose. Un de ces refroidissements qui l'avaient toujours épargné jusqu'ici.

Il était las d'y penser en permanence : toutes ses pensées qui moulinaient dans sa tête, à se demander comment il se *sentait* ! Ça en devenait ridicule. Il fallait qu'il se ressaisisse, cela n'avait aucun sens. Serait-il devenu hypocondriaque ? Il décida de passer par un magasin d'alimentation et d'acheter tous les produits sains que la pharmacienne lui avait conseillés. Ainsi, les courses une fois faites, il pourrait rentrer directement à la maison quand sa journée de travail serait terminée.

Quand il pénétrait dans un magasin vêtu de son costume sombre, d'une chemise blanche et d'une cravate au nœud serré, il sentait toujours le regard des autres peser sur lui, aussi avait-il pour coutume de se passer un coup de peigne avant d'entrer. Il avait toujours un peigne dans la boîte à gants de sa voiture et dans la poche de sa veste. Dans le magasin de Flatåsen, on était habitué à le voir, mais ailleurs, comme le magasin où il entrait maintenant, tous les regards se tournaient vers lui. À moins que ce ne soit l'effet de son imagination ? En tout cas, quand il saisit un caddie branlant et franchit les portes du magasin, ses cheveux étaient nets.

Il trouva du pain, du lait, du fromage et du salami ainsi que du chorizo pour son déjeuner sur le pouce. Il s'était mis au chorizo peu avant, après s'être trompé un jour dans ses achats ; il avait découvert que cela accompagnait bien mieux le fromage fondu, avec un goût plus prononcé, plus piquant. Lames de rasoir, rouleaux d'essuie-tout et de papier-toilette s'empilèrent au fond du caddie, puis il se mit en quête de tous ces nouveaux produits qui allaient lui redonner des forces, le rendre de nouveau d'attaque.

Du pâté de foie (il prit le plus quelconque). Du jus d'orange (il prit le meilleur marché, la vitamine C, ça restait de la vitamine C, quel que soit le prix). Des noix dont le nom commençait par *cash* (il s'en souvenait parce que ça lui faisait penser à de l'argent comptant) : des noix de cajou. Il en acheta un gros sachet. Elles étaient jaune clair et tordues, et ne ressemblaient ni à des cacahuètes ni à des noix.

Il s'attarda devant les rayons de Wasa en lisant le dos de chaque paquet. Il y en avait tant de sortes ! Jamais il n'avait jeté un regard à ces rayons, il n'aimait pas trop ces tartines croustillantes et bruyantes, qui faisaient plein de miettes. Il n'en avait pas acheté depuis plusieurs années, et à l'époque, autant qu'il s'en souvienne, il n'en existait que trois ou quatre variétés. Leur mère en achetait de couleur claire, avec des graines de pavot, qui s'appelaient *petit déjeuner* quelque chose. Mais si c'était clair, ce n'était sans doute pas assez complet et sain.

Il finit par choisir un paquet intitulé *Sport Pluss* qui était « une source naturelle de protéines[1] ». La photo montrait des tartines croustillantes marron foncé, à l'aspect rugueux, avec des rondelles de concombre dessus. Elles n'avaient pas l'air appétissantes, c'est qu'elles devaient être bonnes pour la santé. Et le nom *Sport Pluss* sonnait bien, surtout pour quelqu'un comme lui qui faisait peu d'exercice et ne suivait même pas le sport aux infos. Ah oui, il fallait aussi qu'il achète du Tran, car il couvait peut-être quelque chose. Il se déplaça donc vers les rayons des compléments alimentaires. Un monde inconnu.

Il avait déjà acheté des vitamines et des sels minéraux à la pharmacie, il ne lui restait donc plus qu'à

1. En suédois dans le texte (Wasa est une entreprise suédoise).

trouver du Tran. De préférence en capsules, pour éviter d'avoir le goût en bouche. Il y avait un choix de capsules invraisemblable ! Pourquoi les choses devaient-elles être aussi compliquées ? Il poussa un tel soupir qu'un jeune homme qui portait des cartons de couches pour bébé le fixa longuement. Ça devenait un *boulot* de faire les courses, tant il y avait de choix. S'il avait pu jurer, il se serait bien laissé aller à pousser un juron maintenant. Il finit par prendre une boîte au hasard, avec le mot « oméga ». Apparemment, c'était le nouveau nom du Tran.

Il regarda un moment tout ce qu'il avait mis dans son caddie et se demanda soudainement depuis combien de temps il n'avait pas rendu visite au vieux. Une dizaine de jours ? Auquel cas, il fallait qu'il y retourne, alors autant prendre ce qu'il lui achetait d'habitude. Il allait pousser son caddie quand ses yeux tombèrent sur une boîte, sur le rayon supérieur, au-dessus des vitamines et des flacons oméga.

Floradix Formula. Fer et vitamines. Il la prit et lut : *Fer, vitamines B2, B6, B12 et C, pour aider à diminuer la fatigue et l'apathie.* Son pouls s'emballa. Ça y est, il avait trouvé.

Du fer. Exactement ce qu'il lui fallait. Pourquoi la pharmacienne ne lui en avait-elle pas parlé ? Il retourna la boîte. *Vous vous sentez fatigué et apathique ? Alors Formula Floradix est la solution pour vous !* Avec un point d'exclamation. Il n'en croyait pas ses yeux. Plus besoin d'aller voir un médecin, avec tout ce que ça suppose de désagréments. Il pouvait directement passer à la caisse avec ça. Il ressentit du soulagement, presque une joie infime, et tout infime qu'elle fût, c'était la première qu'il ressentait depuis longtemps.

Margido éprouva de la reconnaissance. C'était un signe indiscutable. Quelqu'un s'intéressait à lui, quelqu'un lui voulait du bien.

— Merci, mon Dieu, murmura-t-il en déposant délicatement la boîte dans son caddie.

Elle était lourde, sans doute y avait-il un flacon en verre à l'intérieur. Cela le réjouit d'autant plus. Le verre était un garant de qualité, telle était son expérience. Il achetait toujours sa moutarde en verre, jamais dans une bouteille en plastique. Et de la sauce chili Heinz à la place du ketchup. De même, il n'achetait jamais les jus de fruits autrement qu'en bouteilles de verre. Il faisait confiance à ce matériau.

Mais quand il faisait les courses pour la maison de retraite, il devait faire une croix sur le verre. Le vieil homme aimait bien avoir des petites choses à grignoter seul dans sa chambre, où il restait souvent lire, et il appréciait le soda à l'orange. Il n'arrivait pas à dévisser lui-même le bouchon métallique des bouteilles en verre, alors il lui fallait des bouteilles en plastique, avec un bouchon lui aussi en plastique. Margido avait pris l'habitude de dévisser tous les bouchons pour lui et de les revisser doucement, ainsi le vieux n'était pas obligé d'importuner le personnel pour le faire, ce qui requérait un peu de force. Et il aimait le Kvikk Lunsj[1] et les pastilles vertes mentholées. Margido rafla cinq paquets de chaque et les mit dans le caddie. Il se sentit soudain pousser des ailes. Rien que de *trouver* ce flacon avec du fer, il avait l'impression d'être plus léger. C'était incroyable. Qu'est-ce que le vieux aimait d'autre ? Ah oui, des Kremtopper[2] et des

1. Gaufres chocolatées ressemblant aux KitKat.
2. Petites bouchées au chocolat fourrées de crème à la vanille.

Mokabønner[1], tous les vieux aimaient ça, un peu de luxe avec leur café, alors il allait lui en acheter deux de chaque, et un *Vi Menn*[2].

Les pensionnaires de la maison de retraite étaient abonnés à plusieurs journaux, mais ils n'avaient pas les moyens de se payer de revues hebdomadaires, il n'y avait que les magazines féminins et la presse people du personnel féminin. Mais *Nous les hommes* contenait souvent des histoires de la guerre, la lecture préférée du vieux.

Une fois qu'il lui sembla tout avoir, Margido se présenta à la caisse. Il rassembla tout ce qui était pour le vieux dans un seul sac plastique ; ça pourrait rester dans la voiture jusqu'à sa prochaine visite. Le parking souterrain de son immeuble était équipé de caméras de surveillance, il n'y avait jamais eu, à sa connaissance, de vol dans les voitures depuis toutes les années qu'il vivait là. Peut-être la présence d'un véhicule contenant souvent un cercueil à l'arrière avait-elle un effet dissuasif ?

Au travail aussi, il eut droit tout de suite à une bonne nouvelle. Peder Bovim vint au-devant de lui pour lui proposer trois albums photo terminés, un pour chacun des trois derniers enterrements. Ils étaient magnifiquement réalisés et correspondaient tout à fait aux attentes des proches, avec photos du faire-part de décès, du cercueil et de toutes les fleurs à l'église ou dans la salle de cérémonie, y compris les noms sur les cartes et les rubans des couronnes.

— C'est bien, dit Margido.

1. Chocolat parfumé au café se présentant sous forme de grains de café.
2. Équivalent du magazine *Lui*.

— J'ai aussi mis à jour les annonces de décès sur Internet et supprimé celles qui ne doivent plus y figurer, et j'ai consulté les donations en cours.

— Est-ce que vous avez vérifié avec les dames tous les noms et les dates dans les annonces de décès ?

— Mais oui. Et j'ai pensé à un truc.

Ça y est, il remet ça, pensa Margido.

— C'est-à-dire ?

— Est-ce que je pourrais prendre trois jours la semaine prochaine ?

— Trois jours. C'est beaucoup. En pleine semaine ?

— Mercredi, jeudi et vendredi. Je voudrais aller à un salon de l'auto. En Allemagne.

— Tu t'intéresses aux corbillards, je suppose, dit Margido sans sourire.

— Pas vraiment ! rectifia Peder Bovim avec un large sourire et sans la moindre gêne.

— Il ne devrait pas y avoir de problème. Mme Gabrielsen peut sans doute poursuivre le travail sur Internet, répondit-il.

— Oui, *elle* est très douée. Elle apprend vite.

Au fond, il était soulagé. Trois jours durant lesquels cet imbécile ne lui taperait pas sur les nerfs ; il aurait le temps de rêver à toutes les voitures rapides qu'il pourrait s'offrir avec son salaire exorbitant.

Il était presque 19 heures lorsqu'il monta lentement l'escalier pour rentrer dans son appartement, avec ses sacs de courses et son porte-documents. Son nœud de cravate le serrait, quel bonheur ce serait de le défaire ! Mais pour cela, il lui fallait attendre de se retrouver chez lui, à l'abri des regards, en sécurité. Même devant ses voisins, il tenait à se montrer toujours impeccable. Ils pourraient faire soudain appel à lui un jour sur le plan professionnel, et il refusait qu'ils aient de lui l'image d'un type négligé, qui souffle en montant l'escalier, la cravate de travers.

Dès qu'il eut poussé sa porte, il se débarrassa de sa cravate, posa ses chaussures sur le journal prévu à cet effet, avec le cirage et les brosses à côté, avant d'aller en chaussettes dans la cuisine pour ranger les commissions. Il ouvrit aussitôt la boîte de Floradix.

Exactement ce à quoi il s'était attendu : un flacon médicinal en verre contenant un liquide marron foncé qui inspirait confiance, avec un petit doseur renversé sur le capuchon. Il lut au dos de la bouteille qu'il fallait bien la secouer avant usage, la conserver au frais après ouverture, et ne pas boire la potion comme une boisson normale mais n'en prendre que 10 ml deux fois par jour. Il secoua la bouteille, versa jusqu'au trait du doseur indiquant 10 ml et but. Cela avait un goût délicieux, sain et frais. Il rinça avec soin le doseur et le posa sur l'égouttoir.

Dans sa chambre à coucher, il ôta ses vêtements, ne garda que son slip et enfila sa robe de chambre. Il renifla sous les manches de sa chemise blanche. Bon, il pourrait encore la porter le lendemain, à condition bien sûr de la repasser au préalable. Repasser ses chemises et cirer ses chaussures faisaient partie des tâches quotidiennes qu'il appréciait.

L'hiver, il ne repassait sa chemise que sur le devant, sur le col et les manchettes, puisqu'il n'enlevait jamais sa veste. L'été en revanche, il devait repasser toute la chemise, car il tombait souvent la veste au bureau et on voyait alors son dos. Ou alors il portait des chemises infroissables, en nylon fin, c'était le plus simple.

Il glissa les pieds dans ses pantoufles et hésita à mettre en marche le sauna. Non. Mieux valait attendre un peu. Peut-être y avait-il une bonne émission à la télévision ?

Alors qu'il préparait sa tartine de pain avec du fromage qui, aujourd'hui, serait suivie de pain croustillant surmonté de pâté de foie, on sonna à la porte. Il tourna le bouton pour éteindre la plaque électrique sur laquelle se trouvait la poêle. Ce qui était en fait inutile, puisqu'en robe de chambre, il n'ouvrirait de toute façon à personne. On ne sonnait jamais chez lui, sauf de temps en temps, avant Noël, quand les gamins vendaient des calendriers et des billets de tombola au bénéfice de leur équipe de sport, ou si des plaisantins s'amusaient à appuyer sur toutes les sonneries, en bas.

Mais il pouvait regarder à travers le judas. Il pressa son œil contre l'anneau en laiton quand on sonna pour la seconde fois.

Il observa le visage sur le pas de la porte.

Torunn. C'était Torunn.

Il resserra bien la ceinture de sa robe de chambre autour de son ventre et y fit deux nœuds avant d'ouvrir la porte. Il entendit son pouls battre jusque dans ses oreilles. Un grondement et un chuintement.

— Torunn ? Ça alors…

— Tu es malade ?

— Non…

— Parce que tu es… en robe de chambre.

— Non, pas du tout. Je viens de rentrer du travail. C'est juste que… Mais entre.

— Je n'ai pas voulu t'appeler d'abord et te déranger, au cas où tu serais dehors pour une mission. J'ai apporté un peu de nourriture, de la boisson et un journal, pour attendre dans l'escalier jusqu'à ce que tu rentres.

— Tu aurais pu me téléphoner, voyons. J'ai mon portable sur silencieux si je... Alors comme ça tu es à Trondheim ?

Elle retira ses chaussures et posa par terre un gros baluchon, ainsi qu'un sac de courses de Coop Prix Flatåsen. Le sac tomba à moitié sur le cirage et les brosses, l'une d'elles glissa du papier journal sur le linoléum en y laissant une petite traînée de cirage noire.

— Oui. De manière assez impulsive, je dois dire. J'ai d'abord demandé ton adresse aux renseignements, puis j'ai sauté dans un taxi.

— Débarrasse-toi. Pendant ce temps-là, je m'habille.

— Mais pourquoi ? Ce n'est pas la peine ! Une robe de chambre, c'est l'idéal. J'aimerais bien en porter une aussi, en ce moment.

— Je regrette, je n'en ai pas d'autre.

— Je disais ça pour rire, voyons.

— C'est vraiment... une surprise.

— Oui, je ne suis jamais venue avant. C'est donc ici que tu habites ?

— Oui. J'étais en train de me préparer un peu à manger.

— Ça tombe bien, je meurs de faim. J'ai aussi de la nourriture. Et des bières.

— Est-ce que tu as envie d'une tartine au fromage ? demanda-t-il.

— Volontiers.

Les mains tremblantes, il sortit le pain, le fromage et la saucisse. Il tremblait tellement qu'il n'arrivait pas à penser, ne trouvait rien à dire. Pourtant, elle l'avait suivi dans la cuisine et vidait maintenant le contenu de son sac de courses sur le plan de travail, attendant sans doute de sa part des mots de bienvenue anodins.

Torunn.

Ici, dans sa cuisine.

Et lui qui se baladait en robe de chambre et pantoufles ! C'était pire que tout. *Le scénario catastrophe*, pensa-t-il, *pire qu'arriver le premier sur les lieux d'un accident mortel.* Ah, pourquoi avait-il dit qu'il allait s'habiller, mais sans le faire ? Il n'en serait pas là maintenant.

— Comment va mon grand-père ?

— Ton *grand-père* ? Non, il... J'avais oublié que tu l'appelais grand-père.

— Pour moi, c'est ce qu'il était jusqu'à ce que je vienne à Neshov, lorsque ma grand-mère était mourante, alors je continue à l'appeler comme ça. Même si je sais qu'il est mon oncle, lui aussi.

— Vu sous cet angle...

— Mais est-ce qu'il va bien ?

— Il est bien, à la maison de retraite. Il dit que c'est comme vivre à l'hôtel, encore qu'à ma connaissance il n'ait jamais mis les pieds dans un hôtel de sa vie. Il a dû voir ça à la télévision.

— Tu ne peux pas savoir à quel point ça me fait plaisir d'entendre ça. J'ai tellement mauvaise conscience à cause de lui.

— Ah bon ?

— Oui. Parce que je suis partie sur un coup de tête. Ça lui fait quel âge, maintenant ?

— Maman et lui avaient le même âge, alors il a quatre-vingt-quatre ans, il en aura quatre-vingt-cinq dans un mois.

— Et il est en bonne santé ?

— Je crois qu'il ne s'est jamais mieux porté.

— Je me demandais si je pouvais passer la nuit ici, dit-elle. Ici, chez toi.

Il hocha la tête sans se retourner.

— Juste sur le canapé, bien entendu, précisa-t-elle.

Il hocha de nouveau la tête en coupant des tranches de fromage, cette fois tout de travers sur un côté. Lui qui, d'ordinaire, tournait toujours le fromage à quatre-vingt-dix degrés entre deux tranches tracées à la raclette, pour éviter au fromage de se dessécher dans les coins.

— Je n'ai pas de chambre d'amis, malheureusement, dit-il. Ce n'est qu'un petit deux pièces.

Elle voulait *passer la nuit...* ? Allait-il être obligé de lui proposer son propre lit ? Et si jamais elle acceptait ?

— Je peux mettre des draps propres dans mon lit, proposa-t-il.

— Pas question ! Je dormirai ici, sur le canapé, voyons.

Sur le canapé. C'est vrai qu'on devait pouvoir s'allonger dessus, mais lui-même ne l'avait jamais fait. Il y a bien longtemps, il avait proposé au vieux de dormir là. Cela lui paraissait une éternité, mais cela ne remontait sans doute qu'à trois ou quatre ans.

— J'ai une couette supplémentaire, une couette d'été, j'ai l'habitude d'en changer selon les saisons, ajouta-t-il.

— Super ! Tu as sans doute quelques coussins que je pourrai mettre dans une taie d'oreiller, ça ira très bien.

Il y avait de la place dans la poêle pour les deux tartines de fromage côte à côte, mais il avait oublié de rallumer la plaque électrique. Elle prendrait aussi une douche, si elle restait pour la nuit. Il alluma la plaque et garda les yeux fixés sur la poêle, comme pour vérifier quand ça allait grésiller. La ceinture bien serrée autour de son ventre gênait sa respiration.

— Tu ne mets pas le couvercle ? fit-elle.

— Si, si, bien sûr.

— J'adore le fromage fondu, continua-t-elle. C'est peut-être de famille ?

— Tant mieux, répondit-il.

Il se dit qu'il ferait mieux de ranger le fromage au frigo. Et le paquet avec la saucisse aussi. Elle allait entrer dans son sauna. Même sans enclencher la fonction sauna ni abaisser le siège en bois, elle allait quand même entrer dans son sauna, si elle prenait une douche. Forcément qu'elle prendrait une douche, si elle passait la nuit ici.

— Ma meilleure amie aussi ne jure que par le chorizo quand elle fait une pizza, dit-elle.

— Je ne fais jamais de pizza. Malheureusement. C'est à cause de la pâte, je ne sais pas la faire.

— On peut acheter de la pâte toute faite, dit-elle.

— Ah bon ?

Débarquer sans crier gare et vouloir passer la nuit ici ! *D'ailleurs, à quoi ressemble la salle de bains ?* songea-t-il. *La cuvette des toilettes est-elle propre ?* (Il avait eu un peu de diarrhée le matin.)

— Excuse-moi d'arriver comme ça à l'improviste. Ça m'a prise d'un coup. Je vais m'ouvrir une bière, tiens. T'en veux une aussi ?

— Une bière... ? dit-il.

Il inspira aussi profondément que la ceinture de sa robe de chambre le lui permettait.

— Elle est fraîche.

— Oui, merci, répondit-il. Je crois qu'une petite bière ne me fera pas de mal.

Elle eut de la peine de voir à quel point sa visite surprise le mettait dans tous ses états, et son soulagement fut d'autant plus grand qu'il accepte de boire une bière, même s'il ne voulut pas boire directement à la canette et sortit deux grands verres à eau du placard. Elle se souvenait qu'il ne buvait presque jamais d'alcool.

Sa robe de chambre lui ôtait un peu de cette raideur à laquelle elle l'avait toujours associé ; elle était heureuse qu'il soit habillé comme ça, car elle avait appréhendé ces retrouvailles. Même si des liens familiaux étroits les unissaient, elle avait eu peur qu'il refuse de la voir.

Voilà pourquoi elle n'avait pas voulu l'appeler. Il était toujours plus simple de refuser au téléphone.

Il paraissait vulnérable et las, une apparence qui lui faisait presque oublier le Margido qu'elle avait gardé en mémoire. Ses jambes maigres et blanchâtres n'étaient pas en accord avec le haut de son corps, plus imposant. Les articulations de ses chevilles étaient saillantes et faisaient ressortir les veines à l'endroit où le pied disparaissait dans des pantoufles marron foncé usées. *Tiens, ses talons sont blancs et crevassés, comme chez un être normal*, songea-t-elle. Quant au cou et à la partie supérieure de son thorax, elle ne les avait pour ainsi dire jamais vus, si ce n'était ce jour d'été à la ferme des Neshov où il avait débarqué, fait rarissime, en T-shirt et veste claire. Il faut dire qu'il faisait 30° C ce jour-là.

— Je regrette, mais je n'ai que ces verres-là, dit-il. Je n'ai, hélas, pas de verres à bière.

— Pas de problème. À ta santé !

Elle vida son petit verre et le remplit de nouveau, puis elle décapsula une autre canette et la lui tendit.

— Je vais y aller doucement, mais merci, dit-il. Tu es arrivée par avion ? En train ?

— Non, en voiture. J'étais censée aller jusqu'à Alta, mais je suis descendue en cours de route.

— Alta ? Mais ça fait très loin, en voiture ! Ce serait beaucoup plus simple de…

— Nous avions douze chiens avec nous. Celui avec qui je vis… ou plutôt je vivais, va participer à la Finnmarksløpet qui commence et finit à Alta. Je devais être un de ses *handlers*.

— *Handlers*… Ça veut dire quoi, au juste ?

— Il faut peut-être que tu les retournes, maintenant, ça sent un peu le brûlé.

Il posa son verre, souleva le couvercle et mit en marche la hotte aspirante. Celle-ci faisait un bruit épouvantable. Il retourna les tartines dans un vacarme assourdissant. Torunn avait si faim qu'elle aurait pu manger les deux sans problème.

Elle dut presque crier pour couvrir le bruit de la ventilation :

— Les *handlers* sont ceux qui préparent à manger, font sécher les vêtements, veillent à ce que le musher dorme assez et qu'il se réveille à l'heure. Ils peuvent aussi le masser, au besoin, et le soutiennent sur le plan psychique, etc.

— Je ne savais pas, dit-il en remettant le couvercle.

— Ils informent aussi le musher de sa position dans la course, le tiennent au courant de la météo, s'occupent des chiens qui doivent peut-être quitter l'attelage pour voir le vétérinaire… Au fond, tout ce qui concerne l'attelage, hormis la conduite propre-ment dite.

Elle s'entendit débiter tout ça comme elle aurait parlé pour apaiser un chien nerveux.

— Tu veux que je mette les assiettes et les couverts ? demanda-t-elle.

— Non, je m'en occupe, va donc au salon. On peut s'asseoir à la table à manger. On ne s'entend pas, ici, avec la ventilation, je suis obligé de la lais-ser aussi un peu après, elle aspire si mal. Mais si je comprends bien, tu ne vas pas être un de ces *handlers* à Alta, finalement ?

— Non.

— Tu as changé d'avis à Trondheim ? Aujourd'hui ?

— Oui. Au beau milieu du plateau de Heimdals-myra.

Il n'y avait pas un seul tableau aux murs, pas un seul tapis au sol, le salon était dénudé et froid.

Un grand fauteuil Stressless avec repose-pieds faisait face à un téléviseur ; à côté de l'accoudoir droit, une petite table portant les marques sombres de verres. C'était donc là qu'il s'asseyait d'habitude, sans doute aussi pour manger. Et voilà le canapé où elle allait pouvoir dormir ; il semblait tout à fait convenable, large, avec des accoudoirs rembourrés et trois coussins brodés mal placés au sommet du dossier. Pas de plaid ; il ne devait jamais s'asseoir là, mais préférer le Stressless.

Sur la table à manger en teck courait un chemin de table brodé au centre duquel trônait un bol violet en cristal poussiéreux. Perpendiculairement à ce chemin de table, une fente indiquait que des rallonges avaient été prévues ; elle était prête à parier qu'il n'avait jamais eu besoin de s'en servir. Elle s'assit et plaça la canette de bière qu'elle venait d'ouvrir au milieu de la table. Il ne croisa pas son regard quand il arriva avec les assiettes, qu'il déposa de chaque côté.

— Je vais juste chercher mon verre, dit-il.

Il était presque vide, il avait donc dû boire à toute vitesse dans la cuisine. Elle le remplit de nouveau sans qu'il protestât.

La tartine de fromage fondu faisait grise mine, toute seule sur l'assiette blanche. Ni salade ni quoi que ce soit pour décorer. Le fromage était brûlant ; impossible de parler en mangeant, mais le repas fut expédié en quelques minutes.

— On n'a qu'à garder les mêmes assiettes, dit-il. J'ai des tartines croustillantes avec du pâté de foie.

— En dessert ?

Il eut un sourire furtif.

— C'est quelque chose de nouveau que je dois prendre. Pour avoir une nourriture plus saine que les tartines au fromage fondu. Et puis j'ai aussi des noix qui sont censées être très bonnes pour la santé.

— Parce que tu manges des choses saines en complément ? Pas à la place de ce que tu manges d'habitude ?

— Je ne vois pas pourquoi ça serait gênant. Comment a été la route jusqu'ici ? Vous n'avez pas beaucoup de neige, plus au sud ?

— Si, tu ne peux pas t'imaginer. Il faut qu'on déblaie la neige du toit, ça n'arrête pas de tomber. Ça m'a fait bizarre de traverser le massif de Dovre et de voir un paysage sans aucune neige. Il a fait sec, par ici, à ce que j'ai compris.

— Ça a été terrible. Il a plu miraculeusement aujourd'hui, et on a eu deux jours de neige début décembre. Le reste du temps, on a eu un hiver... vert. Ou plus exactement couleur carotte, car tout s'est desséché. Autant dire que la pluie est la bienvenue, conclut-il en se levant.

Il revint avec le paquet de tartines croustillantes, du beurre, une boîte de pâté de foie et un bol de noix de cajou. Le bruit de la ventilation s'était tu dès qu'il avait disparu dans la cuisine.

— Sers-toi.

— Je vais chercher la baguette que j'ai achetée en venant, avec du fromage et du jambon, on pourra la partager en deux.

— Non, garde-la pour toi, moi je m'en tiens à ça.

Quand elle revint à table, il avait généreusement beurré une tartine croustillante du côté avec tous les trous, maintenant pleins de beurre, puis ajouté le pâté de foie par-dessus.

— Faut que je te demande la permission d'emprunter tes toilettes, dit-elle. Voilà ce que c'est que de boire de la bière...

— Attends une seconde, je vais juste voir...

Il lâcha sa tartine et se précipita dans l'entrée. Elle entendit une porte se refermer derrière lui, puis de l'eau couler d'un robinet pendant une éternité. Prenait-il une douche ? Est-ce qu'il était allé prendre une douche juste au moment où elle voulait faire pipi ?

Elle regarda fixement sa tartine. *C'est quelque chose de nouveau que je dois prendre... Pauvre homme,* pensa-t-elle. *La mort comme travail toute la journée, et puis cet appartement si peu chaleureux le soir. Comment se distrait-il, à supposer qu'il lui arrive de se distraire ?* Aucune étagère de livres. Pas de chaîne hi-fi. Pas d'ordinateur non plus, rien que ce téléviseur. Pas même un jeu de cartes pour faire une réussite de temps en temps.

Elle profita de l'occasion pour jeter un coup d'œil à son téléphone portable, qu'elle avait mis sur silencieux. Aucun appel en absence. Owe n'avait donc pas encore vendu la mèche ; il devait appréhender le moment. Cela lui était bien égal de savoir quand Christer apprendrait sa défection ; ce pouvait bien être une heure avant le départ. Tant pis pour ce baiseur à la con. Elle alla chercher une autre canette de bière dans le frigo et remplit leurs deux verres à ras bord. Elle laissa le cognac dans son sac. Il ne fallait quand même pas trop pousser avec un homme presque abstinent.

Il finit par revenir, ses pieds blancs et osseux martelant le sol nu ; les pans de sa robe de chambre lui battaient les genoux, le bout de sa ceinture pendouillait du côté droit. Il avait dû la serrer très vite, peut-être quand elle avait sonné ; à le voir ainsi, elle ressentit soudain pour lui un élan de tendresse. Il avait eu très peur en la voyant sur son palier, mais à présent, il paraissait rassuré et plus gai, s'affairant, appliqué, comme un enfant désireux de bien faire. *Cet homme devrait boire plus souvent,* songea-t-elle.

— Il fallait que je fasse quelque chose dans la salle de bains, ce n'est pas tous les jours que j'ai des invités pour la nuit. J'ai posé des serviettes pour toi sur un tabouret, là-bas.

— Pour l'instant, j'ai juste besoin d'aller aux toilettes, dit-elle. Mais je ne dis pas non à une douche, plus tard. Dire que je suis partie d'Oslo ce matin, j'ai l'impression que ça fait une éternité.

Elle emporta son portable aux toilettes et ne put s'empêcher d'envoyer un SMS à Owe : *Désolée d'avoir dû t'abandonner de cette façon, pas vraiment le choix, j'espère que tu comprends. Bon voyage pour la suite. Amitiés, T.*

En reboutonnant son jean, elle examinait l'énorme douche avec des boutons, des buses en métal et un revêtement mural en bois quand la réponse arriva : *Christer dit que ça ira très bien, nous serons assez nombreux comme* handlers.

— Je vais fumer une cigarette sur le balcon. Je me sers seulement d'une canette vide comme cendrier.

Il pleuvait des cordes, mais le balcon du dessus lui offrait une protection. Elle eut un peu de mal à faire tenir la canette de bière, trop légère, sur le béton irrégulier du sol. Un petit cyprès vert en pot se dressait dans un coin ; il se portait bien, Margido avait dû l'arroser pendant la sécheresse de cet hiver. Elle emplit ses poumons de fumée. Qu'avait-elle laissé chez Christer, à Maridalen ? La voiture. Pas mal de vêtements. Des livres. Quelques papiers importants. Et chez Margrete, elle avait sa couverture Missoni qui lui restait à terminer. Mais elle n'avait pas la force de penser à tout ce qu'elle avait stocké à Sandvika.

— Au fait, comment va ta mère ? demanda-t-il quand elle revint dans le salon.

— Ah, elle…

Il s'était arrêté de mastiquer, attendant qu'elle parle. Pour toute réponse, elle alla dans l'entrée et fouilla dans son sac pour prendre sa bouteille de cognac. Elle se souvint de l'endroit où se trouvaient les verres et en prit deux autres, même si elle était sûre qu'il refuserait. Elle posa les verres, remplit le sien à moitié et tint la bouteille au-dessus de son verre à lui en l'interrogeant du regard. Il secoua la tête. Elle but le sien d'un trait.

— Eh bien dis donc ! fit-il.

— Je viens d'apprendre que je ne manque à absolument personne. Le cognac fait du bien, dans un moment comme ça.

— Je ne comprends pas très bien de quoi tu parles, mais…

— Ma mère se porte comme un charme. Elle a rencontré un nouvel homme, Dieu merci, comme ça elle me fout un peu la paix. Mon beau-père, Gunnar, avec qui elle est restée mariée pendant des lustres, a fait comme tous les autres – plus cliché, tu meurs : il s'est trouvé une jeunette, l'a mise enceinte et l'a épousée. Ma mère a failli en crever, mais maintenant, elle est sur un petit nuage. Son petit ami et elle habitent chacun de leur côté mais font plein de choses ensemble, ils voyagent, vont au théâtre, au restaurant, leur dernier truc c'est un cours de rock. Dis donc, tu as une cabine de douche gigantesque !

Il profita de l'occasion pour terminer de mâcher tout en hochant la tête. Elle se resservit de cognac et de bière, mais ne lui servit que de la bière.

— Ça fait petit sauna, dit-il. En plus de la douche.

— Waouh ! Quel luxe. Je dois retourner à Oslo chercher un certain nombre de choses. Ma voiture, entre autres. Et là, je n'ai pas d'endroit où dormir. J'ai une amie, celle avec le chorizo, elle aussi n'a qu'un deux pièces mais assez plein, alors c'est difficile d'y rester plus d'une nuit, max deux, après je ne tiens plus, je deviens complètement claustro, même si c'est chaleureux comme tout. En fait... j'ai bien un endroit où aller, un endroit où j'ai habité longtemps, mais je ne veux plus y habiter, je veux juste y prendre mes affaires et disparaître dans la nature. Je suis assez attachée à certains chiens qui sont restés là-bas, je crois qu'il vaut mieux que je ne les câline pas trop, je vais essayer de faire ça vite et bien.

Margido la regardait d'un air calme. C'est vrai qu'il avait l'habitude de discuter avec des gens qui se sentaient perdus après le décès d'un proche. Il aurait dû se trouver tout à fait dans son élément.

— Je précise que je ne me sens pas perdue. Je pense à voix haute, c'est tout.

Quand l'alcool arriva dans son estomac, petits jets de soulagement qui se répandaient dans son abdomen, les larmes lui montèrent aux yeux. Ça aussi, il devait y être habitué, elle pouvait pleurer tout son saoul si elle le voulait. Mais ça lui passa vite.

— Et si tu mangeais maintenant un peu de ta baguette ? dit-il simplement.

— J'ai perdu l'appétit. J'avais tout misé sur une carte, tu sais.

— Sur cet homme ? Le conducteur de chiens de traîneau... ?

— Oui. J'ai vendu mon appartement, mes parts du cabinet médical, je voulais montrer que je ne m'engageais pas à la légère.

— Mais pourquoi as-tu vendu tes parts ?

— Je voulais prendre la responsabilité de ses chiens et du matériel, pour le décharger. Je voulais qu'on soit tous les deux dans cette bulle. Et il n'a pas protesté. Par ailleurs, mes parts dans la clinique vétérinaire impliquaient que je mette en place des cours, *beaucoup* de cours. Soit beaucoup de travail le soir. Ça allait tant que je vivais seule, mais pas quand je me suis installée chez Christer. Alors j'ai tout envoyé balader. Allez, à ta santé ! Voilà ce qui s'est passé. J'ai tout misé sur un seul cheval. Et j'ai perdu.

— Et qu'est-ce que tu as perdu ?

Il s'était arrêté de manger. Il savait écouter. Et il était son oncle, il était sa *famille.* Elle fut prise d'une nouvelle envie de pleurer, et cette fois, elle ne retint pas ses larmes.

— Ne t'inquiète pas, dit-il. Je vais te chercher de quoi te moucher.

— Et un peu plus de bière. Oui, ce que j'ai perdu, au fond…

Elle se moucha dans le papier essuie-tout qu'il lui apporta et le glissa à moitié sous l'assiette pour qu'il ne se déplie pas. Il lui remplit son verre de bière, et se resservit aussi.

— J'ai perdu trois années et demie de ma vie. Et ma fierté, déclara-t-elle.

— Trois années et demie, c'est à la fois beaucoup et peu. Tout dépend de la manière dont tu regardes les choses, dit-il.

— C'était sans doute les dernières années où j'aurais pu avoir un enfant, par exemple.

— Tu aurais donc aimé avoir des enfants ?

— Non, mais je suis tombée enceinte de lui. J'ai perdu l'enfant très vite. Sans qu'il le sache.

— Tu ne lui as pas dit que tu étais enceinte ?

— Non.

— Je n'ai pas vraiment d'expérience dans le domaine des… relations amoureuses, mais j'aurais tendance à croire que si tu ne pouvais pas lui raconter que tu portais un enfant de lui, votre relation était condamnée à l'échec.

— T'as sans doute raison. Et sur le plan financier, j'y ai gagné. J'ai fait une économie de logement de quelques années.

— Ce qui n'est pas rien.

— Je ne suis pas une femme dépensière, Margido Neshov.

— Ça te permettra de voir venir. Eh bien, la journée n'a pas dû être facile, pour toi.

— Oui, depuis Alvdal, quand j'ai compris que je faisais fausse route.

— Je vais te préparer ton lit, dit-il.

— Tu ne finis pas de manger ?

— Cette tartine croustillante n'était pas aussi bonne que je pensais. On aurait dit un mélange de carton et de bois.

Elle fuma et le regarda à travers la fenêtre du balcon étendre un drap sur le canapé. Elle se sentait détendue, un peu pompette. Il recouvrit aussi le dossier du canapé et replia soigneusement le drap sur les bords, avant de repousser le canapé contre le mur pour que le drap tienne bien. Les coussins étaient posés sur la table basse. Il eut du mal avec la housse de couette, mais elle le laissa faire et finit tranquillement sa cigarette.

Le salon n'était plus aussi inhospitalier, vu de l'extérieur, c'était un tableau éclairé avec des verres, un plat et un bol de noix de cajou sur la table, un joyeux désordre avec le lit improvisé. Il avait aussi allumé la télévision, sans doute de manière machinale ; son fauteuil Stressless témoignait qu'il passait beaucoup d'heures assis devant le petit écran.

Elle retourna à l'intérieur, trouva au fond de son sac un vieux jogging qu'elle ne se souvenait pas d'avoir emporté, et se changea dans la salle de bains, dont elle ressortit pieds nus.

— Ce sera inconfortable avec les coussins du canapé, dit-il. Mais je n'ai qu'un oreiller, ici. C'est un peu idiot, je m'en aperçois, car il doit y en avoir une vingtaine à Neshov. Je pourrais en prendre un demain, je dois de toute façon aller là-bas chercher des cercueils. Enfin, si tu… Je ne sais pas combien de temps tu as l'intention de…

— Tu as toujours ton entrepôt là-bas ? La ferme n'a pas été vendue, à ce que j'ai compris, puisque tu ne m'as jamais contactée à ce sujet.

— Non. Les terres sont en fermage, mais les bâtiments sont là, on a seulement coupé l'eau et l'électricité.

— Je n'ai pas le courage d'en parler, dit-elle. Mais c'est bien que ça te serve pour les cercueils et tout ça.

— C'est pratique. Et gratuit, surtout. À part l'électricité. J'ai pu faire installer une ligne jusqu'à mon entrepôt, dans la grange.

— Gratuit, oui, t'as échappé au contrat de location quand j'ai foutu le camp !

Elle rit, il la regarda et sourit.

— Et maintenant, tu as foutu le camp une fois de plus, constata-t-il.

Il avait dit ça en passant, comme une réponse dans une conversation à bâtons rompus, ça s'entendait à sa voix, mais cela l'atteignit. Il avait raison. C'était visiblement sa manière de résoudre les problèmes : foutre le camp.

— Est-ce que c'est ta mère qui a brodé ces coussins ? voulut-elle savoir.

— Oui. Elle me les a donnés dans un sac plastique quand j'ai quitté la maison. C'est tout ce que j'ai emporté. Plus une cafetière qu'elle n'utilisait plus.

— Je peux m'allonger sur le canapé et regarder la télévision, si tu tournes un peu l'appareil. Et toi, tu restes dans ton fauteuil. Et oui, si possible, j'aimerais bien rester encore une nuit. Je ne me rappelle plus exactement quand Christer doit partir dans le nord, nous autres sommes partis en avance, vu qu'il faut environ trois jours pour monter là-haut avec les chiens, mais je crois qu'il prend l'avion demain. Alors j'aimerais bien descendre en avion après-demain.

— Moi, ça ne me pose pas de problème. Tu m'accompagneras peut-être demain, quand je…

— Non, pas à l'entrepôt de cercueils. Je n'ai pas tellement envie de t'accompagner à la ferme.

— Je pensais au vieux… ton grand-père. On pourrait lui rendre visite. Je lui ai acheté différentes choses qu'il aime bien, et il serait très heureux de te voir. Comme ça tu pourras rester discuter avec lui tandis que j'irai chercher les cercueils et l'oreiller.

Elle vit ses pantoufles dans le prolongement du repose-pieds, à gauche du téléviseur. Être allongée là, sous sa couette d'été, des coussins venant de la ferme des Neshov sous la nuque, était pour le moins surréaliste. Elle remarqua qu'il se détendait, et elle aussi, du même coup ; ils n'avaient pas besoin de parler. Raison de plus pour qu'elle ait envie de lui poser une question. L'émission parlait de logements pour les jeunes.

— Tu n'as pas d'autres chaînes ?

— Bien sûr que si. J'ai toutes les chaînes qui existent, même si je ne suis tout ça que de loin. Mais j'aime bien regarder le journal télévisé sur TV2.

— Tu te souviens de notre première rencontre, Margido ? À l'hôpital ?

— Euh, oui. C'était quand maman allait mourir.

— Tu m'as dit que c'était une famille dans laquelle je ne me sentirais pas bien.

— J'ai dit ça, moi ?

— Eh oui.

— Je n'étais pas tout à fait à ma place, là-bas. Il y a eu beaucoup d'histoires. Tu t'es retrouvée au milieu de toute cette pagaille…

Le portable de Margido se mit à sonner. Le haut de son corps tressaillit et se pencha un peu avant de revenir à sa position initiale dans son fauteuil.

— Tu ne réponds pas ?

— Non.

Elle avait dû s'endormir, car quand elle revint à elle, le salon était sombre et l'appartement silencieux. Elle prit son téléphone portable posé sur la table basse : il était presque 3 heures du matin, aucun appel en absence, aucun SMS, pas même de sa mère, qui savait qu'elle allait rouler loin et qui d'habitude craignait toujours qu'elle eût un accident sur les routes verglacées. Le cours de danse rock devait l'absorber complètement. Elle n'aurait jamais cru qu'un message inquiet de sa mère lui manquerait un jour.

Margido avait entrebâillé la porte du balcon, la pluie continuait de tomber sans discontinuer. Elle avait dû dormir plus de six heures, car elle ne se rappelait rien du journal télévisé de 21 heures.

Le canapé s'était révélé confortable, c'était même agréable d'avoir les deux coussins comme oreillers : sa nuque reposait dans le creux entre les deux, tout

comme, chez Margrete, ses fesses et sa colonne vertébrale reposaient parfaitement entre deux des coussins
de son canapé.

Elle ne supportait jamais de rester plus de deux
nuits chez Margrete. *Voilà ce que c'est, se sentir
libre*, se dit-elle.

Freedom's just another word for nothing left to lose.

Elle était seule au monde, n'avait ni enfant ni
animal à charge. Elle avait beaucoup de moyens. Libre
à elle de faire le tour du monde, de reprendre ses
études et de finir sa formation de vétérinaire, même
à quarante ans : qui l'en empêchait ? L'âge de la
retraite était encore très loin, et après sa formation,
elle aurait encore beaucoup de belles années pour
exercer le métier. Elle pouvait faire ce qu'elle voulait.
Encore fallait-il trouver *quoi*.

Elle se leva et alla pieds nus sur le balcon pour
fumer une cigarette. Les irrégularités du béton lui
piquèrent la voûte plantaire, cela lui fit du bien,
comme si ses deux jambes étaient bien plantées dans
l'instant. Et c'était le cas. Elle ne ressentait aucun
chagrin. Son orgueil en avait pris un coup, et elle
était énervée – surtout contre elle-même –, mais pas
chagrinée.

Elle observa les fenêtres plongées dans l'obscurité
des immeubles alentour. Des vies vécues et un nombre
incalculable de destins, des jours heureux, des jours
mauvais, de l'espoir et des attentes déçues, des grilles
de loto et des factures, des naissances et des décès,
tous ces étrangers couchés à présent sous leurs
couettes, leurs corps livrés au sommeil, en route vers
une nouvelle journée. Elle n'avait aucune raison de
se plaindre. Elle préférait encore être elle-même que
quelqu'un d'autre, elle n'enviait personne.

Margido avait débarrassé la table à manger. Il ne restait que la bouteille de cognac au milieu de la table, à côté des noix de cajou et du bol en cristal couvert de poussière.

Elle se réveilla en l'entendant s'affairer entre la salle de bains et la chambre à coucher après avoir ouvert la porte d'entrée, sans doute pour prendre le journal. Elle l'entendit s'arrêter pour tendre l'oreille dans sa direction, mais fit semblant de dormir en produisant de petits ronflements crédibles.

Il était 6 h 30, vit-elle, quand il disparut dans la salle de bains. Il prit une douche et resta longtemps à l'intérieur, puis elle perçut des bruits venant de la chambre à coucher, le thermostat d'un fer à repasser et le cliquetis quand le fer, à intervalles réguliers, était reposé sur son support métallique à l'extrémité de la planche, sans doute chaque fois qu'il déplaçait le vêtement ; ce devait être une chemise. *Qu'il avait probablement voulu repasser la veille,* pensa-t-elle.

À travers ses cils entrouverts, elle le vit en pantalon sombre, chemise blanche et cravate, se faufiler dans la cuisine et fermer la porte. Elle entendit l'eau couler et, peu après, la mise en route d'une cafetière électrique, suivie du froissement d'un papier qu'on déchirait, puis un silence avant de nouveaux bruissements de papier, sulfurisé peut-être, le bruit de pilules qui s'entrechoquaient dans un flacon en verre, et enfin l'eau du robinet qui coulait. Était-il malade ? Quand la cafetière électrique s'arrêta, il y eut un long silence, entrecoupé seulement de quelques toussotements, de petits toussotements, la bouche pleine, semblait-il, tandis qu'il tournait les pages du journal. Il faisait de discrets allers et retours dans le salon, elle reconnut une faible odeur de cirage, il avait à présent enfilé sa veste et ressemblait au Margido qu'elle avait gardé en mémoire. Soudain, il se dirigea droit vers le canapé, mais elle garda les yeux fermés et suivit ce qu'il faisait à travers ses cils. Le salon était encore plongé dans la pénombre, à cette heure matinale du mois de mars, de Trondheim.

Un cliquetis de clés : celles qu'il posa sur la table basse devant elle.

Une demi-heure plus tard, elle se leva, trouva un legging à mettre sous son pantalon de jogging, des chaussettes, un coupe-vent et une écharpe, et elle sortit. Elle ouvrit une carte, brancha le GPS sur son iPhone et s'éloigna, en courant à son rythme, de ce quartier d'immeubles pour rejoindre la forêt. Elle passa devant des tremplins de ski – elle se souvint avoir vu aux infos qu'ils avaient été construits pour le championnat du monde de 1997 – et s'enfonça entre les arbres au moment où le jour se levait pour de bon.

C'était comme arriver au printemps, après toute la neige de Maridalen. Ici, la terre était dégagée, avec de la mousse et des pierres, les arbres se dressaient bien droit, leurs branches nues. Et le chant des oiseaux ! Un vrai cadeau du Ciel. Elle s'assit sur un tronc d'arbre pour écouter. Quelle surenchère parmi les oiseaux, c'était à qui pousserait les plus jolis trilles pour s'attirer les faveurs d'un ou d'une partenaire.

Quel drôle de pays, pensa-t-elle, *un paysage d'hiver enneigé au sud et un concert de chants d'oiseaux dans les cimes des arbres au-delà du massif de Dovre.* Néanmoins, on voyait bien les ravages de la sécheresse, et la pluie qui tombait enfin était une manne céleste.

Elle alluma une cigarette. *Je vais y arriver*, pensa-t-elle. Elle n'avait plus qu'à faire place nette dans la maison de la forêt et récupérer ses dernières affaires avant de faire table rase et ne plus se retourner. Tout n'avait été que le fruit de son imagination.

En revenant vers les immeubles, elle ramassa par terre quelques végétaux : des pommes de pin, de jolies branches couvertes de lichen, des cailloux et de la mousse séchée, des touffes d'airelles dont les baies formaient des points rouges au bout des tiges brunes. Elle en fourra certaines dans les poches de sa veste et porta les autres dans ses mains. Elle voulait rentrer et se doucher, s'habiller, prendre son petit déjeuner, sortir faire les courses pour que la maison soit agréable quand Margido rentrerait du travail, lui rendre la pareille pour la gentillesse qu'il lui avait témoignée la veille au soir.

Ils étaient convenus par SMS qu'il terminerait plus tôt pour qu'ils aient le temps de passer un moment à la maison de retraite, et il revint comme il l'avait annoncé, à 16 h 30.

Elle avait compris qu'il n'était pas malade ; il n'avait pris que des comprimés de vitamines. La boîte, presque neuve, trônait sur le plan de travail, et dans le frigo, elle avait découvert une bouteille de Floradix à peine entamée, avec le doseur en train de sécher, tête en bas, sur l'égouttoir. Elle-même en avait une bouteille dans le frigo de Christer et en prenait une gorgée quand elle y pensait.

Margido parut embarrassé quand il passa le seuil de la porte ; il évita son regard, posa sa mallette contre le mur, ôta ses chaussures qu'il posa sur des journaux par terre et glissa ses pieds dans des pantoufles.

— J'ai fait une pizza, dit-elle. C'est bientôt prêt.

— Vraiment ? Une pizza ?

— On est tous les deux des fous de fromage fondu, non ?

— Je me régale à l'avance, ça sent déjà bon. Et tu t'es donné du mal, ajouta-t-il en découvrant la table mise dans le salon.

Elle avait lavé le petit bol en cristal violet et déposé une petite bougie au fond, acheté des serviettes en papier violettes ; ce devait être une couleur de prédilection pour les chrétiens, avait-elle conclu sans trop savoir pourquoi.

Sur deux grandes assiettes blanches, elle avait harmonieusement disposé les différents éléments végétaux ramassés en forêt, avait placé des bougies au milieu et éteint le plafonnier au centre de la pièce, qui ne servait ni à la table à manger ni à la table basse du salon.

Elle avait aussi allumé la télévision sur la chaîne info, mais en coupant le son ; elle avait pensé qu'il aimerait la voir allumée, habitué sans doute à ce qu'elle lui tienne compagnie.

Il desserra le nœud de sa cravate et la passa au-dessus de sa tête, puis ouvrit le bouton du haut de sa chemise.

— Pas de robe de chambre aujourd'hui, puisque nous allons sortir, dit-elle. Et pas de bière non plus avant de rentrer, ce soir.

— Je ne crois pas que je puisse me permettre de boire de la bière deux jours d'affilée, dit-il.

— Ça tombe bien, répliqua-t-elle. Demain, je retourne à Oslo, comme ça tu ne seras plus obligé de boire de l'alcool.

— Où as-tu trouvé toutes ces décorations pour la table ? Dehors, ici ?

— Je me suis baladée en forêt.

— Par cette pluie ?

— Bah, tu oublies que ça fait des mois qu'on patauge dans la neige épaisse, plus au sud ; ici, je peux marcher sur le sol, alors un peu de pluie, c'est rien du tout. Est-ce qu'il sait que je viens ? Assieds-toi donc, le repas est bientôt prêt ; tu veux boire du Mozell[1] avec ça ?

— Quel luxe ! Oui, merci. Non, il ne le sait pas. Ce n'est pas la peine de le prévenir. Je suis moi-même allé en forêt, il n'y a pas longtemps.

— J'ignorais que tu étais un homme d'extérieur. Au fait, j'ai mis de l'ail dessus, j'espère que tu aimes ça.

— Je suis sûr que ça va être délicieux. Euh, je ne me vante pas d'être un homme d'extérieur, ce serait exagéré, mais l'autre jour je suis entré dans la forêt et j'ai mangé mes tartines là-bas. Il se trouve que j'ai vu un fer à cheval. Au mois de mars.

— Ah bon ? C'est fou, ça. J'appréhende d'atterrir à Gardermoen en plein hiver de conte de fées et de monter ensuite à Maridalen où tout sera certainement recouvert de neige, y compris ma voiture. Il y a une femme, là-bas, une connaissance, qui s'occupe des chiens qui restent, mais nous... Je ne peux pas m'attendre à ce qu'elle dégage la route plus que le strict nécessaire pour pouvoir venir elle-même, d'ailleurs elle ne sait même pas que je rentre... Enfin, que je rentre plus tôt, dit-elle en sortant la pizza du four (un four qui n'avait pas dû servir souvent, vu son état de propreté impeccable).

1. Jus de pomme et de raisin sans alcool.

Il faut la laisser refroidir un peu, elle n'en sera que meilleure.

Elle posa la plaque avec la pizza sur la cuisinière avant d'aller vers lui avec un verre de Mozell Light. Elle avait choisi la version allégée puisqu'il avait mentionné vouloir se nourrir sainement.

Avant d'aller faire les courses, elle avait jeté un coup d'œil dans ses placards pour voir ce qu'il avait, et en avait profité pour fouiner un peu dans le reste de l'appartement. Elle avait ainsi eu la confirmation que Margido vivait de manière pour le moins spartiate. Elle ne découvrit pas le moindre petit secret. Aucun médicament dans la cuisine ni la salle de bains, juste des affaires pour se raser, un dentifrice et une brosse à dents, un déodorant bon marché et un petit tube de pommade dont elle ignorait l'utilité. Sur le lave-linge était posé le sèche-linge qu'il avait acheté quand elle était encore à Neshov. Elle s'en souvenait parfaitement. C'était Margido qui l'avait payé, et maintenant, l'appareil était ici.

Il possédait de grandes quantités de serviettes, chemises, chaussettes et sous-vêtements. La planche à repasser était dépliée à côté du lit fait, la bible sur la table de chevet, sous une modeste lampe de lecture. Dans une penderie, elle trouva une grande pile de cartes de remerciements de proches pour des enterrements qui s'étaient déroulés au mieux, dans la dignité et le recueillement.

Les placards de la cuisine contenaient des assiettes, grandes et petites, des verres à eau et des mugs à café. Plusieurs d'entre eux, les étagères du haut, et plusieurs des tiroirs sous le plan de travail étaient vides. Une spatule, une louche, un ouvre-boîtes, un tire-bouchon et quasi rien d'autre à part les couverts pour six, un tiroir avec du papier sulfurisé, des feuilles intercalaires pour séparer les tartines du lunch et un rouleau de sachets plastique, deux casseroles dans un placard à part. *Pas étonnant qu'il n'ait pas de lave-vaisselle, c'est plus vite fait à la main*, songea-t-elle. C'est bien ce qu'il avait fait : les assiettes, verres et couverts de la veille avaient été lavés et mis à sécher sur l'égouttoir, la poêle à la verticale derrière le reste. Il avait dû s'en charger après qu'elle se fut endormie.

Elle avait acheté un rouleau de pâte à pizza prête à l'emploi, de l'ananas et encore du chorizo, de l'oignon, de l'ail et un pot d'origan frais. Sans oublier du pain et différents ingrédients à mettre dessus, de la bière et des sodas. Elle avait trouvé des ciseaux à pizza au rayon ustensiles de cuisine et une grande assiette en osier tressé sur laquelle déposer la pizza, avec du papier sulfurisé en dessous. Ce fut un plat de morceaux de pizza carrés aux bords dégoulinant de fromage fondu, bien collant, qu'elle apporta et posa sur la table à manger, entre les assiettes décorées de bougies et des trésors de la forêt.

— Oh ! Ça a l'air bon ! Je ne me fais jamais ça. On peut donc acheter de la pâte toute prête ?

— Comme tu vois.

— Ma table n'a jamais été aussi belle, dit-il en croisant son regard. Merci beaucoup.

— Allez, sers-toi. C'est la moindre des choses, après la peur bleue que je t'ai faite hier soir. Et on n'a parlé que de *moi*. J'ai honte, quand j'y repense.

— Il faut dire que cela a été une journée assez dramatique pour toi.

— Comment s'est passée ta journée ?

— Oh, un grand enterrement dont nous avons dû nous occuper tous les trois au bureau. Oui, j'ai embauché quelqu'un, mais je le charge d'autres missions. Hum, c'est délicieux. Avec l'ail aussi. Et l'ananas, ça change, je dois dire.

— Tu n'as peut-être pas envie d'en parler, dit-elle.

— C'est mon travail, tu sais. Ce ne doit pas être bien passionnant pour toi.

— Tu te trompes. Je trouve au contraire que ton boulot doit être vraiment intéressant. Être comme ça, au plus près de ce qui est important.

Au cours de la conversation qui s'ensuivit, avec pas mal de pauses pour mâcher, elle apprit l'histoire de cet homme et de cette femme mariés pendant soixante ans et morts à quelques jours d'intervalle, l'un à l'hôpital, l'autre en maison de retraite. Ils avaient été enterrés ensemble.

— Il y a justement un article sur eux aujourd'hui dans *Adresseavisen*, si ça t'intéresse.

— Je n'ai pas vu de journal ici…

— Excuse-moi, dit-il, je l'ai sans doute posé par terre dans l'entrée, ce matin, par habitude, sous la corbeille avec le nécessaire à cirage.

— J'ai cru que c'était un vieux journal, moi. Alors c'était un bel enterrement ?

Peut-être recevra-t-il un nouveau mot de remercie-ments qui rejoindra la pile, pensa-t-elle.

— Très réussi, mais cela n'a pas été de tout repos. Il y avait un nombre inhabituel de bouquets à mettre dans des vases, des rubans avec les messages qu'il ne fallait pas égarer, le prêtre n'a pu en lire que la moitié, et il y a eu beaucoup à ranger après, mais les dames du bureau vont le faire aujourd'hui, puisque tu es venue me rendre visite, dit-il.

Il se servit une nouvelle part qu'il dut soulever très haut pour détacher les filaments de fromage fondu, jusqu'à devoir tendre le bras, ce qui le fit sourire.

— Il y avait beaucoup de monde ? demanda-t-elle.

— L'église était pleine à craquer. Nous avons failli manquer de feuilles de chants, il ne m'en restait plus que sept ; je déteste ce genre de situations, où je risque d'être pris en défaut.

— Les gens peuvent en avoir une pour deux.

— Non. Chacun doit avoir la sienne. Ça permet aussi de garder un souvenir de la cérémonie.

— Au fait, à quelle heure mon grand-père se couche-t-il, en temps normal ?

— C'est lui-même qui décide.

— Ah bon ? Je croyais que c'était un problème de personnel, qu'on couchait très tôt les pensionnaires parce qu'il y avait peu de monde pour s'occuper d'eux le soir.

— C'est le cas dans la plupart des endroits, mais il se trouve que Byneset n'est pas du tout comme ça.

Une fois en voiture, Torunn ne put s'empêcher de demander :

— Pourquoi t'es-tu mis à faire attention à ton alimentation ? Est-ce le médecin qui te l'a demandé ? Tu n'es pas malade, au moins ?

Il garda les yeux sur la route. Il utilisait de vieux gants de conduite avec des petits trous aux articulations, qui ne serraient pas quand on tenait le volant. Pendant toute son enfance, elle avait vu les mains de son beau-père sur le volant avec exactement les mêmes gants ; elle aurait beaucoup aimé en avoir de semblables, mais ça n'existait pas en taille enfant, puisque les enfants ne conduisaient pas.

— Non, je ne suis pas malade. Je me sens un peu faible, ces derniers temps, c'est tout.

— C'est à cause de l'hiver, beaucoup de gens manquent d'énergie à cette période de l'année. Il ne faut pas que tu tombes malade, t'es quand même mon oncle.

Il ne répondit pas, le regard toujours braqué sur la route. Elle observa de nouveau ses gants. Au fond, rien ne l'empêchait de s'en acheter maintenant, si on en fabriquait toujours.

Tormod Neshov était assis dans sa chambre, une couverture et un livre ouvert sur les genoux ; à côté du fauteuil, une lampe de lecture dont la lumière tombait directement sur le livre. Le plafonnier n'étant pas allumé, il ne s'aperçut pas tout de suite de la présence de Torunn, comme elle était entrée derrière Margido.

Quand il la vit, ses yeux s'embuèrent ; il tressaillit et lâcha le livre, qui glissa de ses maigres genoux et tomba par terre. En entendant son sanglot étouffé, elle aussi se mit à pleurer, et elle se pencha vers lui pour le serrer très fort contre elle. Sa peau et ses vêtements sentaient bon le propre, il était rasé.

— Torunn !

— Oui, c'est moi.

— Tu es revenue… ?

— Non, je fais juste une visite éclair à Margido.

Elle ramassa le livre et le posa sur la table, à côté de lui. Il y avait là quelques journaux et une loupe, ainsi qu'un mug de café et une assiette avec des demi-tartines de *brunost*[1] et de jambon.

— Maintenant, tu ne sais plus où tu en es dans ton livre, dit-elle.

— Aucune importance, je l'ai déjà lu plusieurs fois.

1. Fromage de chèvre très compact, marron, dont on fait des tranches avec une raclette.

— Est-ce que nous te dérangeons en plein repas ? Tu ne dînes pas avec les autres dans la salle à manger ? demanda-t-elle.

— Parfois. Mais pas quand je veux lire. Et il y a des femmes qui parlent tellement.

Margido vida son sac de commissions et posa le tout sur la table.

— Je t'ai acheté du Solo et des pastilles, différents chocolats, et le dernier numéro de *Vi Menn*, annonça-t-il.

Cela fut une vraie petite livraison. Margido dévissa les bouchons de toutes les bouteilles et les revissa légèrement avant de les aligner sur la table.

— Tout ça pour moi ? Merci beaucoup, dit son grand-père.

— Bon, je vous laisse, maintenant, dit Margido. Je vais chercher deux cercueils et un oreiller.

— Tu n'as pas besoin de chercher un oreiller pour moi, ça va très bien avec les coussins du canapé. Tu crois que tu auras vraiment la place pour deux cercueils dans ta voiture ?

— L'un est un cercueil d'enfant, pour une petite fille de Syrie.

— Oh non… dit Tormod.

— Une réfugiée ? voulut savoir Torunn. Mais est-ce que ce ne sont pas des musulmans ?

— Non, sa famille est chrétienne. C'est une des raisons qui ont poussé la famille à fuir. Alors, à plus tard.

Torunn s'assit sur le lit de son grand-père.

Il ôta ses lunettes et s'essuya les yeux avec maladresse.

— Alors c'est là que tu habites ? Tu es bien, ici ? demanda-t-elle.

— Oui, très bien. Tout le monde est si gentil. Et la nourriture est bonne.

Il prit une tartine et y mordit à pleines dents comme pour lui montrer qu'il disait vrai.

— Tu peux avoir du café, toi aussi, et des gâteaux si tu veux, ajouta-t-il. Il suffit d'aller en chercher. Tous les visiteurs y ont droit. Il y a eu des gaufres pour le déjeuner, aujourd'hui. Ça s'appelle le « lunch », ici.

— Non, c'est gentil, mais nous venons de manger une pizza.

— Toi et lui ? Chez Margido ?

— C'est moi qui l'ai préparée.

Il parlait très lentement, mais jamais elle ne l'avait entendu faire la conversation de cette manière. Dans cette chambre dont les meubles appartenaient à la maison de retraite, il ne possédait que ses livres sur la guerre, rangés sur une étagère au-dessus du lit, et un calendrier avec des paysages de Norvège accroché au mur.

— Tu n'as emporté aucun des meubles de Neshov ? On a le droit, je pense, d'aménager sa chambre comme on…

— Je ne voulais rien emporter. *Rien* de là-bas.

Il baissa les yeux, sa respiration s'emballa, laissant filtrer un léger sifflement. Il avait le crâne luisant, avec quelques mèches bien peignées sur un côté, les oreilles très rouges, comme le bout de son nez.

— Excuse-moi, dit-elle. Excuse-moi d'être partie sur un coup de tête.

— Tu n'avais pas le choix, fit-il sans lever les yeux. Tu as dit que tu ne supportais plus d'être là-bas.

— J'ai aussi dit que j'avais de l'affection pour toi. Quand je suis partie.

— Oui.

— Ensuite, tu n'as plus eu de nouvelles de moi pendant trois ans et demi, dit-elle.

— C'est vrai.

— C'est pour te demander pardon que je suis venue, dit-elle.

— Ah ?

— Tu n'es pas obligé de me pardonner, ce n'est pas ça, je veux juste te demander pardon ; sache que je m'en veux beaucoup.

— Le pardon existe toujours, dit-il.

— Je me suis sentie comme une merde quand je suis partie, et j'ai eu très mauvaise conscience de ne pas t'avoir contacté, mais chaque fois, il y avait quelque chose qui me... Je ne savais pas comment je...

— N'y pense plus. Tu étais gentille avec moi. Très gentille.

— Oh, il ne t'en fallait pas beaucoup, vu comme tu avais été traité avant, répondit-elle.

— Oui.

— Tu ne... lui as pas pardonné ?

— Non, dit-il en levant les yeux. Jamais.

— Il y a donc des personnes pour lesquelles il n'existe pas *toujours* de pardon, dit-elle en esquissant un sourire.

Il ne sourit pas.

— Oui, il y en a.

— Je suis si contente que tu sois ici ; c'est ce que tu voulais, n'est-ce pas ? Entrer dans une maison de retraite. Et ils t'aident pour tout ? Pour la douche et ce genre de choses ?

— Pour tout. Ils sont si gentils. Mais beaucoup de pensionnaires, ici, ne veulent pas se doucher, puis des gens viennent les voir et disent qu'ils sentent mauvais. Mais puisqu'ils ne *veulent* pas, on les laisse.

— Tu t'es fait des amis ?

— Oui.

— Et tu n'as rien, tu n'es pas malade ?

— Non. J'ai souvent froid, mais ce n'est pas être malade. Beaucoup passent presque toute la journée à dormir, mais pas moi.

— À cause des médicaments qu'on leur donne ?

— Non, ils dorment mal la nuit, alors ils s'endorment quand ils sont debout.

— Toi, tu dors bien la nuit ?

— Oui. D'une traite. Chaque nuit.

— J'ai moi aussi pas mal lu sur la guerre, ces derniers temps, dit-elle.

— Ah bon ? fit-il en se penchant en avant, les yeux écarquillés.

— Oui, sur Magda Goebbels.

— Oh, *elle*, oui. Terrible.

— Je la comprends un peu, dit-elle.

— Oui, les enfants, ils auraient été… mieux vaut ne pas y penser.

— Il n'y a pas beaucoup de monde qui comprenne comment elle a pu faire une chose pareille.

— C'est qu'ils ne comprennent pas cette guerre-là, dit-il.

— J'ai en tout cas très envie d'en savoir plus, c'est intéressant de lire là-dessus.

Elle vit sur son visage la joie que lui procuraient ces propos.

— Margido ne veut rien lire sur la guerre. Il dit qu'il y a assez de guerre à la télévision.

— En quoi il n'a pas tort. Mais je suis très curieuse d'en savoir davantage.

— Tu peux en emprunter, si tu veux, dit-il en montrant de la main son étagère de livres.

Elle éclata de rire.

— Tu ne parles pas sérieusement ! s'écria-t-elle. Je sais à quel point tu es attaché à ces livres, tu n'arrêtes pas de les relire. Je peux acheter les miens ou les emprunter à la bibliothèque.

— On n'a pas le droit d'en emprunter, nous, ici.

— Justement ! Raison de plus pour que je ne les emporte pas à Oslo. Ce serait un comble.

— À Oslo ?

— Je pars demain. Je pourrais t'envoyer des livres par la poste, mais tu possèdes sans doute déjà la plupart d'entre eux sur le sujet.

— Oh non, il en existe tellement.

— Tu sais quoi ? Je vais prendre en photo ceux que tu as, dit-elle tout à coup en sortant son téléphone.

Elle photographia les dos des ouvrages rangés sur l'étagère ainsi que la couverture du livre sur la table.

— Comme ça, je sais ce que tu as. Je peux prendre une photo de toi, tant que j'y suis ?

— T'y tiens vraiment ?

— Oui, on va faire un selfie ensemble.

Elle s'accroupit près du fauteuil et tint son portable à bout de bras.

— Regarde le téléphone, dit-elle. Il ne mord pas.

Il souleva le menton, elle prit trois ou quatre photos à la suite. Mais quand elle voulut les lui montrer, il ne voulut pas regarder.

— Oh non, surtout pas.

— Tu es comme ces peuples primitifs, tu sais, qui ne veulent pas être pris en photo parce qu'ils croient que le photographe leur vole une partie de leur âme.

— Et c'est bien ce que tu as fait, dit-il.

En attendant son avion à la porte d'embarquement 35 à Værnes, le lendemain après-midi, après que Margido avait eu la gentillesse de la conduire à

196

l'aéroport, Torunn examina les photos qu'elle avait prises. Le calme intérieur exprimé par le visage de cet homme contrastait tant avec l'agitation des voyageurs, autour d'elle.

Ce visage âgé, les paroles qu'il avait prononcées.

Elle emportait avec elle un morceau de son âme.

Mais elle n'en éprouva nulle joie, rien qu'un manque et un sentiment d'impuissance infini. Comme un automate, elle se leva pour se placer dans la queue avec les autres et embarquer.

Comme Krumme avait affirmé que personne ne pouvait rivaliser avec Erlend côté hystérie, ce dernier trouva assez comique que, concernant les enfants, Krumme le batte à plate couture.

— C'est sans doute parce que tu t'es fait renverser par une voiture et que tu as failli mourir, dit Erlend. Mais sans cet accident, il n'y aurait jamais eu les enfants. Ne l'oublie pas.

— Ce n'est pas pour ça. C'est parce qu'au travail, je me coltine toute la misère du monde en continu, en version non censurée, je prends les accidents et la cruauté en pleine figure, les photos de presse que nous ne pourrons jamais publier dans le journal, les rapports des tribunaux sur les enfants violés avec des détails qui n'apparaîtront jamais non plus, parce que c'est bien au-delà du seuil de tolérance de nos lecteurs. Comment pouvons-nous être sûrs que les malheurs de ce monde épargneront nos enfants ? Peux-tu me le dire ? Toutes les statistiques montrent que...

— Parce que nous veillons sur eux, mon Krumme. Parce que nous les aimons très fort, les protégeons et les élevons de manière modèle.

— C'est possible quand ils sont encore petits, et que nous savons qu'ils sont pris en charge par un personnel compétent et affectueux au jardin d'enfants.

— Tout s'est bien passé pendant ces trois années. Je ne vois aucune raison pour que cela s'arrête.

— Et moi, je vois mille raisons.

Krumme faisait même de la tension, ce qui l'obligeait à prendre des médicaments. Erlend se disait que ça pouvait avoir un lien infime avec son petit ventre, son manque d'exercice – aucun marathon en vue, c'est sûr –, et le fait qu'il atteindrait, dans quatre ans, la cinquantaine… Mais Krumme ne voulait y voir que le résultat de sa peur des catastrophes.

— Ça s'appelle ainsi, dit Krumme. Ce dont je souffre porte réellement un *nom*. Tu ne peux balayer ce fait avec une remarque désobligeante sur mon ventre.

— Que j'adore, précisa aussitôt Erlend. Alors continue à croquer tes comprimés pour la tension comme si c'étaient des bonbons. Mais je te préviens : si tu maigris, je cesse de t'aimer.

Lui-même, de manière surprenante, s'était habitué au bonheur après l'*épouvantable* période des premiers mois, où tout semblait leur échapper et où ils trouvaient à peine le temps de s'asseoir pour prendre un repas normal. Le bonheur avait aussi été présent, telle une bulle de verre autour du chaos, et le grand miracle, si vulnérable, lui avait fait perdre le nord. Comme s'il ignorait ce qu'était la peur des catastrophes ! Mais quand Krumme se mit à développer des tendances mère poule, Erlend put en quelque sorte lâcher du lest et s'amuser à se comporter comme un enfant parmi les enfants.

Il pouvait s'adonner à cœur joie aux enfantillages et aux jeux : tout était pour le mieux, il le ressentait dans tout son être et dormait la nuit d'un sommeil de plomb. Krumme, lui, le réveillait parfois la nuit, la nuque en sueur, pour lui raconter ses cauchemars d'explosions, de pédophiles et de djihadistes qui voulaient embrocher à la fois Ellen, Leon et Nora au bout de leurs baïonnettes.

Le comble du bonheur pour Krumme était quand les trois enfants s'endormaient, chez eux. Il ne se lassait pas de regarder les petits corps endormis bien au chaud sous leurs couettes et leurs couvertures, avec leurs tétines et leurs doudous. Erlend, au contraire, était triste d'être privé d'eux quand ils dormaient et n'attendait qu'une chose : qu'ils se réveillent.

L'ancien bureau d'Erlend avait été aménagé en chambre d'enfants, soit presque trente mètres carrés, cela leur évitait d'avoir des lits superposés qui leur rappelaient, à Krumme et à lui-même, les camps de scouts à la discipline de fer.

Erlend avait fixé des étoiles phosphorescentes au plafond, un mur était couvert d'une collection grandissante d'assiettes en porcelaine de Bing & Grøndahl, toutes représentant des scènes des contes de H. C. Andersen : c'était le grand projet d'Erlend avec les enfants. Chaque assiette était achetée en magasin et non sur Internet, et les enfants étaient autorisés à l'accompagner, tout excités à l'idée de découvrir l'assiette dont Erlend leur avait lu le conte auparavant.

Erlend n'était pas un féru de lecture, mais quelques années auparavant, il avait été impliqué dans une grande exposition sise au *Diamant noir*[1], où l'on pouvait admirer des tableaux en 3D de plusieurs contes d'Andersen. Nommé responsable de la composition, de l'expression et des accessoires, Erlend s'était complètement entiché de ces contes.

— C'est moi le *vilain petit canard*, Krumme, c'est moi ! Peu importe qu'on soit né dans une ferme à canards, du moment qu'on a vu le jour dans un œuf de cygne !

Pour préparer l'exposition, il avait acheté l'œuvre complète de H. C. Andersen, un énorme volume dans lequel il se plongeait le soir, à la stupéfaction toujours plus grande de Krumme.

— Je n'aurais jamais cru que je te verrais, soir après soir, plongé dans un gros livre, avait dit Krumme.

Il n'avait pu s'empêcher de prendre des photos de lui avec son téléphone portable pour les envoyer aux amis.

— C'est parce que ce sont des histoires complètes que même un imbécile de paysan comme moi peut comprendre, mais aussi parce qu'elles sont infiniment belles et, en plus, follement amusantes.

Ayant ainsi lu les contes tels que l'auteur les avait écrits, il fut d'autant plus choqué et indigné quand il vit *La Reine des neiges* pour la première fois – une version simplifiée, édulcorée et bourrée de stéréotypes sur les genres, alors que l'histoire parlait en réalité de deux pauvres enfants, Kay et Gerda, et non pas de deux sœurs qui ressemblaient à des blogueuses en quête de célébrité, minces comme un fil, à la taille de guêpe.

---

1. *Den Sorte Diamant* : nom donné à l'extension contemporaine de la Bibliothèque royale de Copenhague.

— On devrait les emprisonner, dit Erlend à Krumme, ou les lobotomiser, de façon à ce qu'ils n'écrivent plus jamais le moindre scénario de film. H. C. doit se retourner dans sa tombe, ses yeux doivent rouler dans leurs orbites comme ceux du plus gros chien dans « Le briquet », celui aux yeux « aussi grands que la Tour ronde de Copenhague » !

— Celui qui surveille le coffre de pièces d'or ?

— Exactement. Je vois qu'il t'en reste des bribes.

— Euh, il me semble que c'est moi, la personne cultivée, ici.

— C'est possible. Mais même une personne aussi ignare que moi peut trouver des pépites. Des pépites d'or.

— C'était plutôt une poule aveugle qui...

— Maintenant, tu joues sur les mots. Je déteste quand tu fais ça !

Mais Erlend était le premier à admettre que même pour des enfants de trois ans intellectuellement précoces, certains contes de H. C. Andersen dans la version originale étaient un peu difficiles. Tous les trois étaient en avance sur le plan du langage, disait-on d'eux au jardin d'enfants, et les filles étaient un cran au-dessus de Leon. Quoi qu'il en soit, il leur racontait l'histoire avec ses propres mots après avoir lu les premières lignes du conte directement du « grand livre », comme les enfants l'appelaient.

Ce soir, après moult hésitations et tout en s'éclaboussant dans le jacuzzi, les enfants avaient décidé qu'ils voulaient entendre « La petite sirène ». Ellen raffolait de « La princesse au petit pois », mais elle savait aussi que c'était une histoire très courte, et que le plaisir de l'entendre ne durait pas longtemps. Leon aimait particulièrement « Le méchant garçon » et « Les habits neufs de l'empereur », qui le faisait hurler de rire au point qu'il avait ensuite du mal à s'endormir. Il trouvait difficile de croire que tout le monde mentait, que tous affirmaient voir les tissus invisibles fabriqués pour réaliser les vêtements de l'empereur.

— Et il se promenait dans les rues en petite culotte, dit Leon, il devait avoir froid !

La veille au soir, ils avaient eu droit à « Ole ferme l'œil », le conte préféré de Nora. Mais tous les trois étaient fascinés par « La petite sirène », d'abord parce qu'ils pouvaient rester devant l'aquarium d'eau salée dans la salle de bains et imaginer comment le peuple de la mer et les six petites sirènes vivaient au fond de l'océan. Ensuite parce que l'océan, pour eux, c'était forcément Øresund, le détroit entre le Danemark et la Suède. Les poissons-pincettes à bandes cuivrées dans l'aquarium représentaient les soldats du peuple de la mer, les poissons-chirurgiens jaunes les dames de la cour, et les poissons-anges empereurs leurs amis en visite, qui venaient participer aux festivités.

Assis dans le fauteuil à oreilles blanc, près de l'aquarium, Erlend suivait des yeux les mouvements des poissons. Krumme finissait de préparer la soupe aux lentilles et de dresser la table, mais il trouva le temps de lui apporter un verre de champagne et de lui donner un baiser en tendant les lèvres, un baiser au goût du jarret de porc fumé.

Ce partage des tâches était idéal. Erlend aimait et maîtrisait parfaitement le rituel du soir avec les petits, et adorait mettre ensuite les pieds sous la table. Krumme, en revanche, s'activait volontiers en cuisine et aimait embrasser les trois enfants fatigués pour leur souhaiter bonne nuit.

Quand Krumme prenait le commandement de la salle de bains, ça devenait rapidement une belle pagaille, avec cris et hurlements à n'en plus finir pour se brosser les dents, et il se trompait toujours de chemise de nuit, ne voyant pas la différence entre la rose unie et la rose à pois. Ellen et Nora étaient très différentes et le devenaient chaque jour davantage, on ne pouvait pas les confondre, même bébés. Nora avait un visage beaucoup plus rond et un petit menton pointu, mais pour Krumme, une chemise de nuit rose restait une chemise de nuit rose. Après une telle action, la salle de bains croulait sous les vêtements et les serviettes, le tapis Esti Barnes noué à la main était trempé, et Krumme, épuisé, à bout de souffle, s'en voulait terriblement.

Pendant ce temps, Erlend pouvait siroter son champagne ; il avait déjà fait le tri dans les tenues de la journée et vu ce qui pouvait être encore porté le lendemain. Les vêtements étaient joliment pliés en trois petits tas côte à côte sur le banc, près de la porte du sauna, et il suffisait d'y ajouter les vêtements propres avant de se coucher. Il pouvait rester assis à regarder les enfants jouer dans l'eau, admirer leurs visages joyeux, leurs merveilleux petits corps qui s'ébattaient dans la mousse.

— Maintenant que vous vous êtes mis d'accord sur le conte, c'est le moment de se sécher et de se brosser les dents, disait-il en vidant son verre de champagne. Allez, la première petite sirène sort de l'eau, ce sera Nora, aujourd'hui, puis ce sera un petit prince de la mer. Un à la fois.

Ils ne protestaient jamais, trop impatients d'avoir droit à un conte ; c'était à qui serait le premier dans la chambre, dans son lit et sous la couette quand Erlend entrerait après avoir vidé le jacuzzi et mis les vêtements et serviettes sales dans la buanderie. Nora suçait son pouce, ce que ne faisait plus Ellen et ce que Leon n'avait jamais fait. Ce dernier installait en revanche une énorme girafe doudou sur son oreiller et posait la joue contre elle. Ellen avait cinq oursons de différentes tailles qu'elle coinçait de chaque côté dans le creux de ses coudes, dans un ordre qui changeait chaque jour, selon qu'ils s'étaient bien ou mal tenus. Celui qui avait été le plus gentil de la journée avait le droit d'être tout contre elle.

— *Dans la mer, bien loin, l'eau est aussi bleue que les pétales du plus joli bleuet et aussi limpide que le cristal le plus pur, mais elle est très profonde, si profonde qu'aucune ancre n'atteint le fond, il faudrait empiler des quantités de clochers pour monter du fond à la surface. C'est là qu'habitent les ondins...*

— C'est quoi, une ancre ? demanda Leon.

— Ce qui sort du bateau et descend dans l'eau, dit Nora. Comme ça le bateau est *fixé* dans l'eau.

— C'est tout à fait juste, Nora, dit Erlend. *Maintenant, n'allez pas croire qu'il n'y a là qu'un fond de sable blanc et nu ; non, les arbres et les plantes les plus extraordinaires y poussent, leurs tiges et leurs feuilles sont si souples qu'elles remuent au moindre mouvement de l'eau comme si elles étaient vivantes. Tous les poissons, petits et grands, se faufilent entre les branches, comme ici les oiseaux dans l'air. À l'endroit le plus profond, il y a le château du roi de la mer, ses murs sont de corail et ses longues fenêtres gothiques de l'ambre le plus clair, mais le toit est fait de coquillages qui s'ouvrent et se ferment au gré des courants ; cela a très grand air car, dans chaque coquillage, il y a des perles scintillantes : une seule ferait une parure splendide dans la couronne d'une reine.*

Erlend s'appliquait à lire en danois, mais retombait dans son norvégien emprunt de danois dès qu'il se mettait à parler du roi de la mer, devenu veuf. Sa vieille mère s'occupait de lui et de ses six filles, dont la plus jeune était la plus ravissante.

— Mais elle n'a pas le droit de remonter à la surface et de regarder au-dessus hors de l'eau avant d'avoir quinze ans, dit Ellen.

— Et elle est la dernière car elle est la *très plus petite*, ajouta Leon.

— Oui, elle est la plus jeune, dit Erlend.

*

Peu avant Noël, ils avaient fait une excursion du dimanche au parc de Langelinie pour voir la petite sirène. Dans le taxi, Leon avait soudain demandé :

— Est-ce qu'on peut la manger, en bas ?

Erlend avait été si choqué qu'il avait failli tomber de son siège. Était-il possible que l'ADN masculin hétéro soit programmé dès la naissance pour faire un cunnilingus ? Mon Dieu, que répondre au petit garçon ?

— Que veux-tu dire, Leon ? avait demandé Jytte.

Erlend la regarda, terrifié : l'enfant allait-il devoir *approfondir* ?

— C'est parce qu'elle est poisson, en bas, avait répondu Leon, et les enfants doivent manger beaucoup de poisson. Alors on peut ou pas ? La manger en bas ?

— Mais dans ce cas, elle mourra, avait répliqué Erlend en déglutissant de soulagement son propre acide lactique.

— Elle mourra ? avait répété Leon.

— Naturellement. Si nous mangeons la moitié de son corps.

Mais quand ils arrivèrent enfin à la statue de bronze et découvrirent qu'elle était assise sur le rocher avec des jambes normales et juste quelques écailles de trois fois rien, tout en bas des jambes, Leon avait été déçu.

— C'est pas une sirène ! s'était-il écrié.

— Elle a bu la potion magique de la sorcière, avait dit Ellen en mâchonnant le bout d'une de ses tresses.

Lizzi la lui avait doucement retirée de la bouche.

— Ne fais pas ça, Ellen, avait-elle dit. Ça abîme tes cheveux.

— Et elle aurait des jambes d'être humain pour se marier avec le prince et ne plus jamais être sirène. Tu ne t'en souviens plus, Leon ? avait demandé Erlend.

— Mais elle est une sirène, et là c'est une *dame* ! *Exactement* comme mère et maman !

Il était obligé de simplifier les contes pour eux. Non pas à la manière vulgaire et politiquement correcte de Disney, mais de façon enfantine et naïve. Si quelque chose les dépassait, pensait-il, quelle importance, ça leur donnait envie de grandir pour comprendre.

— Alors, qu'est-ce que vous avez choisi, ce soir ? demanda Krumme dans la cuisine après leur avoir souhaité une bonne nuit.

— *La petite sirène.*

— Oui, je crois que nous avons assez d'assiettes en porcelaine avec elle, il y en avait neuf la dernière fois que je les ai comptées.

— Mais c'est parce qu'elle est représentée sur d'innombrables assiettes, elle est une des femmes les plus célèbres du Danemark, à part la reine et Karen Blixen.

— Tu as certainement tout lu d'elle, petit mulot.

— J'ai vu le film, Krumme.

— En tout cas, je trouve que neuf assiettes de la petite sirène, c'est suffisant. Les enfants n'ont pas besoin d'attraper ta collectionnite.

— Et pourquoi pas ? Collectionner, c'est un passe-temps agréable. Oh, ce plat était divin, Krumme.

— Mais il faut savoir raison garder. C'est ça que je veux dire. Rappelle-toi comme tu avais peur, au début, pour ta collection Swarovski.

— Tu m'avais promis de nouvelles vitrines sur toute la longueur du salon lorsque les mères sont tombées enceintes, et je les attends toujours, dit Erlend.

— Cela ne m'a pas paru nécessaire, quand il suffit de mettre des fauteuils autour de la vitrine.

— Et ils ont compris qu'ils ne doivent pas toucher, alors je ne vois pas ce que tu entends par « savoir raison garder ». Ils pourront choisir chacun leur figurine le jour de leurs cinq ans.

— Tu le leur as promis ?

— Tu ne te rappelles pas que je les ai emmenés une fois, cet automne, à la boutique Swarovski ? C'était pour leur montrer.

— Oh là là…

— Tu peux le dire. Tous les trois devaient me tenir la main en même temps, on s'est déplacés à pas de souris pour ne rien heurter, et tout s'est bien passé, rien n'a été cassé.

— Ce n'est pas pour ça que j'ai dit « Oh là là ».

— Je développe leur sens esthétique. Cela leur procurera de la joie leur vie durant, déclara Erlend.

— *Less is more* est vraiment un mantra qui a dû partir avec l'eau du bain.

— *Less is bore*[1], Krumme. C'est ce que j'ai compris, au final. Mais il faut que ça reste de bon

1. Jeu de mots entre *more* dans l'adage du minimalisme snob (*less is more* = le moins est un plus) et *bore* (*less is bore* = le moins est ennuyeux).

goût, et c'est le cas. Notre maison ressemble à une cellule monacale, comparée à la Koreavej.

— Tu as parfaitement raison. Les enfants doivent apprendre que tout le monde ne vit pas de la même façon. Allez, à ta santé !

— Mars et Vénus.

— Et Birte refuse toujours d'aller faire le ménage là-bas ? demanda Krumme.

— Elle dit qu'il faudrait que Jytte et Lizzi quittent toutes les deux *au moins* quatre jours les lieux, qu'elle aurait besoin du renfort de Susy, et que ça nous coûterait une petite fortune.

— Nous n'avons qu'à partir quelque part. En vacances, tous ensemble.

— Où ça ? voulut savoir Erlend.

— Les enfants n'ont encore jamais été en Norvège. Peut-être à Pâques ? Cette année, c'est tard, en avril. Une semaine en Norvège en avril pendant que Birte se charge de tout ?

— Et trois heures après leur retour, tout sera exactement comme avant...

— Oui, tu peux en être sûr, acquiesça Krumme.

— Le seul aspect positif de la chose, c'est qu'elles sont aussi bordéliques et bien lunées l'une que l'autre. Elles ne sont pas du genre à se disputer pour savoir qui va ranger.

— Forcément, puisque aucune ne range, dit Krumme en riant.

— Et nous, on ne se dispute jamais non plus parce que toi comme moi, nous aimons l'ordre. Tu as pensé à prendre ton médicament contre la tension ?

— Mon Dieu ! Heureusement que tu me le rappelles. Il faut aussi que je prenne un Alka-Seltzer, j'ai d'horribles brûlures d'estomac.

Krumme trouva la boîte de médicaments dans le réfrigérateur et laissa tomber un cachet dans un verre d'eau, remua avec une cuiller et but d'un trait quand le comprimé fut entièrement dissous.

— Le pire, chez elles, c'est leurs portes de frigo, reprit Erlend. Elles me sortent par les yeux et, crois-moi, ce n'est pas à cause des compétences artistiques de nos enfants.

Les portes du frigo de Jytte et Lizzi étaient couvertes de différents aimants assez hideux et de dessins superposés des enfants. On aurait cru qu'un ouragan avait dévasté une papeterie.

Erlend se félicitait d'avoir des portes en verre devant leurs réfrigérateurs à la maison, interdisant l'usage de tout aimant décoratif. Il n'aurait pas supporté un tel objet disgracieux au beau milieu de la cuisine. Jytte et Lizzi auraient certainement scotché les dessins directement sur le verre.

Au lieu de cela, Erlend avait fait l'acquisition d'une immense plaque aimantée qu'il avait accrochée à un mur du hall, juste à côté de la porte de l'ascenseur. Il n'y avait pas là les *mille* dessins que les enfants avaient produits, fixés les uns au-dessus des autres jusqu'à ce que l'aimant ne tienne plus rien et que tout tombe par terre. Sur ce mur, les dessins étaient renouvelés en permanence, à quelque distance les uns des autres pour qu'on puisse vraiment les *voir* et les admirer comme il se devait.

Et aucun dessin ne finissait à la poubelle. Tous portaient au dos un nom et une date, et étaient rangés dans un tiroir réservé à cet effet et déjà plein à ras bord. Ils auraient pourtant pu en jeter la plupart, puisque les enfants ne les réclamaient jamais le lendemain.

— Avoue, Krumme, qu'il y a de quoi envier les enfants ; leur état d'esprit naturel fait qu'ils abordent chaque journée comme si c'était une page blanche. À croire que la nuit et leurs rêves ont réinitialisé leurs cerveaux, déclara Erlend un soir qu'il avait réussi à tasser une nouvelle liasse de dessins dans le tiroir. Ils ont oublié tout ce qu'ils ont dessiné et fait la veille.

— Tu as aussi ce don.

— Ah bon ? Je prends ça *vraiment* comme un compliment.

— Ta manière de procéder est la suivante : si, après cinq vodka-tonic, tu as envoyé dans un moment de colère des SMS hystériques à tes assistants le soir, tu les *effaces* le lendemain matin quand tu es encore au lit. Ensuite, tu te lèves et tu commences une nouvelle journée comme si rien ne s'était passé.

— Ah bon ? Je ne m'en souviens pas du tout.

Après le plat, le fromage et le pain aux figues, ils allumèrent la cheminée au gaz dans un des salons et vinrent s'asseoir avec le café, le cognac et du chocolat noir bon pour le cholestérol. Erlend venait de tamiser la lumière et de mettre un *Best of* de Frank Sinatra, quand le téléphone portable de Krumme sonna dans la cuisine.

— Oh merde, dit Krumme en se levant avec peine du canapé profond.

Erlend l'entendit continuer à pousser des jurons au téléphone dans la cuisine. Au bout d'une minute, Krumme lui cria :

— On est en pleine crise, je dois retourner au boulot tout de suite !

— Oh non…

— Je vais leur tirer une balle en plein front à l'aube, c'est un vrai zoo, là-bas, ils ont tous un ego plus grand que la Chine, ma parole !

— Leon aurait dû t'entendre, tu aurais été obligé de boire le lait de toute une vache, et peut-être même de l'abattre.

Erlend transvasa le cognac de Krumme dans son propre verre et fut heureux de ne pas être à cet instant dans les chaussures italiennes Moma de Krumme ; il se précipita dans l'entrée pour l'embrasser avant qu'il ne parte.

— Ne rentre pas trop tard, dit Erlend.

— Moi qui m'étais fait une telle joie de passer une soirée tranquille avec toi, petit mulot.

— Je vais donc me sacrifier à la solitude ; je vais sortir mon carnet d'esquisses et travailler un peu, moi aussi. Le bureau a été chargé de créer un stand pour Google lors du grand salon informatique au Bella Center, en mai.

— Waouh ! Tu ne m'en avais pas parlé, dit Krumme.

— Il y a beaucoup de choses que je ne te raconte pas, c'est souvent aussi la panique dans mon boulot. Mais, Dieu soit loué, plutôt pendant la journée.

— Je te laisse appeler les mères tout seul. Salue-les de ma part !

C'était un rituel de s'appeler chaque soir pour raconter comment s'était déroulée la journée des enfants, ou juste pour dire que tout allait bien.

Il entra dans la chambre des petits. Tous trois dormaient profondément. Il déplaça un peu la girafe doudou sur l'oreiller pour qu'elle n'étouffe pas Leon et ouvrit un peu plus la fenêtre ; il ne faisait pas si froid, dehors. Puis il éteignit la lampe de chevet avant de refermer la porte, et sortit sur le balcon.

Il s'alluma une cigarette très méritée, qu'il fuma à longues aspirations.

Les enfants et la cigarette, c'était l'enfer, une hystérie sans commune mesure, comme si un peu de fumée de cigarette était un pistolet braqué sur le front des petits alors que tous les bambins trimballés en poussette dans n'importe quelle ville se trouvaient à la hauteur idéale pour inhaler les pires émanations des gaz d'échappement des voitures et des bus, qui *vibraient* dans l'air à l'affût de leurs victimes. Erlend avait lu que les enfants et les chiens s'en prenaient plein les poumons. Alors pourquoi une simple cigarette provoquait-elle une telle levée de boucliers ? Que les parents déménagent à la campagne ou au Groenland, et qu'ils commencent à s'intéresser *pour de bon* à l'air que respiraient leurs enfants…

Il fuma sa cigarette jusqu'au bout, jusqu'au filtre. La rumeur permanente de la ville, en contrebas, était parfois entrecoupée d'une sirène de pompiers ou de police, des équipes qui fonçaient sur les lieux de drames qui ne le concernaient pas, et là-bas, au-dessus de Kastrup, les avions décollaient et atterrissaient telles des abeilles silencieuses autour d'une fleur gorgée de nectar. Cet aéroport ne se reposait jamais.

Il rangea un peu la cuisine en sirotant ce qui était presque devenu un double cognac, avant d'aller dans la salle de bains pour se déshabiller et enfiler une robe de chambre toute propre.

Il s'attarda un bon moment devant la glace à se donner des tapes sur les joues, vraiment fortes, jusqu'à obtenir la rougeur désirée. Ne donnaient-elles pas des signes d'affaissement à la commissure des lèvres ? La peau de son visage n'était-elle pas en

passe de s'effondrer comme un château de cartes ?
Il s'était acheté peu avant un masque qui coûtait
une fortune et qui, à en croire la publicité, le ferait
paraître au moins dix ans plus jeune après seulement
trois usages.

Mais il ne voulait pas se faire de masque maintenant, il devait téléphoner aux mères et aurait risqué de
tacher l'écran de son iPhone. *Un problème classique
dans l'univers des produits i-quelque chose*, pensa-t-il.

Il préféra donc remplacer les piles de linge sale
des enfants par des vêtements propres, puis il urina
avec application, alla chercher son verre de cognac
dans la cuisine et se resservit honteusement avant de
s'asseoir devant l'insert à gaz et d'appeler les mères.

Il fut aussitôt mis sur haut-parleur et entendit Lizzi
fredonner en arrière-fond, sans doute dans la cuisine.
Chez elles, c'était plutôt Lizzi la préposée aux fourneaux, mais elles aimaient tellement les desserts, ces
femmes-là, que l'entrée et le plat principal n'étaient
qu'un passage obligé pour arriver le plus vite possible
au sucré qui clôturait le repas. Elles adoraient la
cuisine de Krumme, mais adoraient encore plus leurs
propres desserts.

Jytte cria à Lizzi qu'Erlend était au téléphone.

— Mais Krumme n'est pas là, il est parti à la
guerre, annonça-t-il. Panique au boulot. Sinon, ici tout
va bien, les enfants dorment, nous avons passé un bon
moment avec « La petite sirène », ils ont bien mangé ;
Leon a pris en grippe un de ces gosses d'ambassadeur,
au jardin d'enfants, tu sais, ceux qu'on dépose et
qu'on vient chercher en limousine. Leon le déteste
parce qu'il porte apparemment un pull-over qu'il
adore, ne me demande pas à quoi ça ressemble,

je n'en ai aucune idée, il y a, je crois, un animal brodé en plein sur le ventre.

Jytte répliqua qu'elle pourrait lui en tricoter un comme ça. Elle n'arrêtait pas de tricoter pour les enfants – pulls, vestes, jupes, moufles, bonnets et écharpes –, ça prenait forme entre ses mains en un temps record. Erlend, qui n'avait jamais vu pareille efficacité, était très impressionné. Elle-même n'en revenait pas, comme si elle s'était découvert un talent jusqu'ici caché.

Les besoins vestimentaires des enfants étant à présent plus que satisfaits, Jytte avait proposé à Erlend et Krumme de leur tricoter quelque chose, à eux aussi. Ils avaient demandé des cardigans anglais tradition-nels Higgins, et elle s'y était mise tout de suite ; ils seraient de couleur sable, avec des boutons en cuir foncé. Erlend trouvait cela extraordinaire de sa part, cela faisait d'elle un archétype de la mère originelle.

— Mais tu n'as pas besoin de lui tricoter encore un autre pull, que ce soit avec un motif d'animal ou autre chose. Continue avec les doux cardigans pour Krumme et moi. Leon n'est pas obligé d'avoir tout ce qu'il montre du doigt.

Jytte éclata de rire en l'entendant être si adulte et raisonnable.

— Mais ce n'est pas du tout le cas, protesta-t-elle. Pour aucun des enfants.

Tous avaient toujours cru qu'Erlend les couvrirait de cadeaux superflus et satisferait leurs moindres caprices, et au bout du compte, c'était lui qui frei-nait. Qui l'eût cru !

— Encore que Krumme soit d'avis que j'en fais des collectionneurs maniaques, tout ça parce que nous avons du plaisir à admirer des assiettes illustrées de contes d'Andersen et que je leur ai promis une figurine Swarovski à chacun le jour de leurs cinq ans...

Jytte confirma qu'elle trouvait cela idiot de la part de Krumme. La porcelaine danoise et de simples petites figurines en cristal constituaient des valeurs innocentes à donner à leurs enfants, alors Erlend ne devait pas l'écouter. Jytte savait à quel point ces objets-là comptaient pour lui.

Lizzi s'approcha à son tour du téléphone et demanda si c'était du portable d'Erlend que venait ce son aigu ; quelqu'un semblait chercher à le joindre à tout prix.

— Oui, ça doit être ici. Mais je le saurai bientôt ; sans doute nos amis sans enfants qui reviennent à la charge pour dire qu'ils nous trouvent pathétiques. Des gens pour qui tout baigne socialement, tant mieux pour eux. Donc, il faudra qu'on fasse garder les enfants pour organiser une fête grandiose un de ces week-ends. Qu'est-ce que vous avez mangé ce soir ?

— Une soupe aux épinards avec des œufs durs et de la mozzarella, et plein de délicieuse foccacia, et ensuite une glace à tomber par terre, à la pêche et au chocolat, crois-le ou non, on a fini le pot entier, accompagné de minuscules macarons. Des tout, tout petits mais en grande, grande quantité, précisa Lizzi.

— Je te crois. Mais le plus incroyable, c'est que vous gardiez la ligne.

Jytte expliqua que ça venait de leur formidable métabolisme et de leur haut niveau d'adrénaline. Tiens, la mère de Lizzi avait finalement trouvé les boutons en cuir pour leurs vestes, ça n'avait pas été de la tarte, ils étaient faits main, tous différents, ce serait très joli, beaucoup plus élégant que ceux de l'illustration du modèle.

— Tu devrais aussi lui tricoter quelque chose, en remerciement.

Ah, ça non ! S'ils voulaient la remercier, ils n'avaient qu'à lui offrir des bouteilles de champagne.

— Elle en aura toute une caisse si en plus elle garde les enfants un week-end. Krumme veut d'ailleurs que nous prenions une semaine de vacances en Norvège, peut-être à Pâques, ça tombe tard, cette année. Mais j'entends qu'on cherche de nouveau à me joindre, on se reparlera demain.

Les appels manqués venaient de Krumme. Erlend le rappela sur-le-champ et Krumme répondit aussitôt.

— Il y a une urgence ou quoi ? demanda Erlend. T'as descendu tous ceux qui étaient de garde au journal et il faut que je vienne te chercher en garde à vue et paie une caution astronomique ?

Non. Il avait été renversé. Il était à l'hôpital.

— Tu as été renversé ? Mon Dieu, Krumme, comment as-tu pu être aussi distrait... Le plâtre, les béquilles et... oui, oui nous avons l'ascenseur et tout sur le même niveau, tu n'auras pas d'escalier à monter, mais malgré tout...

Il ne s'était rien cassé. Erlend devait venir tout de suite, il avait peur. Il avait tellement mal à la poitrine. On l'avait transporté dans une ambulance, toutes sirènes hurlantes.

— Mais t'es où ? Qu'est-ce qui s'est passé ?

Où était-il ? Erlend entendit Krumme appeler quelqu'un pour lui demander où il se trouvait, suivi d'une longue pause (Krumme écoutait, Erlend ne captait pas un mot de la réponse), puis Krumme fut de nouveau au bout du fil et dit qu'il devait raccrocher, ils voulaient qu'il...

La conversation fut coupée.

Erlend rappela ; la sonnerie résonna dans le vide, puis il tomba sur le répondeur. Il raccrocha et fit un nouvel essai. Une femme répondit.

— Mais c'est le portable de Krumme, dit-il, pourquoi ne répond-il pas lui-même ? Je veux dire… le téléphone de Carl Thomsen.

Et qui était-il ?

— Je suis son mari.

Son plus proche parent ?

— Tout à fait. Erlend Neshov.

Ils avaient eu des bribes de renseignements sur le patient, ça s'était passé trop vite, mais Erlend était donc son plus proche parent ?

— Absolument. Nous avons trois enfants ensemble, ça devrait suffire. Mais où est-il ? Où puis-je aller le voir ? Et qu'est-ce qui s'est passé ?

Carl Thomsen était arrivé via les urgences au Rigshospitalet et se trouvait à présent au service de cardiologie, où il allait subir une angiographie coronaire.

— Une quoi ?

C'était une radioscopie du cœur.

Dans le hall, le front contre le mur à gauche de leur ascenseur privatif, Erlend se tenait immobile, les yeux fermés. Il entendit la cage d'ascenseur monter, les portes s'ouvrir, et Lizzi se précipita vers lui.

— Erlend ! Oh, mon Dieu !

— Ton taxi attend en bas ? Je t'avais demandé de le retenir.

— Évidemment. Mais comment vas-tu, mon chou ?

— Ça va bien.

— Qu'est-ce qu'on t'a dit ? demanda-t-elle.

— Qu'ils lui font maintenant une radio du cœur, comme je te l'ai dit au téléphone, c'est tout ce que je sais.

— Est-ce que je peux te serrer dans mes bras avant que tu partes ?

— Non. Les vêtements des enfants pour demain sont prêts, dans la salle de bains. Tu sais où est le pain, et ce qu'il y a à tartiner dessus. Je ne sais pas du tout quand je rentrerai.

— Et je ne peux pas te prendre dans mes bras ? insista-t-elle.

— Je ne peux pas retenir l'ascenseur plus longtemps. Ils frappent contre la porte, en bas, je les entends. Tout le monde n'a pas la chance d'avoir un ascenseur qui arrive directement chez lui, nous devons tenir compte que des gens habitent dans des appartements étriqués de cent mètres carrés aux étages inférieurs.

— Tu parais tout à fait indifférent, Erlend. Je crois que tu es en état de choc, tu devrais t'asseoir un peu et…

— Il ne s'agit pas de moi, Lizzi. Krumme peut mourir.

Après avoir rempli un formulaire comportant tous les renseignements sur Krumme, il resta sur une chaise dans le couloir, n'ayant pas la force d'aller s'asseoir dans la salle d'attente. Il voulait voir les gens passer à toute vitesse devant lui, et non garder les yeux fixés sur un mur.

Un médecin pressé l'avait brièvement informé qu'il irait tout de suite en salle d'opération s'il fallait déboucher une artère. Dans le cas d'un pontage coronarien, en revanche, cela attendrait le lendemain matin, puisque Krumme devrait alors être à jeun. Tout dépendait des radios et de la meilleure manière d'accéder aux artères obturées, sans aucun doute la cause du malaise qu'avait eu Carl Thomsen.

Erlend, raide comme un piquet, éprouva un besoin aussi irrépressible qu'inattendu de téléphoner à Margido. Il ne comprenait pas. Margido, et non Lizzi à la maison avec les enfants, ou Jytte. Il sortit son portable, alla dans la cage d'escalier et trouva le numéro.

Margido répondit au bout de plusieurs sonneries.

— C'est moi, Erlend. Krumme est hospitalisé... un infarctus... je pense... Je ne sais pas exactement, mais on va lui déboucher une artère, a dit le médecin, ou on va lui faire un pontage coronarien, ils font des radios et l'examinent en ce moment.

— Oh, le pauvre, dit Margido, attristé par la nouvelle.

— Je ne sais pas pourquoi je t'appelle. Peut-être parce que tu fréquentes la mort au quotidien dans ton travail. En tout cas, j'ai eu envie de t'appeler.

Margido était heureux de cette initiative. Il pensait souvent à eux.

— Pourquoi ne prends-tu jamais contact avec nous ? Je n'ai aucune nouvelle non plus de Torunn.

Ce n'était pas délibéré. Le temps s'écoulait. Il s'était passé tellement de choses. Lorsque Torunn avait disparu d'un coup et...

— Elle est toujours disparue ?

Non, elle venait précisément de lui rendre visite quelques jours.

— Ah bon ? Ç'a dû être... agréable.

Elle avait surgi à l'improviste. Avait rompu avec un homme. Est-ce que Krumme était tombé soudain malade ?

— Il était au travail et s'est effondré. Je ne l'ai pas encore vu, j'attends...

Et Erlend fondit en larmes, sanglota en se blottissant contre le mur.

— Je mourrai, s'il meurt. Krumme est le soleil de ma vie. Il est le soleil de ma vie, Margido.

Il n'allait pas mourir, le rassura Margido. De nos jours, on savait tout sur les infarctus. Erlend ne devait pas s'inquiéter. Margido n'allait pas mourir.

— Mais s'il…

Dans ce cas, Margido viendrait à Copenhague pour l'aider avec tout. Oui, avec tout.

— Tu ferais ça ?

Naturellement. Il était son grand frère, non ? Il pouvait compter sur lui dans ces moments difficiles.

— Je dois raccrocher, rentrer et m'asseoir, au cas où le médecin viendrait. Et il faut que je trouve de quoi me moucher. Merci infiniment, Margido, vraiment.

À 1 heure du matin, Krumme subit une angioplastie coronaire par l'artère fémorale, et Erlend fut autorisé à le voir après l'opération, qui ne dura pas plus d'une heure. Il s'assit sur la chaise à côté du lit et saisit la main de Krumme. Elle était brûlante, Krumme avait le front brillant et sommeillait, les yeux clos, mais il les ouvrit dès qu'Erlend l'effleura.

— Krumme, mon tout tendre, nous sommes immortels, tu sais. L'as-tu oublié, quand tu t'es effondré dans la salle de rédaction ?

— Je ne l'ai pas oublié. Le médecin a dit que je pourrais rentrer demain à la maison, je vais très bien, maintenant.

— C'est vrai ? Il a dit ça ?

— Pas de charges lourdes pendant trois jours et pas d'escalier, et puis je dois prendre des anticoagulants, c'est tout. Je suis solide comme un bûcheron.

— C'est un miracle…

Erlend fondit de nouveau en larmes.

— Mais j'aurai un entretien avec un médecin demain, elle vient de passer et m'a dit que je devais changer de mode de vie.

— Ils ne savent rien de ton mode de vie ! s'écria Erlend. Ce sont ceux qui foutent le bordel dans ton travail qui devraient changer leur mode de vie ! Tu mangeras un peu plus de chocolat noir, c'est tout.

— Encore que ça ne me fera pas de mal de...

— J'ai téléphoné à Margido. Il était prêt à descendre et organiser les obsèques et tout à ma place. Tu te rends compte ? Il a *dit* ça... et que ça allait de soi, étant donné qu'il était mon grand frère. C'était si fantastique de l'entendre dire ça.

— Comme tu pleures, mon ami. Cela a été un grand choc pour toi. Tu peux pleurer autant que tu veux, mais que ce soit plutôt pour mon père.

— Ton père ? Ça alors, pourquoi devrais-je pleurer pour lui ?

— Parce qu'il est mort. Il s'est éteint cette nuit, ma sœur m'a appelé.

— Birgit ?

— Oui, je n'ai qu'une sœur. Et c'est là que mon cœur a lâché.

— Mon Dieu ! Ton père est mort ?

— Ne crie pas, on est en pleine nuit. Ils croient qu'il a fait une crise cardiaque. Il était dans son fauteuil préféré, avec un tome de l'éternelle histoire mondiale de Grimberg. C'est la gouvernante qui l'a trouvé, m'a dit Birgit.

— Oh Krumme ! Cela me fait mal d'entendre ça.

— Mais non.

— C'est vrai, quand tu le dis. Au fond, non. Mais toi, tu t'en veux ?

— J'aurais souhaité un autre genre de père, c'est sûr. Sauf qu'on ne peut pas changer de parents. Je trouve triste qu'il ait été si borné. Qu'il ne t'ait jamais accepté. Mais il y a autre chose.

— Autre chose ? Qu'entends-tu par là ?

— Birgit dit qu'elle a longuement réfléchi à cette histoire d'héritage.

— Cela ne m'étonne pas.

— Écoute-moi, petit mulot. Elle n'a pas d'enfants, comme tu sais.

— Pas étonnant. Qui aurait envie d'avoir des enfants de cette folle furieuse congelée au regard de tueuse ?

— Elle n'est que le fruit, elle aussi, de *notre* enfance, Erlend. Mais cela a dû être encore pire pour elle, parce qu'elle est une femme et fille de la grande bourgeoisie. Elle a choisi de se conformer à son milieu, ce qui était la voie la plus simple pour elle, je crois. Et maintenant, elle a quarante-huit ans et n'aura pas d'enfant. Elle aussi voulait s'occuper entièrement des obsèques, a-t-elle dit. Mais pour l'héritage…

— On est vraiment obligés de parler de ça maintenant ? Tu viens de survivre à un infarctus, ton père est mort et je dois téléphoner aux mères et à Margido pour dire que tu es en vie. On parlera d'argent demain, après une bonne nuit de sommeil, quand tu seras revenu à la maison. Je n'arrive pas à croire que tu vas rentrer à la maison demain, j'ai cru pendant plusieurs heures que…

— Birgit ne veut pas avoir la moitié de l'héritage, elle dit que c'est moralement indéfendable, vu que j'ai trois enfants et une grande famille. Elle veut que j'aie toute la villa de Klampenborg, elle a déjà plus qu'assez, dit-elle.

— Doux Jésus… Je ne suis jamais allé là-bas, j'ai seulement vu le portail depuis la rue la fois où nous étions à Dyrehavsbakken[1], l'été dernier.

— La maison a presque une dizaine de chambres, je crois, cinq ou six salons, une salle à manger pouvant accueillir jusqu'à vingt-quatre personnes et… je ne me rappelle pas tout. Il y a de la place là-bas pour tous les sept. Une cuisine gigantesque et une arrière-cuisine en plus pour les tâches où on en met partout, comme nettoyer les poissons, découper la viande, faire les confitures, les sirops ou la pâtisserie. Et un terrain de plus d'un hectare. Avec courts de tennis, ça me revient, maintenant.

— Doux Jésus…

— Elle pleurait au téléphone. Elle veut connaître les enfants, être une vraie tante.

— Doux Jésus !

— Oui, il est possible qu'il nous ait prêté assistance cette nuit. Mais maintenant, il faut que je dorme, je suis à bout de forces, petit mulot.

— Je n'oublierai jamais cette nuit, mon amour. Je n'irai pas travailler demain, les enfants iront chez leurs mères, on pourra fêter ça tous les deux.

— Non, je trouve que nous devons être tous les sept ensemble. À la maison, chez nous. J'inviterai aussi Birgit.

— Mais est-ce que nous aurons le temps de…

— Tu prendras un traiteur. Et pour demain, choisis tout ce qu'il y a de meilleur.

— Ce sera donc un buffet luxueux de chez Brett's Diner, ça fait longtemps que j'ai envie de voir ce qu'ils proposent.

1. Parc d'attractions situé à Klampenborg, l'un des plus vieux parcs au monde encore en activité.

— Tu vois ! Tu as déjà tout organisé dans ta tête ! Ah, voilà le Erlend que je connais, et pas cette femmelette pleurnicharde. Allez, rentre à la maison, mais prends-moi d'abord dans tes bras.

— Je ne te fais pas mal en te serrant fort ?

— Tu plaisantes ? Tu ne peux me faire que du bien, Erlend, que du bien.

Si seulement elle avait su, si seulement elle s'était
doutée une seconde de l'importance pour lui des mots
qu'elle lui avait dits : « Il ne faut pas que tu tombes
malade, t'es quand même mon oncle. »

Il avait été soulagé d'être au volant à ce moment-
là, obligé de fixer la route ; cela lui avait évité de
croiser son regard, lui qui ne pleurait jamais. Même
dans les situations les plus déchirantes, il réussissait
à garder une distance professionnelle vis-à-vis de ses
émotions. Curieusement, sa pensée suivante fut qu'il
ne croquerait jamais plus de sa vie dans une de ces
infâmes tartines croustillantes.

Elle l'avait même *appelé* – elle ne s'était pas
contentée d'un SMS – pour lui dire qu'elle était bien
arrivée chez son amie qui aimait aussi le chorizo.
Il s'était évertué à prendre un ton aussi décontracté
que possible, un peu comme quand il parlait avec les
dames au bureau, il lui avait par exemple demandé
combien de temps le pot d'origan frais tiendrait s'il
l'arrosait soigneusement.

Pas très longtemps maintenant qu'on était en mars,
avait-elle répondu, il n'avait qu'à le laisser sur le
plan de travail sous les tubes au néon, penserait-il à
s'en resservir ? Oui, il comptait essayer de se faire

une pizza, maintenant qu'il savait qu'on trouvait de la pâte toute faite en rouleau, et même de la sauce à pizza toute prête.

Qu'il se souvienne surtout que dès l'ouverture du plastique, la pâte mise à température ambiante commencerait à lever, avait-elle dit. Alors s'il voulait s'en faire une pour lui tout seul (*oui, pour qui d'autre ?* pensa-t-il), il n'avait qu'à couper en deux le rouleau de pâte, remballer l'autre moitié et la mettre au congélateur.

Il avait suivi ses instructions à la lettre et mangé la première pizza faite maison de sa vie avec un plaisir non dissimulé, un vendredi soir, en regardant *Gullrekka*[1], après 10 ml de Floradix et un comprimé de vitamines. Il avait pris goût au pâté de foie et aux noix de cajou ; il préférait les cacahuètes, mais c'était très salé, et sachant que le sel n'était plus bon pour sa santé, il s'en tiendrait aux noix de cajou. Au fond, il n'y avait que les tartines croustillantes dont il s'était débarrassé : il avait emporté le paquet au bureau, et maintenant, il était presque vide. *Servez-vous, surtout*, avait-il pensé.

Alors qu'il entamait sa dernière part de pizza, il se souvint qu'il lui restait de la bière de la visite de Torunn, et il alla s'en chercher une canette. Cela avait été une semaine éprouvante, si éprouvante qu'il avait informé les dames qu'il éteindrait son portable ce soir. Elles n'auraient pas à être sur le qui-vive, prêtes à lâcher tout ce qu'elles tenaient entre les mains au cas où il aurait eu besoin d'elles pour une toilette mortuaire.

---

1. « Suite d'or » : terme générique désignant le programme télévisé du vendredi soir, à partir de 19 h 30 (émission de divertissement, émission satirique, talk-show…).

Cette semaine, ils avaient eu à traiter deux accidents mortels de la route, où il avait dû travailler sur les lieux avec les pompiers qui avaient extrait les corps des épaves ; une des victimes n'avait que quatorze ans. Et lors de funérailles à la Hospitalskirke, une femme de l'assistance avait été prise d'une crise d'épilepsie et avait dû être allongée dans la nef, à moitié sur une des plus grandes couronnes disposées avec soin dans le prolongement du cercueil. Toute la cérémonie avait été interrompue jusqu'à ce que sa crise soit passée.

Tous étaient restés sur les bancs de l'église tandis que Margido s'accroupissait à côté de la femme sans trop savoir que faire. C'était affreux de voir ses yeux rouler dans leurs orbites et les crampes agiter son maigre corps tout de noir vêtu. Ses bas noirs en nylon filèrent au contact du rugueux tapis de chanvre sur le sol. En revenant à elle, épuisée et honteuse, elle avait sorti ses gants en cuir de sa bouche. C'était la première chose qui était venue à l'esprit de Margido : les rouler pour en faire une saucisse et les lui glisser entre les dents pour l'empêcher de se mordre la langue.

— Ce n'est pas moi qui devais être le point de mire de cette journée, avait-elle marmonné en se massant la mâchoire.

Une personne de l'assemblée avait donné à Margido tout un paquet de mouchoirs en papier, qu'il tendit à la femme allongée sur le sol quand elle fut revenue à elle. Elle était trempée de sueur et de salive, et il lui appela un taxi avant que le prêtre puisse reprendre le cours de la cérémonie.

Comme si cela ne suffisait pas, Peder Bovim avait eu une « panne d'oreiller » pour ce même enterrement qui aurait dû commencer à 11 heures. Il aurait dû être là dès 9 h 30, car il devait réceptionner fleurs et couronnes et s'occuper des vases et des bougies. Bovim était censé aider Margido à mettre le cercueil en place sur le catafalque, tout décorer et tout installer avec le plus grand soin, y compris la table de bienvenue avec la photo de la morte et un livre d'or où les invités pourraient inscrire quelques mots. Bovim avait appelé Margido à 10 h 30 pour prévenir qu'il serait *un peu en retard*.

Aux pompes funèbres, rien n'était plus impardonnable.

Rien. Pas même de mal orthographier un nom sur une urne.

Une personne était morte et serait suivie par ses proches, amis et collègues pour son dernier voyage, un voyage aussi grand et important que l'était l'entrée dans la vie. On n'avait pas de « panne d'oreiller » quand on portait la responsabilité d'offrir à ce dernier voyage le cadre optimal. Quand on était responsable du rituel – oui, car il s'agissait bien d'un rituel, Margido le voyait ainsi, c'était un rituel obéissant à un code strict qui ancrait l'événement dans un contexte plus large, partagé avec la communauté –, on ne laissait pas ses besoins de sommeil passer en premier.

Dans de nombreuses grandes familles, on se voyait presque uniquement lors des baptêmes, des mariages et des enterrements, alors il était d'autant plus important que le bureau ait un comportement professionnel : on était sur le pont qu'on ait quarante de fièvre ou un pied cassé, les drames privés pouvaient attendre. On devait donner tout ce qu'on avait, sinon plus.

Chaque agent, chaque conseiller en pompes funèbres le savait.

Tous sauf Peder Bovim. Qui n'aurait jamais eu de « panne d'oreiller » s'il avait dû se rendre à un salon auto.

Il vida son dernier verre de bière, le regard tourné vers les décorations de Torunn, puis se leva et alla vers la table, souleva une pomme de pin, caressa un caillou, imagina sa nièce s'enfoncer parmi les arbres et écumer le sol de la forêt afin de trouver de jolis éléments naturels pour décorer la table. Lasse et déçue de l'homme qui l'avait trahie, elle avait, en plein sentiment de défaite, trouvé la force de rendre la maison jolie, d'acheter de la bonne nourriture et des boissons, et fait en sorte qu'à son retour du travail, il n'ait plus qu'à mettre les pieds sous la table, avec un repas chaud et quelqu'un qui l'attendait.

Une situation de tous les jours pour elle, mais pas pour lui. Sa canette de bière était toujours sur le balcon avec ses mégots à l'intérieur ; il aimait la regarder, elle n'avait qu'à rester là, ça donnait l'impression que quelqu'un habitait ici, quelqu'un avec des vices humains et une vie bien remplie.

La veille, il était passé voir le vieux juste après la première victime de la route. Dehors, il faisait froid, alors une visite de vingt minutes ne posait pas de problème ; de toute façon, ils étaient très occupés à l'hôpital Saint-Olav, là où il devait conduire la personne décédée. L'accident avait eu lieu à un jet de pierre de la maison de retraite. Si quelqu'un posait une question, il prétexterait un léger problème avec le véhicule.

— J'étais juste à côté pour mon travail, alors j'ai eu envie de te faire un petit coucou et de boire un café, dit Margido.

— Nous avons entendu les sirènes ; elles se sont arrêtées il y a un moment, c'est là que tu étais ? demanda le vieux.

Il était dans le salon de télévision avec d'autres pensionnaires, à regarder la rediffusion d'une série sur le roi et la reine. À l'arrivée de Margido, il se leva avec lenteur et s'appuya sur un des accoudoirs jusqu'à être debout.

— Oui, ce n'était vraiment pas beau à voir, dit Margido.

— Quelqu'un est mort ?

— Oui.

— Dire que tu as le courage de faire ça. Le sang, les blessures et tout ça.

— Ce n'est pas moi qui suis touché de près, dit Margido.

— Mais quand même. Que tu en aies la force.

— C'est mon boulot. Je vais nous chercher du café.

— Avec des morceaux de sucre, précisa le vieil homme.

Il avait encore deux bouteilles de Solo, posées sur le rebord de la fenêtre. Margido savait que, celle-ci laissant passer un léger courant d'air, le soda restait au frais. Il posa les tasses de café sur la table et les quatre morceaux de sucre sur une serviette devant le vieil homme qui s'était laissé retomber sur son fauteuil.

— Pas de gâteau ?

— Tu en veux ? demanda Margido.

— J'en prendrai plus tard. Torunn devait m'envoyer des livres. Je n'en ai reçu aucun.

— Cela fait moins d'une semaine qu'elle est partie, elle doit avoir pas mal de choses à faire, elle devait déménager de chez un homme avec qui elle habitait.

— Ah bon ? Elle ne m'a rien dit.

— Et quel genre de livre devait-elle t'envoyer ?

— Des livres sur la guerre. Elle a pris des photos de tous ceux que j'avais. Avec son téléphone.

— Vraiment ?

— Oui. Il y a beaucoup de gens qui font ça. Y compris des personnes âgées. Prendre des photos avec le téléphone.

— Tu aimerais peut-être avoir un portable à toi ? demanda Margido.

— Oh non, non.

— Il existe des modèles tout simples, avec de grands boutons et des chiffres. Presque comme un téléphone normal.

— Non, je n'en ai pas besoin.

— Je pourrais t'appeler. Quand je suis dans un magasin et que j'hésite sur ce que je dois t'acheter. Et Torunn pourrait aussi te téléphoner.

Les yeux du vieil homme étaient soudain baignés de larmes ; il cligna des paupières pour les chasser et elles coulèrent le long de ses rides, sur ses joues.

— Elle te manque, dit Margido.

— Oui, elle est arrivée sans prévenir. C'était bizarre.

— C'est bien qu'elle soit venue. Et Erlend m'a appelé avant-hier. Deux fois. Et encore une fois hier.

— Ah bon ?

La curiosité du vieil homme était soudain piquée. Il essuya ses larmes. Le dessus de ses mains était couvert de taches brunes.

— La deuxième fois qu'il a appelé, il m'a demandé de te passer le bonjour. La première fois, c'était pour m'apprendre que Krumme avait eu un infarctus. Il était assez désespéré.

— Le Danois… ? Un infarctus ?

— Ils lui ont débouché une artère la nuit même. Il a pu rentrer chez lui le lendemain, il sera comme avant.

— Il était gentil. Faisait de la bonne cuisine. Ils font de la bonne cuisine ici, mais celle du Danois était meilleure.

— Une chose est sûre : il ne lésinait pas sur le beurre et la crème, dit Margido. C'est pour ça que c'était si bon. Et peut-être pour ça qu'il est tombé malade.

— À cause du beurre et de la crème ? C'est la première fois que j'entends ça.

— Il y a peut-être un lien malgré tout, dit Margido.

— Qu'est-ce qu'a dit Torunn ?

— Sur quoi ?

— Que le Danois soit tombé malade ?

— Je ne sais pas. Je ne le lui ai pas dit.

— Tu ne lui as pas téléphoné pour le lui dire ?

— Non, ça, c'est à Erlend de le faire. Je ne peux pas l'importuner comme ça, elle doit avoir bien assez de choses en tête en ce moment, avec le déménagement et tout ça.

— Tu dis qu'il avait appelé... trois fois ? Erlend ?

— Ils avaient une fête. Le père de Krumme est décédé, et ils...

— Une fête parce que le père de Krumme est décédé ?

— Enfin, peut-être pas tout à fait une fête, je ne sais pas, mais c'était très bruyant. Il faut dire qu'ils ont trois enfants.

— Oui, les enfants, ça fait du bruit.

— Je n'ai pas tout compris. J'ai juste parlé un peu avec Erlend et échangé quelques mots avec Krumme. Ils semblaient joyeux.

— Quand le père de Krumme est mort ?

— Oui. Mais surtout parce que Krumme est vivant, je crois. Et ils ont parlé de venir en Norvège.

— Ici ?

— Non, ça, ils ne l'ont pas dit. Je ne sais pas. Mais c'était bien qu'ils aient appelé. C'était bien.

Margido lava son assiette, son verre et ses couverts sous l'eau courante sans se donner la peine de remplir son évier. Après la moitié de la pizza, il n'aurait pas pu avaler une miette de plus. Il alluma le sauna, prit son journal et s'assit pour le lire en attendant que la cabine chauffe.

Il consulta les dernières pages, où se trouvaient les annonces de décès. Deux d'entre elles émanaient de son bureau, avec des enterrements le mardi et le jeudi de la semaine prochaine. Il s'agissait des deux victimes de la circulation. *Nous t'enveloppons dans notre cœur et te gardons caché à l'intérieur. Là, tu pourras reposer en paix dans notre esprit, comme un souvenir cher et précieux.*

Deux enterrements d'accidentés de la route d'affilée en une seule semaine, cela voulait dire beaucoup de travail. C'était le pire cas de figure. Les proches ne s'y attendaient pas du tout, leur vie s'en trouvait bouleversée, il devait être disponible et prévenant sur tous les plans humains imaginables, s'attendre à des crises de nerfs et à des réactions hystériques durant la cérémonie, surtout au moment de l'inhumation, lorsque le cercueil était descendu dans le trou creusé à la pelle.

Des paillassons de gazon artificiel vert clair pouvaient, le long du trou, faire office de détournement visuel, en quelque sorte, mais tous savaient pertinemment que le cercueil contenant la personne défunte descendait dans la terre noire.

Lors des obsèques des victimes de la route, il emportait toujours dans la poche de sa veste une boîte plate avec du Valium, des comprimés au préalable divisés en deux, puisqu'un demi était suffisant. Ils agissaient vite. Et il veillait à toujours avoir quelques bouteilles d'eau pétillante Farris sous la main.

Il se procurait ces comprimés grâce à une de ses connaissances, un médecin qui savait que ce n'était pas pour son usage personnel. Il était interdit de rédiger des ordonnances pour une tierce personne, mais parfois, mieux valait fermer les yeux. Une chance que certains professionnels exercent leur pouvoir discrétionnaire et écoutent leur cœur.

Sous les faire-part de décès dans *Adresseavisen* se trouvaient des publicités pour d'autres entreprises de pompes funèbres, dont deux avec un numéro de téléphone joignable vingt-quatre heures sur vingt-quatre. Il examina ces réclames.

Téléphone vingt-quatre heures sur vingt-quatre. En d'autres termes « être de garde vingt-quatre heures sur vingt-quatre ». Nuit et jour.

Il ne manquait plus que ça. Autant se coucher tout de suite dans un de ses propres cercueils – un des meilleur marché et des plus simples – et refermer le couvercle de l'intérieur.

Mais Margido était conscient que sa manière de diriger les affaires... n'était plus viable, aujourd'hui. À proprement parler non professionnelle, voire honteuse. Bien sûr qu'il devrait avoir une permanence téléphonique avec des employés qui se relayaient. Il n'avait plus qu'à prendre sa retraite anticipée, ou à saisir le taureau par les cornes, à embaucher du personnel et réorganiser son entreprise pour davantage d'efficacité. Ni Mme Marstad ni Mme Gabrielsen ne voulaient faire de visites à domicile, et Peder Bovim refusait de s'occuper de la toilette mortuaire. L'entreprise de Margido était en sous-effectif et c'était sa faute : on trouvait sans difficulté des personnes compétentes, dans cette branche, pour peu qu'elles aient envie de bouger un peu. Encore eût-il fallu qu'il ait la force d'aller les chercher. *La force.* C'était là que le bât blessait.

Il jeta le journal par terre près de son fauteuil Stressless.

Prendre sa retraite… pour faire *quoi* ? Remplir ses journées du matin au soir avec *quoi* ?

Nu dans la salle de bains, au moment d'entrer dans le sauna, il sortit la crème fongicide et pensa que c'était l'occasion de se raser aux endroits qu'il était facile d'oublier. Il prit donc son rasoir et sa tondeuse nez-oreilles électrique, les brancha l'un après l'autre et se rasa avec soin l'arrière de la nuque, les narines et les oreilles.

Pas question de négliger les *petites* choses, même s'il aurait dû regarder les *grandes* échéances en face. Il s'observa dans la glace.

Dans le courant du week-end, il verrait quelles décisions prendre.

Frida Elskjær l'appela samedi dans la matinée alors qu'il prenait son café en lisant le supplément du samedi d'*Adresseavisen*, où il était question de construire des immeubles dans les anciennes zones industrielles du centre de Trondheim. Elskjær et lui avaient été en contact à plusieurs reprises, aussi avait-il entré son nom dans son répertoire ; il le vit donc apparaître sur l'écran.

— Il s'est éteint, annonça-t-elle. À l'aube, mais nous avions besoin de dormir quelques heures, c'est pourquoi je ne vous appelle que maintenant.

— J'arrive.

— Vous venez avec le cercueil ?

— Naturellement.

Son mari avait souhaité mourir chez lui et avait pu se faire installer un lit médicalisé au beau milieu du salon, avec appareil à oxygène et pompe à morphine. Cela faisait trois semaines qu'il attendait la mort. Frida Elskjær était diplômée aide-soignante et avait pu soigner elle-même son mari, secondée par une infirmière qui passait de temps en temps, selon les besoins. En outre, elle avait deux fils adultes qui, la nuit, veillaient leur père à tour de rôle.

Margido leur avait souvent rendu visite, puisque le mari, Oscar Elskjær, tenait à planifier lui-même son enterrement. Ils avaient choisi les poèmes et les chants, et un texte de Mikkjel Fønhus sur le Valdres qui serait lu à haute voix après la liturgie, puisque Elskjær avait grandi dans cette région. Il avait souhaité la crémation. La cérémonie aurait lieu dans la chapelle Tilfredshet attenante à l'hôpital, de sorte qu'il fallait conduire le cercueil là-bas. Celui-ci avait déjà été retenu, il suffisait à Margido d'aller le chercher à la réserve. Il y avait collé un Post-it avec le nom d'Oscar Elskjær et déposé une couverture en soie, un coussin et un voile pour le visage à l'intérieur. Pas de linceul : Elskjær voulait utiliser son propre costume, avec chemise et cravate, même s'il flottait dedans, maintenant – l'homme n'avait plus que la peau sur les os, comme presque tous les cancéreux en phase terminale.

— Vous n'aurez qu'à l'ajuster sur mon corps, de chaque côté, pour que ça ne se voie pas trop, avait suggéré Oscar Elskjær avec un sourire lors de la dernière visite de Margido.

Quand Frida Elskjær lui ouvrit la porte, il entendit de la musique jouée fort, du classique, une symphonie qu'il connaissait sans pouvoir dire laquelle c'était, à la fois belle et puissante.

Dans le salon, des bougies avaient été allumées sur les tables et tous les rebords de fenêtre ; les fils, chacun avec un verre de vin rouge à la main, le saluèrent en souriant. Au milieu de la pièce reposait le défunt, les yeux clos et les épaules nues, visibles sous une couverture matelassée orange. Son crâne lisse brillait contre une taie d'oreiller propre où ressortaient les marques du pliage.

Les yeux de ses fils brillaient d'un étrange éclat, celui du soulagement empreint de chagrin. Et du vin rouge.

— Nous l'avons lavé, déclara Frida Elskjær.

— Ah, déjà ? dit Margido.

— Oui, tous les trois. De la tête aux pieds. Et j'ai bouché les orifices du bas. Nous avons vécu si longtemps avec cette mort, autant faire de notre mieux jusqu'au bout. Son costume est prêt, sa chemise repassée, il a lui-même choisi sa cravate il y a quelques jours. Celle qu'il porte pour la fête nationale le 17 mai, la bleu foncé avec de petits drapeaux norvégiens. Il avait envie de disparaître avec le drapeau hissé, a-t-il dit.

Margido sourit. C'était beau. Oscar avait aussi formellement interdit tout *texte idiot* dans le faire-part de décès.

— Pas question qu'on écrive que j'ai « perdu le combat contre le cancer ». Je n'ai pas perdu le combat, putain ! Si quelqu'un a perdu, ce sont ceux qui n'accordent pas assez de budget à la recherche pour que cette foutue maladie soit éradiquée une bonne fois pour toutes.

— Asseyez-vous, dit Frida Elskjær, je vous sers un café. Baissez un peu le son, les garçons, je ne m'entends même plus penser.

Les fils trinquèrent entre eux, puis levèrent leurs verres vers Margido.

— Vous devez trouver que nous sommes complètement cinglés, dit l'un.

— Non. Pas du tout, répondit Margido.

Mais le vieil homme l'aurait sans doute pensé, songea-t-il malgré lui.

— Il aurait aimé que ce soit comme ça, du vin, de la musique et une veillée aux chandelles, en plein dans le mille pour le paternel.

— Il n'y a pas de code de bonne conduite dans ce genre de situation. Chacun gère son chagrin à sa manière.

— Rien ne doit plus vous étonner dans ce domaine, dit Frida Elskjær en posant un mug de café devant lui.

— Comme vous dites.

— Je vais chercher une autre bouteille, celle-ci est déjà vide ! s'écria le fils aîné, Georg.

Margido nota qu'ils avaient besoin de parler. Tous les trois avaient trop longtemps été dans leur petite bulle de mort et de douleur, proches les uns des autres comme jamais. Mais il savait aussi qu'il y avait eu beaucoup de rires, lui-même avait pu le constater lors de ses visites. Entre ces murs, on appelait un chat un chat.

— Vous saviez que ce jour finirait par arriver, dit Margido.

— Oui, et cela s'est passé de manière si belle ! s'exclama Frida Elskjær. C'est Morten, le cadet, qui l'a veillé cette nuit, et il a remarqué au petit matin que ses respirations s'espaçaient de plus en plus. Alors Morten nous a réveillés, nous sommes restés avec lui tous les trois, et il s'est éteint doucement, au bout d'une heure, tandis que nous chantions un peu pour lui. Ensuite, nous sommes allés nous coucher. Pour la première fois depuis je ne sais quand, nous avons pu dormir en même temps, comme des loirs, avant de nous lever et de lui faire sa toilette. Le médecin est passé pour rédiger l'attestation de décès juste avant votre arrivée, je vous ai préparé son costume, et vous avez le cercueil dans votre voiture et… Oui, ça n'aurait pas pu mieux se passer.

— Le faire-part de décès paraîtra dans le journal de mardi, dit Margido. Que diriez-vous de vendredi, pour l'enterrement ? Mardi et jeudi sont déjà pris, et mercredi, c'est un peu tôt si des personnes doivent venir de loin, prendre un jour de congé, ce genre de choses.

— Vendredi sera très bien, répondit-elle. Les garçons, donnez-moi un verre de vin rouge. Il me faut autre chose que du café, maintenant. Quand je pense qu'il va sortir de la maison, que Margido va l'emmener avec lui. Mon Oscar, l'homme le meilleur du monde.

Les larmes jaillirent de ses yeux quand elle prononça ces mots ; son plus jeune fils passa ses bras autour d'elle tandis que l'aîné débouchait une autre bouteille. *Combien de larmes avaient dû être versées dans cette maison, ces derniers temps*, pensa Margido, avec les chimiothérapies qui suscitaient de nouveaux espoirs brisés tout aussi vite, tel un insecte sous la semelle d'une chaussure. Pleurer était devenu aussi naturel que tousser.

— Vous qui êtes chrétien, dit Frida Elskjær, car vous l'êtes, n'est-ce pas ?

— Oui, répondit Margido, je le suis.

— Nous pas, comme vous le savez, dit-elle. Alors j'ai un peu réfléchi à tout ça. Nous croyons que c'est fini, maintenant. Pour Oscar. Nous ne croyons pas que nous le reverrons un jour au Ciel ou je ne sais où. Nous le portons en nous, dans notre cœur. Avec tous les souvenirs que nous gardons de lui.

— Et son ADN, dit Georg, l'aîné.

— C'est fou, tout ce qui peut être héréditaire, reprit la mère : la façon de se passer la main dans les cheveux, de marcher, de bâiller, ce genre de détails. Oscar continuera à vivre à travers vous. Pour ne pas parler de son intelligence dont vous avez hérité, tous les deux. Ce n'est pas de moi que vous la tenez, ça c'est sûr, ha ha !

— Mais si, protesta Georg. Papa était très brouillon et commençait mille choses à la fois, alors que toi, tu es très organisée et imbattable sur le plan logistique, Morten et moi tenons cela de toi. Et le sens de la famille. Celle de papa est complètement chaotique, tout le monde se fait la gueule ou se tire dans les pattes, alors que dans *la tienne*… on sent vraiment les liens du sang. Donc, ça aussi, on le tient de toi.

— C'est gentil, dit-elle en buvant une grande gorgée de vin rouge.

— Mais c'est comment, *la foi* ? demanda-t-elle soudain à Margido. Ça fait quoi, comme sensation ? Ou est-ce que vous me trouvez trop indiscrète ? Je suis curieuse, c'est tout. Est-ce que ce n'est pas dans des moments comme celui-ci que la foi aide beaucoup ?

Margido regarda la tête d'un blanc jaunâtre, les joues creuses. L'homme de la maison. L'obscurité de la cavité buccale se devinait entre les lèvres mi-closes et sèches, qu'il enduirait de crème et refermerait quand il s'occuperait seul du défunt, dans la salle du sous-sol de l'hôpital. La famille n'avait sans doute pas besoin de le voir plusieurs fois, mais peut-être certaines autres personnes, venues de loin. Il avait hâte de prendre soin de ce visage, d'en matifier le teint, de lui mettre du fard à paupières couleur chair.

— En fait, j'ai perdu la foi au décès de mon père, il y a quelques années, répondit-il. Et puis je l'ai retrouvée, en mieux, différemment.

— Comment ça ? insista-t-elle.

— J'avais toujours cru jusqu'alors que ma foi devait être *tout*, qu'elle devait imprégner tout ce que j'étais et ressentais, mes opinions et presque mes *pensées*. Et j'ai perdu la foi car je n'arrivais pas, bien sûr, à être à la hauteur. Cela ne marchait pas. Tout bonnement. J'avais un frère qui… ne rentrait pas tout à fait dans ce schéma… je ne veux pas m'appesantir sur ce sujet. Toujours est-il que j'ai perdu la foi. Et j'ai tout rejeté en bloc, avec l'impression que Dieu m'avait abandonné.

— Cela a dû être terrible, dit-elle.

— C'est… généreux de votre part de dire cela, vous qui n'êtes pas croyante.

— Mais vous disiez avoir retrouvé la foi…

— En effet. Et maintenant, elle n'est plus aussi… Elle est plus apaisée, moins catégorique, moins impérative, je ne sais pas comment l'expliquer. Ou… c'est comme prendre un escalier, pour monter ou descendre à toute vitesse ; les jambes fonctionnent toutes seules, et puis soudain, on sent qu'on titube légèrement et on saisit la rampe pour retrouver l'équilibre. Eh bien cette rampe, c'est ma foi. Oui, elle est comme une rampe. Cela doit vous paraître un peu bizarre, mais...

Il ne l'avait encore jamais dit à personne, pas de cette manière, pas avec cette image d'une rampe où il pouvait s'appuyer, pas même à son bureau quand il parlait de la foi avec ses deux employées, malgré le bon contact qu'il avait avec Mmes Marstad et Gabrielsen.

Tous les trois le regardaient fixement en silence.

— On dirait que vous n'avez jamais dit ça à personne, Margido, hasarda Frida Elskjær.

— Non, en effet.

— Mais vous croyez que vous irez au Ciel, alors ? Quand vous serez mort ? insista Morten.

— Je le pense, répondit Margido.

— Auprès de Jésus ?

— Oui. Et de Dieu.

— Et vous retrouverez tous les morts que vous connaissiez ? Les morts dans votre famille ?

— Oui...

— Qui est la personne que vous avez le plus envie de revoir ?

— Peut-être... mon père, dit Margido en baissant les yeux.

Le pantalon de son costume était impeccable, avec un pli bien marqué sur les cuisses (et même sur l'arrondi des genoux) ; il s'en était chargé lui-même. Le silence s'était fait. Il attendit, mais par chance, personne ne lui posa d'autre question. L'odeur de la mèche fumante remplit soudain l'air. Il ne supportait pas cette odeur, il avait l'habitude de moucher la mèche entre le pouce et l'index mouillés d'un peu de salive. Il s'apprêtait à se lever et à demander aux garçons de l'aider pour aller chercher le cercueil, quand Frida Elskjær demanda :

— Est-ce que vous pourriez nous lire le poème qui sera publié dans le faire-part de décès ? Vous lisez si bien.

— Naturellement, dit-il en sortant les documents de sa serviette posée contre le fauteuil.

— Ce sera le plus long faire-part qu'on ait eu depuis des années dans *Adresseavisen*, dit-elle.

Les fils joignirent les mains et gardèrent les yeux fixés sur leur père étendu sur son lit de malade, tandis que Margido lut à voix haute. *Comme ils sont bons*, pensa-t-il, *ils seront un vrai soutien pour leur mère dans l'avenir, quand le temps de l'acceptation et le travail de deuil commenceront à proprement parler.*

Ne pleure pas sur ma tombe. Je ne suis pas là, je ne dors pas. Je suis les mille vents qui soufflent, je suis la lumière du soleil sur les collines boisées. Je suis la douce caresse de la neige, je suis la pluie fraîche de l'automne...

En revenant de l'hôpital Saint-Olav, après avoir mis le cercueil à sa place, Margido s'arrêta au magasin Bunnpris à Elgeseter.

Tandis qu'il poussait le caddie entre les rayons, penser à la famille Elskjær lui donnait des ailes. Oui, il portait son Dieu avec lui, de manière intime, violente, brûlante, tel un grand, un immense amour, une présence si intense qu'il pouvait la *toucher*. C'était aussi réel que les briques de lait qu'il soulevait pour les déposer dans son caddie ou les plats préparés Fjordland – il ne pouvait pas manger de pizza maison tous les jours, même si ce n'était pas l'envie qui lui en manquait.

Bien sûr que Dieu était avec cette famille à présent, même s'ils n'étaient pas croyants. Bien sûr qu'Il leur donnerait de l'espoir pour l'avenir et de la gratitude pour le passé, même s'ils l'ignoraient encore et n'accueillaient pas Son amour en tant que croyants. Dieu était avec eux.

— *Que le Seigneur te bénisse et te garde. Que le Seigneur fasse briller sur toi son visage, qu'il se penche vers toi ! Que le Seigneur tourne vers toi son visage, qu'il t'apporte la paix !*

Il murmura la prière, le visage baissé vers son caddie. Voilà, elle était dite.

Voilà ce que la mort pouvait aussi faire des hommes : les rapprocher les uns des autres, dans la sincérité et la vulnérabilité, de manière forte et digne. Non, il ne prendrait pas sa retraite, car il passerait alors à côté de moments comme ceux-ci. Pour sûr, il exercerait ce métier jusqu'au bout !

Il atterrit au rayon outillage parce qu'il ne trouva pas tout de suite les caisses, et remarqua une rangée de bouteilles Thermos. Il en prit une de taille moyenne, en acier ; elle était en promotion.

Tôt le dimanche matin, il remplit sa Thermos de café tout chaud et se prépara le casse-croûte classique qu'il emportait au travail : une tartine avec du salami, des rondelles de concombre *et* de la mayonnaise, et deux tartines au fromage, l'une avec un genre d'emmental et l'autre avec du fromage de chèvre.

Il pensait pouvoir retrouver l'endroit où il avait laissé la voiture pour s'aventurer dans la forêt, sans but, en chaussures élégantes.

Ce n'était pas tout à fait un terrain à randonnées. D'après Mme Gabrielsen, les gens n'allaient plus jamais se promener en forêt, pas même le dimanche, peu importait que ce fût le printemps ou l'automne. Ils ne cueillaient même pas les baies. Des gens un peu plus modernes ramassaient, paraît-il, des champignons, alors que des tonnes de myrtilles et d'airelles attendaient en vain de devenir des sirops et des confitures, et finissaient par pourrir. Les gens faisaient du ski l'hiver, et ça s'arrêtait là. Et encore, il y avait de moins en moins de neige.

Il retrouva sa souche d'arbre, étonné qu'elle fût si éloignée de la route ; avait-il vraiment marché si loin ? Il posa son écharpe sur le bois et s'assit. Le sol était plus vert que la dernière fois, la pluie avait fait surgir de nouveaux tussilages. Certains les appelaient « pas-d'âne », en latin *Tussilago farfara*. Tallak le lui avait dit quand il était petit et il ne l'avait jamais oublié ; après tout, Tallak était censé être son grand-père paternel.

— Un *tussete farfar*[1], avait-il dit. Comme ça, tu t'en souviendras.

C'était surtout lui qu'il espérait revoir là-haut. Dire qu'il avait osé exprimer ce souhait quand Frida Elskjær lui avait posé la question. Sa réponse lui avait jailli du cœur avant qu'il ait pu se raviser.

Il dévissa la tasse de la Thermos, la remplit de café fumant et la posa prudemment dans la bruyère, à peu près droite, avant de refermer la bouteille, de déballer son casse-croûte et d'attaquer la tartine supérieure. Un petit déjeuner dominical en forêt.

Tout en mâchant, il remarqua que le jour ne s'était pas encore tout à fait levé mais que les oiseaux gazouillaient à tout-va. Peut-être n'avaient-ils pas cessé de chanter depuis la dernière fois. Il s'était

1. Jeu de mots : « Un grand-père qui n'a plus toute sa tête ».

passé tant de choses pendant cette courte période, c'était à peine croyable.

Torunn avait choisi de venir le voir, *lui*, quand sa vie s'était délitée, Erlend l'avait appelé, *lui*, terrorisé à l'idée que Krumme meure. C'était comme d'avoir une famille, même s'ils habitaient loin. Le vieux aussi était content. Pourvu que Torunn n'oublie pas de lui envoyer des livres. Si elle l'oubliait, ce qui serait parfaitement compréhensible, il irait lui-même en acheter pour les donner au vieil homme et prétendrait que Torunn les avait envoyés à son adresse à lui, un pieux mensonge.

Jamais il n'avait eu autant de plaisir à manger ses tartines ; il sentit qu'il lui serait facile à présent de prendre les décisions qui s'imposaient, comme il s'était promis de le faire dès qu'il sentirait de nouveau cette souche à travers l'étoffe de son pantalon. Il ferma les yeux et remercia son Dieu. Encore une fois, Il lui avait donné la force et le courage au moment précis où il avait eu besoin de soutien. Tout était si simple. La vie semblait couler de source quand la lumière venait vers lui de tous côtés.

Lundi matin, il pria d'abord Mmes Marstad et Gabrielsen de venir dans son bureau et leur annonça qu'il avait conçu un plan intéressant et qui lui paraissait viable. Sur ce, il leur proposa dix pour cent d'augmentation, puisqu'elles seraient davantage sollicitées à l'avenir, surtout si elles devaient former quelqu'un au cas où ils ne trouveraient personne de leur branche.

Puis il fit venir Peder Bovim qui, pour une fois, avait fait son apparition au bureau à 9 heures.

— Je vais aller droit au but, dit Margido. Tu n'es pas fait pour ce travail.

— Hein ?

— Non, ce travail n'est pas fait pour toi.

— Simplement parce que je ne veux pas me charger de la toilette mortuaire ? Ni Mme Marstad ni Mme Gabrielsen ne veulent faire les visites à domicile, cela ne doit pas vous faciliter les choses. Alors je ne comprends pas pourquoi, moi, je n'aurais pas le droit de refuser quelque chose d'aussi simple que...

— Je ne veux pas entrer ici dans les détails, ma décision est prise. J'attends ta lettre de démission. Et dans les trois mois que durera ton préavis, tu auras une augmentation de salaire.

— Une augmentation alors que je... quand vous voulez que j'arrête ? Qu'est-ce que cela signifie, monsieur *Neshov* ?

— Pas besoin de prendre tes grands airs.

— C'est une prime de départ, ou quoi ?

— Ce travail n'est pas fait pour toi. Ne me dis pas que tu n'en es pas conscient.

— Peut-être, mais j'ai grandi dans l'idée que ma voie était toute tracée...

— Je comprends tout à fait, continua Margido. C'est parce que tu n'as pas envisagé d'alternative.

— Comme vous dites. Mon père va péter un plomb quand il va apprendre que je me suis fait virer.

— Je lui parlerai. Je lui dirai que l'adage « tel père tel fils » ne s'applique pas toujours. Tu as beaucoup d'autres qualités. Maintenant, je vais t'expliquer pourquoi je t'augmente.

— J'écoute.

— Au cours des trois prochains mois, tu vas former Mme Gabrielsen, et te concentrer uniquement là-dessus. Elle s'intéresse à l'informatique et veut bien apprendre tout ce qu'il faut savoir pour s'occuper des demandes sur le site Internet, présenter de nouveaux produits et traiter les factures.

— Elle vous l'a dit ?

— Oui. Tout à l'heure.

— Mais… OK. Bien sûr. Je vais m'en occuper. Elle se débrouille déjà pas mal du tout, elle saisit vite, sait cliquer sur les produits et ouvrir d'autres liens. Mais il vous faudrait plus de personnel.

— Tout à fait. Je vais rechercher et embaucher deux autres employés, voire trois ; ce ne devrait pas être trop difficile, même si cela peut prendre un peu de temps. Je vais y mettre les moyens et faire passer de vrais entretiens, pas à la va-vite comme dans ton cas. Trouver des gens qui peuvent à la fois assurer des visites à domicile et s'occuper de la toilette mortuaire. Ainsi, l'entreprise de pompes funèbres Neshov pourra être joignable au téléphone vingt-quatre heures sur vingt-quatre et ne se fera pas distancer par ses concurrents. Car pour l'instant, il faut voir les choses en face : nous *sommes* distancés.

Peder Bovim prit une gorgée du café qu'il avait emporté dans le bureau de Margido, regarda par la fenêtre et déclara :

— Je comprends votre point de vue. Je comprends que ce travail n'est pas pour moi, et je vais faire de mon mieux pour que Mme Gabrielsen devienne une experte en informatique. Et j'apprécie que vous parliez à mon père ; j'en ai tellement marre qu'il m'oblige à faire des choses qui ne m'intéressent pas…

Ce soir-là, Margido porta la planche à repasser dans le salon et l'installa devant la télévision.

Des chemises propres s'entassaient sur le canapé. Il mouilla et essora les tissus en coton qu'il utilisait pour marquer le pli de ses pantalons, puis les empila sur le dossier d'une chaise pour éviter qu'ils ne sèchent trop vite. Les pantalons recouvraient les dossiers des autres chaises, autour de la table. Il avait pris soin de remplir d'eau le vaporisateur, pour les chemises ; ici, les choses étaient faites dans les règles de l'art. Après le repassage, il cirerait ses chaussures, puis s'accorderait peut-être encore une séance de sauna.

À vrai dire, un petit cognac pour fêter cette journée n'aurait pas été de refus, mais Torunn avait emporté la bouteille lors de son départ, croyant sans doute qu'il n'y toucherait jamais ; elle pouvait bien la boire toute seule.

Ce soir non plus, il ne répondrait pas au téléphone. Bientôt, ils devraient être joignables jour et nuit, du moins ceux qui seraient de garde. Lui-même aurait en revanche de vraies soirées de liberté, sans mauvaise conscience. Il lâcherait du lest, attendrait le matin pour savoir comment s'était passée la nuit de ceux qui seraient de garde. À défaut de cognac, il prit une canette de bière, un verre à eau et une coupelle de noix de cajou, plus tendres que les cacahuètes. Une bière un lundi, où cela le mènerait-il ?

Et s'il allumait les bougies chauffe-plat que Torunn avait sorties ? Il gratta une allumette et regarda la canette cendrier laissée dans un coin du balcon, à côté du cyprès. L'arbuste d'un beau vert brillant se dressait à l'endroit où elle s'était tenue, les yeux tournés vers les immeubles alentour, pensant peut-être à la vie étriquée qu'il menait. Ou qu'*elle* menait.

Margido brancha le fer à repasser, posa la première chemise sur la planche et l'humidifia un peu en tournant l'embout du vaporisateur sur la position de pluie la plus fine.

Il prit une gorgée de bière et contempla les bougies.

Le téléphone sonna. Il vit le nom de Torunn apparaître sur l'écran de son portable. Il se dépêcha de couper le son de la télévision et décrocha.

— Bonsoir, Torunn, j'étais justement en train d'allumer tes bougies sur la table à manger.

Elle fut heureuse de l'entendre dire ça. Ne le dérangeait-elle pas ?

— Non, pas du tout. Ce soir, je vais repasser des chemises et mes pantalons. Et aussi cirer mes chaussures.

Est-ce que l'origan avait survécu ?

— Non, hélas. Il ne restait plus que de maigres tiges, alors que je l'avais copieusement arrosé. J'ai dû le jeter.

Il avait dû le noyer.

— Oui, c'est peut-être ça. J'ai voulu trop bien faire. Mais on trouve aussi de l'origan séché, en flacon, c'est le plus simple. Je me suis préparé une pizza, j'ai partagé la pâte en deux, comme tu as dit. Je n'ai pas encore utilisé l'autre moitié, j'ai peur de ne plus vouloir manger que ça. Ce n'est pas très bon pour la santé si on en mange trop souvent, je crois. Au fait, est-ce que tu as parlé avec Erlend ? C'est pour ça que tu appelles ?

Non, ce n'était pas pour ça.

— Ah bon. Krumme a fait un petit infarctus, l'autre jour, mais il va bien, maintenant qu'on lui a débouché l'artère la nuit même.

Mon Dieu ! Pardon de dire ça, mais quoi, il avait fait un infarctus ? Eux qui avaient trois enfants et tout !

— Ça va, maintenant. L'intervention s'est bien passée. Le père de Krumme est mort la même journée, ça a fait beaucoup d'un coup. Je pensais qu'il t'aurait peut-être appelée.

Non. Erlend devait lui en vouloir. À raison, d'ailleurs.

— N'y pense pas. On a tous nos problèmes.

Elle serait la dernière personne à qui Erlend penserait à téléphoner en cas de gros pépin. Mais tant mieux qu'il l'ait appelé, *lui*.

— Oui, cela m'a beaucoup touché, en fait.

Au départ, elle appelait juste pour dire que…

— Oui ?

Un silence. Un long silence.

— Torunn… ? T'es encore là ?

Oui, elle n'avait pas raccroché.

De nouveau un silence, puis un reniflement. Pleurait-elle ?

— Je suis passé… voir ton grand-père avant le week-end. Il m'a dit que tu allais lui acheter des livres ?

Il se trouve qu'elle lui en avait acheté deux. Sur la famille royale pendant la guerre. Elle les lui apporterait quand elle viendrait.

— Les apporter ? Qu'est-ce que tu veux dire ?

Est-ce qu'il pouvait lui rendre un service ? L'aider sur le plan pratique ? Pour le reste, elle se débrouillerait toute seule.

— Mais qu'est-ce que… Je ne comprends pas tout à fait.

Il avait dit que l'eau et l'électricité avaient été coupées à Neshov. Pouvait-il les faire rétablir ?

— À Neshov… ?

Oui. Elle avait l'intention d'y emménager. Elle en avait ras le bol de fuir tout le temps. Elle ne savait pas comment expliquer… Cela faisait plusieurs nuits qu'elle dormait sur un canapé dans un appartement surchargé, et elle avait volé… volé ! Un chiot chez celui avec qui elle avait vécu, un connard, un enfoiré… Elle le pria de nouveau de l'excuser pour ses grossièretés. Elle lui avait déjà parlé de son attitude de fuite quand elle avait dormi chez lui. Elle n'avait plus la force de continuer à fuir.

— Il faut que tu arrêtes de t'excuser, Torunn. Je supporte très bien quelques jurons, même si je ne les utilise pas moi-même. Tu veux donc t'installer là-bas ? À Neshov ?

Oui, c'est ce qu'elle voulait.

Il se laissa tomber dans son fauteuil préféré. Le thermostat du fer s'éteignait et se rallumait ; heureusement qu'il l'avait posé debout, sinon la planche à repasser aurait pu prendre feu. Mais si c'était arrivé, il aurait arrangé ça en un rien de temps : il aurait balancé le tout, planche et fer en flammes, par le balcon, et serait allé le lendemain dans un magasin pour en racheter de nouveaux…

Pourrait-il faire rétablir l'eau courante et l'électricité avant son retour ? Elle voulait monter ici en voiture mercredi matin. Soit après-demain.

— Naturellement, Torunn, dit-il en essayant d'avoir la voix assurée. Naturellement que je vais m'occuper pour toi de l'eau et de l'électricité à Neshov.

À propos, avait-il payé les assurances et ce genre de choses durant toutes ces années ? Si elle posait la question, c'est parce qu'elle n'avait jamais reçu la moindre facture à ce sujet.

— Oui, je l'ai fait. Ce n'était pas une grosse somme, maintenant qu'il n'y a plus d'animaux à la ferme et que personne n'habite… ou n'a habité là-bas. Les dépenses ont été faites depuis le compte que j'ai ouvert quand j'ai loué les terres. Il doit y avoir quelques centaines de milliers de couronnes dessus.

Waouh ! Elle le remercia chaudement.

— Tu n'as pas besoin de me remercier. Ces terres t'appartiennent.

Alors ce serait bien s'il pouvait juste glisser la clé dans la serrure. Elle se chargerait seule du reste. Ils en discuteraient quand il passerait chercher des cercueils.

— Dis-moi surtout si tu préfères rester tranquille. Je le comprendrais parfaitement. Je peux passer en voiture récupérer ce dont j'ai besoin, sans te déranger. Fais les choses à ton rythme, ne pense pas à moi.

Ça paraissait une bonne idée. À condition qu'il n'oublie pas la clé.

— Bien sûr que non, ainsi que l'eau et l'électricité. Je vais m'occuper de ça, Torunn. Roule prudemment.

Après la conversation, il resta longtemps dans son fauteuil Stressless, à fixer le mur, avant de se relever pour reprendre son repassage. Il décida qu'aujourd'hui, pour une fois, il repasserait aussi le dos des chemises, même si ce n'était pas encore l'été.

SECONDE PARTIE

D'abord, elle avait essayé de faire dire à Gabi qu'elle avait trouvé le chiot mort dans le chenil.

C'était le genre de choses qui pouvaient arriver, des chiots qui meurent. La portée était née quatre mois plus tôt, le chiot pouvait avoir une déficience cardiaque ou une malformation qui avait pu provoquer sa mort, précisément à ce stade de la vie. Ils étaient huit chiots en tout, il n'en voulait que sept et il en vendrait certainement quelques-uns, il n'aurait pas la place pour autant de chiens de traîneau adultes, d'autant qu'ils étaient nés d'un *accouplement spontané*, en aucune façon planifié.

En fait, elle lui rendait service.

Torunn adorait la mère de cette portée, Birka. Elle ne devenait enragée qu'une fois à sa place dans l'attelage, attendant l'ordre de départ : *Mush !* Chacun de ses muscles tendus explosait alors de vitalité, elle n'était plus qu'une bête de meute qui tirait, de la pointe de sa queue jusqu'à ses narines. À part cela, elle était de nature calme, ne s'agitait jamais pour rien, et ses petits avaient hérité de ce calme : c'étaient de bons chiens, sûrs d'eux.

— Je ne le ferai pas, ce n'est pas la peine d'insister, avait dit Gabi. C'est moi la responsable du chenil quand Christer participe à la Finnmarksløpet, je ne veux pas que des chiots meurent quand j'en ai la garde. La réponse est non, Torunn. Tu n'as qu'à lui dire toi-même que tu emportes un de ses chiots.

— Mais il n'est même pas au courant que je le quitte ! Il n'a donné aucun signe de vie, même pas un petit SMS, alors s'il est assez bête pour croire que je vais l'attendre ici avec des gaufres chaudes, il se met le doigt dans l'œil. Libre à lui de croire que j'ai préféré aller voir ma famille plutôt que de me coltiner le boulot d'assistante pour sa course.

— Il a dû se rendre compte que tu avais supprimé ton profil Facebook, ça devrait lui mettre la puce à l'oreille, dit Gabi.

— Même ma mère s'en est aperçue, c'est dire ! Ça l'a d'ailleurs rendue complètement hystérique. Elle m'a téléphoné en croyant que j'étais suicidaire ou je ne sais quoi. J'ai dû aller la voir, manger des sushis périmés de supermarché, boire du vin blanc beaucoup trop sucré et l'écouter me parler de ses cours de rock, tout ça pour la rassurer en lui expliquant que j'en avais marre d'être sur Facebook, où l'on passe son temps à voir des gens qui boivent du thé ou à être gavé de vidéos YouTube et faire partie d'une fausse communauté d'amis. Tu ne peux pas savoir comme ça m'a fait du bien de supprimer mon profil.

— Ça a rendu ta mère plus hystérique que d'apprendre que tu partais t'installer cinq cents kilomètres plus au nord ?

— Elle n'est pas au courant, dit Torunn. Elle le saura un peu plus tard. Il n'y a pas urgence à transmettre à l'intéressée *toutes* les infos le plus vite possible. Toi non plus, tu ne m'as pas raconté qu'Iris t'avait remplacée comme *handler*.

— Je suis désolée, je me suis retrouvée en plein dilemme. Georg m'a dit que c'était un truc entre vous deux. Mais j'ai trouvé ça très déplaisant, c'est vrai.

— Et moi, j'ai trouvé ça *très déplaisant* de l'apprendre après coup, à Alvdal, crois-moi. Mais en fait, ce n'est pas plus mal. Ça m'a donné un coup de pied au cul, si tu vois ce que je veux dire. Et maintenant, tout me dégoûte chez ce type-là. Je ne veux *rien* savoir de la course, s'il a eu des problèmes avec l'attelage, si les chiens se sont mis à tousser, s'il a attrapé un cancer du pancréas ou des verrues incurables sur le sexe. J'espère qu'il saura te remercier pour avoir surveillé ses chiens, déblayé la neige, et pour tout ce que tu as fait ici. Mais j'espère aussi, en ce qui concerne Georg, qu'il ne te remerciera pas de la manière dont il remercie d'habitude ceux qui l'aident avec les chiens.

— Je comprends que tu sois en colère. Et que tu m'en veuilles aussi, mais je trouve que c'est plutôt un signe de bonne santé. Pourquoi tu ne laisses pas juste un petit mot sur la table, pour dire que tu es partie et que tu as emporté un chiot ? Mais tu ne pourras pas le faire immatriculer par le chenil, ça m'étonnerait fort que Christer l'accepte.

— Aucune importance. Ça aurait pu tout aussi bien être un bâtard. Je veux un camarade, quelqu'un avec qui me balader, et j'aime sa mère, c'est pourquoi je prends un des chiots femelles, celle qui a la fourrure la plus claire et qui reste toujours dans son coin, à l'écart de ses sœurs. Une solitaire.

— Comme toi ?

— Non. Je ne dirai pas que je suis une solitaire. Mais il est fort possible que je le devienne.

Gabi a raison, pensa-t-elle. *Le plus simple est souvent ce qu'il y a de mieux.* Elle laissa un petit mot sur la table de la salle à manger, à côté du plateau en laiton avec les trésors de la forêt et le petit lutin en porcelaine qui s'était de nouveau couvert de poussière. Ce lutin n'était plus sous sa responsabilité, désormais, il ne sentirait plus son index mouillé de salive passer sur son bonnet. Ici, dans cette maison, elle en avait terminé une bonne fois pour toutes avec le ménage.

Ai emporté tout ce qui est à moi sauf les pneus d'été, tu n'as qu'à les jeter. Ai aussi pris un chiot femelle. Dénonce-moi pour vol si tu trouves que ça en vaut la peine.

Elle n'avait pas envie de demander à Gabi quand ils rentreraient, avec les chiens et les pick-up, alors elle prit le chiot et alla chez Margrete, le dernier soir, avant de repartir vers le nord.

— Il n'a encore jamais été en appartement, prévint-elle son amie. Il est resté en cage dans le chenil, alors il va être tout foufou au début, mais il finira par se calmer.

Elles observèrent un moment le chiot courir partout dans l'appartement, renifler les moindres recoins, mordiller un bout de laine qui traînait par terre avant de l'abandonner, trottiner plus loin et faire avec application, le regard fixe, un petit pipi au beau milieu de la cuisine – pas sur le tapis, par chance – avant d'entrer, sans hâte et l'air satisfait, dans la chambre à coucher.

— Tu as de l'essuie-tout ?

Margrete tendit le doigt. Torunn arracha quelques feuilles du rouleau et essuya la petite flaque. La chienne avait uriné plusieurs fois dans la neige avant qu'elles ne montent, juste quelques gouttes, parce qu'elle était tout excitée.

— Il perd ses poils ? voulut savoir Margrete.

— Pas encore. Ce n'est qu'un chiot.

— À ton avis, qu'est-ce qu'il fait dans ma chambre à coucher, hein ? Mon Dieu, Torunn, tu es sûre que tu as envie d'avoir ce chien ?

— Oui. Et il faut que nous arrêtions de dire « il », c'est une *chienne*. Hmm, ça sent bon. Qu'est-ce que tu prépares ?

— Il me restait un peu de riz d'hier, alors j'ai fait un plat fourre-tout au four avec du poulet, des raisins secs, des petits oignons et plein de curry, le tout surmonté de bacon. Tu vas beaucoup me manquer, tu sais.

— T'es vraiment adorable de m'héberger ce soir, dit Torunn.

— Tu as pu te garer ?

— Quelqu'un est parti juste quand j'arrivais, c'est un bon début. Mais je t'avoue que j'ai un peu les jetons.

— S'il te plaît, va voir ce qu'il fait dans la chambre !

— Ce qu'*elle* fait.

— Oui, si tu préfères. Mais va voir.

Au même instant, le chiot revint avec une chaussette dans la gueule.

— Il n'a qu'à la garder, dit Margrete. C'est celle qui a un trou au gros orteil, j'allais la jeter, de toute façon. Il peut prendre l'autre aussi.

— *Elle !* Tu n'as qu'à déménager, toi aussi.

— N'importe quoi, dit Margrete.

— Pourquoi pas ? Tu trouverais du travail à l'hôpital Saint-Olav, ou dans la maison de retraite où vit mon grand-père. J'ai ma *ferme* à moi, Margrete.

D'accord, un peu délabrée, mais je vais arranger ça. Une grande maison. Il y a de la place pour toi, avec toutes tes laines, tes tissus et tes rideaux. J'ai même, tiens-toi bien, la moitié d'une *grange* entièrement libre, l'entrepôt de cercueils de mon oncle ne prend pas toute la place. Tu serais logée gratuitement.

Margrete éclata de rire et alla dans la cuisine.

— Le dîner est bientôt prêt ! Pousse un peu les affaires et mets la table pour nous deux.

De l'endroit où elles mangeaient, elle pouvait voir l'entrée. Quatre gros sacs de livres et de vêtements, ses super bottes Klim qui supportaient à la fois l'eau et le froid, et la grande combinaison bien chaude sur laquelle la chienne s'était lovée, petite boule de poils blanche, après avoir bu de l'eau dans une coupelle et mangé des croquettes emportées de chez Christer.

— Tu as dit que tu avais un peu les jetons, reprit Margrete, et je te comprends. Me retrouver toute seule dans une ferme, je ne sais pas si j'oserais.

— Je n'ai pas peur du noir ni d'être seule dans une maison, alors ça ira. La seule chose qui m'inquiète, ce sont les araignées, tu sais que j'en ai une peur panique. Découvrir tout à coup une araignée de la taille d'une soucoupe et ne pouvoir appeler personne à la rescousse, c'est mon scénario catastrophe, vraiment le pire des cas. Mais ce n'est pas pour ça que j'ai les chocottes, c'est un tout. Ce qui s'est passé avec Christer, et ma décision de déménager et de m'installer à la ferme. Le travail qui m'attend… je ne sais pas. Tout se mélange dans ma tête. Ça risque d'être dur, là-bas. Très dur. Mais pour une fois, je ne vais pas m'enfuir. Au contraire.

— Je n'en reviens pas que tu sois l'héritière. Moi qui croyais que tu étais seulement ma voisine dans son deux pièces ! Comme quoi, c'est facile de se tromper.

— J'avais espéré que la ferme serait vendue.

— Tant mieux pour toi, Torunn, que ce n'ait pas été le cas.

— Je ne sais pas... Je ne sais plus trop où j'en suis. Je me laisse guider par mon instinct, c'est tout. Je crois que l'idée a germé en moi après que j'ai rendu visite à mon grand-père. De le voir, c'était si... Tout est remonté à la surface d'un coup. Le meilleur comme le pire.

— Alors l'idée a germé quand tu habitais chez Margido ? Quand j'y pense... habiter chez *lui* ! C'est trop drôle. Tu as débarqué sans crier gare et lui t'a ouvert la porte en robe de chambre, stupéfait. Tu avais une expression pour le décrire, avant. Ah oui, tu le qualifiais, je crois, de *rectangle gris* ?

— Il n'est plus aussi gris, maintenant. Je me sens en sécurité, avec lui. On peut lui faire confiance. C'est un roc.

— Et toutes tes affaires sont entreposées chez ta mère ?

— Je les récupérerai petit à petit. Si tu savais comme ma mère en a *marre* que Sandvika me serve de garde-meuble ! Je suis prête à parier que ça l'emportera sur le fait que je déménage plus au nord. C'est l'idée, en tout cas. De toute façon, on se voit si rarement...

— Tu vas déjà emporter au moins une jolie chose là-bas dans le Nord, dit Margrete en se levant.

Torunn n'avait pas eu le temps de terminer sa couverture Missoni au crochet, mais Margrete l'avait fait à sa place. Non seulement elle l'avait bordée d'une large ganse gris foncé, mais elle l'avait doublée sur l'envers avec ce même tissu qu'elle avait fixé à la partie crochetée avec un zigzag épousant le motif.

Elle la déposa sur les genoux de Torunn et se rassit.

— Non, c'est pas vrai... Margrete... Comment t'as réussi à... Oh, merci infiniment, tu ne peux pas savoir comme cela me fait plaisir. C'est magnifique. Ç'aurait pu être en vitrine dans un magasin de décoration de luxe... Tu es si... *douée*...

Et elle se mit à pleurer, jeta la couverture sur le dossier de la chaise à côté d'elle et sanglota si fort que le chiot se réveilla et s'approcha d'elle en remuant doucement la queue, non sans faire un petit pipi par terre sur le chemin. Elle vit tout cela mais ne put endiguer ses pleurs qui venaient des tripes et lui secouaient tout le corps, des orteils aux oreilles et jusqu'à l'extrémité de ses doigts, un véritable ébranlement intérieur. Elle faillit en faire dans sa culotte. Margrete la prit vite dans ses bras et Torunn se blottit contre elle en laissant libre cours à ses sanglots.

— Mais enfin, Torunn ! Voyons... Je ne pensais pas que ça te...

— Je me sens si seule ! Si seule... J'ai pris une chienne avec moi pour avoir un peu de compagnie, je vais me retrouver tellement isolée là-bas... ma vie n'est qu'un BORDEL, j'ai quarante ans et j'ai l'impression d'être une MERDE ! J'ai rien foutu de ma vie, j'ai pas de mari, pas de gosses, j'ai RIEN !

— Tu as de l'argent, au moins, dit Margrete.

— Hein ?

— Tu n'es pas sur la paille... Tu as toute une ferme qui t'appartient, et tu es libre comme l'air. Essaie de voir les choses sous cet angle, petite idiote.

— Tu parles ! Mais... tu as raison. Ça va passer, je le sens... Désolée. Et cette couverture est vraiment...

Merci, merci infiniment, Margrete, c'est adorable de ta part.

— Je vais chercher l'essuie-tout. Pour toi et pour *lui*.

— Ça y est, je sais comment je vais l'appeler ! s'écria Torunn. Elle va avoir un nom qui sera un *acte de défi*. Un nom tel que les trolls exploseront rien qu'en l'entendant[1].

— Ah ?

— Elle va s'appeler Anna, oui, rien que ça. Comme la mère des trois frères, dont mon père, à qui elle a fait vivre un enfer.

— C'est un joli prénom, Anna.

— Peut-être que ce n'est pas très fréquent pour un husky, mais j'en ai décidé ainsi. Va chercher l'essuie-tout, j'en ai mis partout. Heureusement que j'ai repoussé la couverture à temps. C'est pas possible de s'effondrer à ce point, comme ça, d'un seul coup…

— Tu prends toujours sur toi. C'est pour ça.

Dernière nuit sur le canapé de Margrete, où ses fesses se calaient exactement entre les deux coussins. Comment ne pas penser au canapé de Margido où sa tête avait trouvé sa place, là aussi, douillette, entre deux coussins, sur une taie d'oreiller ?

Ces coussins avaient, il y a très longtemps, orné le canapé du salon de la ferme qu'elle allait annexer.

Partir *à*… et non *de* Neshov.

Allongée en scrutant l'obscurité nocturne, elle se revit fuir la ferme comme une voleuse, après que tous les autres eurent passé un bon moment à manger et à boire dans la cour. Il y avait eu du vin, des

---

1. Dans les contes traditionnels norvégiens, les trolls, créatures méchantes et très bêtes, explosent à la lumière du jour.

bougies et des brocs remplis de fleurs des champs, des éclats de rire qui entraient par les fenêtres ouvertes, alors qu'elle-même était si épuisée qu'elle aurait pu s'endormir debout ou en marchant. Et cet homme, Kai Roger, qui voulait d'elle.

Kai Roger qui voyait son avenir en elle, l'héritière de la ferme.

Erlend et Krumme qui voyaient *son* avenir à elle dans la reprise de la ferme, pour qu'ils puissent venir l'été avec les mères et leur progéniture et occuper les silos réaménagés en bâtiments design, où Torunn les attendrait avec des gaufres chaudes.

Elle se sentait prise en otage par tous ceux qui se permettaient de penser à sa place, ceux pour qui elle était seulement la garantie de *leurs* projets personnels.

Même l'infidélité vaut mieux que d'être transparente aux yeux des autres, pensa-t-elle.

Elle avait pris la bonne décision quand elle était partie. C'était alors une question de survie. Elle n'avait pas eu la force de s'affirmer. Jamais elle n'aurait réussi à sortir dans la cour, faire valser d'un geste rageur le vin et les fleurs, leur asséner un discours tonitruant, revendiquer ses exigences, leur présenter les choses de son point de vue à elle, les amener à la respecter, et faire que tout se termine dans un tonnerre d'applaudissements, l'assurance d'un soutien total et une bonne dose de larmes du meilleur effet, comme dans un film américain.

Mais à ce moment-là, elle était trop épuisée, au bout du rouleau.

Sauf que maintenant... les cartes étaient redistribuées.

La solitude trouvait son origine dans ses souvenirs, ceux que personne ne connaissait. Tout ce qui s'était passé à la ferme lorsque, seule, elle s'était occupée de son père et de son grand-père. Elle n'avait raconté à Christer ou à Margrete que cinq pour cent de ce qu'elle avait vécu. Et à sa mère, rien du tout.

Sur ce plan, elle était plus proche de Margido, car lui avait compris la situation : il connaissait à la fois son père et son grand-père, et savait comment tournait la ferme. Lui aussi avait trouvé que ce qu'elle faisait allait de soi. C'est du moins ce qu'elle avait ressenti, même si elle se rendait compte qu'il avait dû craindre de la déranger, de prendre le commandement et de lui donner ainsi l'impression qu'il doutait de ses capacités à tout gérer.

Son grand-père était la seule personne avec qui elle avait pleuré avant de partir, à qui elle avait dit qu'elle *n'y arrivait plus* ; et il lui avait confié son secret le plus intime. C'était vraiment un homme bien, pour qui elle avait beaucoup d'affection. Et il lui avait dit, l'autre jour, que le pardon existait toujours. Pour elle.

Elle lui prouverait qu'elle était digne de sa magnanimité.

— Allez, Anna, en route pour Neshov, lança-t-elle en croisant le regard de la chienne dans le rétroviseur. Mets-toi en boule et dors sur ma combinaison chaude, on en a pour un bon moment.

Margrete lui fit un signe d'adieu depuis la fenêtre de sa cuisine, juste une main et la moitié d'un visage à peine visible. Torunn baissa sa vitre et agita la main à son tour.

En s'engageant un peu plus tard sur la E6, à l'abri dans sa carrosserie, elle essaya de penser le moins possible, ou juste à des choses insignifiantes. Elle mit la radio, chantonna, alluma une cigarette, ouvrit la fenêtre, et se rendit compte tout à coup qu'elle pouvait s'acheter une nouvelle voiture : les pneus d'été qu'elle avait laissés par manque de place étaient trop usés, de toute façon, et les jantes abîmées et rouillées. Oui, elle allait s'offrir une nouvelle voiture. Elle en avait les moyens. Une nouvelle voiture avec des plaques d'immatriculation vertes, où il y aurait la place pour une solide cage pour la chienne à l'arrière. Un SUV, voilà, elle s'achèterait un SUV, n'était-ce pas le véhicule que les gens utilisaient pour rouler dans la campagne ? Et à quoi bon avoir une banquette arrière quand elle n'avait qu'une chienne, une chienne qui vomirait sans doute en chemin ? Elle n'avait pas l'habitude d'être en voiture, c'était la deuxième fois de sa vie qu'elle voyageait, et mieux valait qu'elle vomisse dans une cage que sur la banquette arrière. Si elle achetait une voiture immatriculée comme véhicule utilitaire, elle pourrait s'offrir un véhicule de gamme encore supérieure. Encore qu'elle avait largement les moyens, avec plus de 4 millions sur son compte. Elle allait emménager sans loyer à payer, puisque cette ferme lui appartenait, alors elle pouvait bien sortir 300 000 ou 400 000 couronnes pour une voiture aux plaques d'immatriculation vertes. Qui l'en empêchait ?

Elle s'arrêta plusieurs fois pour qu'Anna puisse faire ses besoins. L'animal ne donnait aucun signe d'inquiétude, dormait, détendu, en poussant des soupirs et en claquant la langue, emmitouflé dans la combinaison chaude. La chienne ne paraissait ni stressée, ni apeurée, ni furieuse, alors qu'elle était projetée dans une nouvelle vie et avait été arrachée à ses frères et sœurs et à sa mère.

Elle longea la vallée du Gudbrandsdalen, n'eut pas le courage de passer devant le café d'Alvdal : quel intérêt de se remémorer les émotions qui lui avaient fait remettre sa vie en question ?

Enfin, sur le massif de Dovre, garée sur un immense parking déblayé pour laisser Anna sortir, elle ressentit avec étonnement la première bouffée de bonheur. Anna sauta de la voiture ; elle n'avait encore ni collier ni laisse et ressemblait à un adorable ourson qui s'ébattait en liberté.

Torunn alluma une cigarette. Ce sentiment fugitif de bonheur avait déjà disparu, mais il avait été là, petite contraction de joie dans son ventre. Il y avait du soleil, l'air d'une pureté de cristal permettait de jouir d'une vue magnifique sur les montagnes et les vallées, dans des nuances de bleu et de gris qui tranchaient avec les tons pastel au loin ; la neige avait commencé à fondre ici et là, la bruyère et les bouleaux nains surgissaient de partout, et à Oppdal, la route serait entièrement dégagée. Anna, toute contente, se couchait sur le dos dans la neige, la gueule ouverte, en frétillant de la queue, la faisant tourbillonner comme un fouet.

— Tu aimes ça, hein ? Allez, on repart. Viens ici, Anna ! Viens !

La chienne courut vers sa maîtresse qui la prit dans ses bras, la souleva jusqu'à son visage et respira l'odeur fraîche et mouillée de la neige et de la fourrure. Quand Anna posa une patte sur son menton et lui donna quelques coups de langue sur le nez, Torunn se demanda si c'était réellement une défaite que de souhaiter davantage la compagnie d'un chien que celle d'un être humain, quand un animal si beau et qui sentait si bon la rendait si heureuse.

Ne serait-elle pas bientôt capable de définir son propre bonheur ? D'oser faire ça ? Elle lâcha le chiot sur le parking.

— On verra bien, Anna. Mais je crois que toi, *tu* auras la belle vie. Pour le reste, je ne sais pas encore. Je vais réfléchir à ce que Margrete m'a dit. Je possède une ferme, j'ai de l'argent et je suis libre comme l'air. J'ai un oncle qui tient à moi, et un grand-père qui m'a pardonné. Allez, monte dans la voiture, allez !

Elle fit une halte à Oppdal pour s'approvisionner en vin et en cognac, pas certaine de trouver un *vinmonopolet*[1] entre Oppdal et Neshov, et découvrit dans le centre commercial un magasin pour animaux où elle acheta un collier pour Anna. Au moment de payer, elle se rendit compte qu'elle pensait à trop court terme.

— Donnez-moi deux autres colliers. Dans le genre neutre et solide, dans de plus grandes tailles, pour une chienne husky qui va grandir. Et une laisse à enrouleur très résistante, avec poignée.

Arrivée à Soknedal, elle quitta la E6 pour faire, cette fois, de *vraies* emplettes dans une épicerie de campagne d'autrefois, où les affiches publicitaires dans la vitrine et les marchandises présentées sur le trottoir indiquaient qu'ici, on vendait de tout, des pneus de tracteur à l'extrait d'amande amère.

Elle préférait attendre quelques jours avant de faire ses achats au magasin le plus proche de la ferme, à Byneset, craignant de tomber sur Kai Roger même s'il ne signifiait absolument rien pour elle maintenant. À supposer qu'il eût jamais signifié quelque chose, si ce n'est que son aide avait été déterminante, à l'époque : sans lui, elle n'aurait pas pu s'occuper de la ferme aussi longtemps. Mais en la raccompagnant à l'aéroport, Margido lui avait dit que Kai Roger s'était mis en ménage et avait eu un petit garçon.

— Je suis contente pour lui, avait-elle répondu. Est-ce qu'il n'avait pas l'intention d'acheter la ferme… d'acheter Neshov, à un moment ?

— Il a laissé tomber l'idée, avait dit Margido. Trop de travail. Et il était seul, alors. Maintenant, il travaille au lycée agricole de Skjetlein, et ça lui plaît beaucoup. Il est responsable de l'étable et enseigne

---

1. En Norvège, l'alcool est vendu dans des magasins d'État.

l'utilisation des trayeuses et tout ce qui concerne une exploitation laitière moderne.

— C'est sûr que Neshov n'était pas à la pointe de la modernité, quand il est venu donner un coup de main.

— Mais il s'est très bien débrouillé. Un type doué. Sa compagne est enseignante dans la même école. Je m'étais occupé de l'enterrement de sa grand-mère maternelle, c'est pour ça que je suis un peu au courant.

Elle trouva un énorme caddie et essaya de penser à tout ce dont elle aurait besoin à son arrivée à la ferme. Il devait y avoir des produits d'entretien dans les placards de la cuisine, elle imaginait mal Margido les rapporter chez lui, mais elle ne voulait pas l'appeler pour lui poser la question. Tant pis, elle prenait le risque. Elle acheta tout un tas de chiffons, grossiers et en microfibres, du papier-toilette, des rouleaux d'essuie-tout et du dentifrice. Puis du pain, du beurre, différentes pâtes à tartiner et des fromages. Du pâté de foie pour Anna, histoire de rendre ses croquettes plus appétissantes. Des œufs et du bacon, du jus d'orange, du lait et de la bière. Un grand sac de bougies et une pile de plats préparés Fjordland.

Elle s'arrêta devant des cafetières en promotion. En avait-elle déjà acheté une, la dernière fois ? Non, ils n'en avaient alors pas les moyens. Et une bouilloire ? N'en avait-elle pas pris une pour au moins se faire du café instantané ? Non, se souvint-elle, ils avaient dû demander de l'argent à Margido pour remplacer le vieux téléviseur qui avait rendu l'âme. Et c'est Margido qui avait acheté la machine à laver, le sèche-linge et l'aspirateur. Il avait rapporté le sèche-linge chez lui après qu'elle eut quitté la ferme, l'appareil était dans la salle de bains à Flatåsen. Mais pour la bouilloire, impossible de s'en souvenir.

Les cafetières étaient si bon marché que ça en devenait louche. Elle s'adressa à un des employés du magasin pour demander s'il n'y avait pas une erreur sur le prix.

— Non, c'est bien ça, répondit-il. Plus personne ne veut de cafetière électrique, de nos jours, il n'y en a plus que pour les machines à capsules. Les machines Nespresso.

— Oui, je sais à quoi elles ressemblent.

— C'est la faute de George Clooney, qui a fait la publicité pour ces foutues machines. Quand on rend visite à des gens qui en ont une, ça fait un bruit d'enfer dans la cuisine les vingt premières minutes, on se croirait sur un chantier ; le temps que tout le monde ait sa tasse de café, le premier servi boit son café froid. C'est vraiment n'importe quoi. Mais ce sont les femmes qui décident à la cuisine, alors vous pouvez remercier George Clooney pour ce prix-ci. C'est donné. Nous, on vend à perte.

— Bon, alors j'en prends une, dit-elle en riant.

— Les paquets de filtres qui correspondent sont là. Eux aussi en promotion. Si c'est pas malheureux…

— Merci beaucoup. Et j'aurais besoin d'une chaîne, toute fine, pour attacher une chienne à un arbre, dans la cour d'une ferme, vous voyez la longueur et l'épaisseur que je veux ?

— Je vois très bien. J'ai moi-même trois chiens d'élan. J'ai des longes pour eux.

— Je n'y avais pas pensé ; mais une chaîne autour de l'arbre suffira, pour l'instant.

— Un mousqueton à chaque extrémité et ça sera parfait. Est-ce que dix mètres, ça vous va ? À moins que l'arbre ait un gros diamètre…

— Il est assez gros, en effet. Alors disons douze mètres. Elle va tourner plusieurs fois autour, c'est sûr, autant qu'elle ait de la marge.

— Je m'en occupe.

— Et puis le spray insecticide le plus fort qui existe, pour un usage en intérieur.

— Contre quoi ? Les hommes ?

— Les araignées ! Ces bestioles dégoûtantes !

— Il faut croire que pour certaines personnes, c'est la même chose.

Une cartouche de cigarettes et un paquet de café moulu plus tard, elle avait tout ce qu'il lui fallait. Puis elle aperçut les combinaisons de travail suspendues à droite d'un mur réservé à l'outillage. Oh que oui, elle allait s'offrir une nouvelle tenue de travail ! Une rouge, toute propre. Il y en aurait du travail, là-bas, elle ne se faisait pas d'illusions et imaginait sans difficulté l'état de la ferme, maintenant, en mars. Elle comptait jeter les anciennes, n'en garder aucune, commander une benne à ordures et jeter, jeter. De nouveau, elle éprouva une bouffée de bonheur. Elle *pouvait* jeter tout ce qu'elle voulait, elle seule était juge, et libre.

Elle trouva un bleu de travail en coton de taille M et le posa dans le caddie, sur le bacon et le papier-toilette. Comme elle aimait ce genre de magasins ! C'était autre chose que ces centres commerciaux immenses où il fallait faire cent mètres entre deux produits qui l'intéressaient. L'homme revint avec la chaîne de la bonne longueur ainsi qu'un grand spray.

— Ça tue tout.

— Super. Est-ce que vous auriez un gaufrier ?

— Bien sûr. Mais ils ne sont pas en promotion. Ce sont les meilleurs des tests, ils cuisent deux gaufres à la fois.

— Je vais en prendre un, alors. Comme ça, vous n'aurez pas perdu trop d'argent avec moi.

Et voilà encore une chose qu'elle pourrait jeter : l'ancien gaufrier de Neshov, plein de vieille graisse brûlée.

Elle voulut tout mettre à l'arrière de la voiture et eut un mal fou à caser les grands cartons de la cafetière et du gaufrier, alors elle retourna dans le magasin prendre deux autres sacs. Elle ouvrit les cartons pour en sortir les appareils et tout le matériel, les fourra dans les sacs plastique et jeta le reste – emballage et mode d'emploi – dans une poubelle. Tout à coup, il lui revint qu'elle avait dû acheter une bouilloire, la dernière fois, car elle se revit derrière la grange en train de jeter la vieille cafetière dans le cratère où son père avait l'habitude de brûler les déchets. Comme si une casserole en aluminium pouvait brûler. Elle se souvint avoir eu cette même pensée, alors.

Plus elle se rapprochait de la ferme, plus des images remontaient à la surface. Comme le souvenir du gaufrier. Rien que d'y repenser, ça lui donna faim ; elle retourna dans la boutique acheter deux petits pains, un paquet de tranches de fromage et une canette de Cola Zero. Elle sépara le pain en deux avec les doigts, fourra plein de fromage au milieu et mangea tout en conduisant. Elle mit des miettes partout ; en baissant les yeux, elle se dit qu'elle ressemblait à une mangeoire pour oiseaux, mais quelle importance ? Elle allait de toute façon s'acheter une nouvelle voiture, et à cette idée, une onde de bonheur la traversa de nouveau.

Il pleuvait quand elle quitta la E6 au rond-point, à la hauteur de Klett, et mit le cap sur Byneslandet. La nuit commençait à tomber. C'était tout aussi bien, cela lui épargnerait de voir tout le bric-à-brac et le délabrement de la ferme dès son arrivée.

Sans l'avoir réellement décidé, elle fit un crochet par la maison de retraite de son grand-père, juste cinq minutes avant de s'engager dans la majestueuse allée d'érables et d'arriver à Neshov. Selon son père, cette allée était la seule beauté de la ferme, à part les porcs. Et pourtant il avait voulu abattre ces arbres, tous sans exception, parce qu'ils témoignaient du mensonge et des attentes déçues.

Mais elle savait que l'allée d'érables était toujours là, tel un tapis rouge qui conduisait à une ferme tombant en ruine. Et son père n'était plus en état d'y remédier.

Anna ne réagit pas quand elle se gara. La chienne dormait, la tête et la nuque enfouies dans une manche de sa combinaison de ski. Torunn fouilla dans les sacs jusqu'à mettre la main sur les livres qu'elle avait achetés pour son grand-père.

Ils mangeaient la collation du soir, son grand-père aussi, assis à une longue table couverte de corbeilles à pain, d'assiettes de fromage, de charcuterie et d'œufs durs en tranches, avec de grandes Thermos et des briques de lait et de jus de fruits à l'extrémité de la table.

Elle resta debout quelques instants à le regarder. Il venait de se préparer deux tartines, l'une avec du caviar et des œufs, l'autre avec du fromage de chèvre, et soulevait un mug de thé dont le fil du sachet pendait sur le bord, quand il l'aperçut. D'une main tremblante, il reposa le mug à moitié sur l'assiette, de sorte qu'il faillit renverser son thé.

— Torunn ?

Des têtes se retournèrent.

— C'est… c'est… balbutia-t-il.

Dis-le, pensa-t-elle, *dis ce que doit être notre relation.*

— C'est ma petite-fille, Torunn, dit-il. Mais tu reviens déjà ? Tu vas chez Margido ?

— Non, répondit-elle en lui donnant les livres.

— Oh ! Merci beaucoup.

Il les déposa sur la table, mais les reprit vite lorsqu'un autre pensionnaire tendit la main vers eux. Il les posa sur ses maigres cuisses, d'où ils eurent tôt fait de glisser et de tomber par terre.

Torunn se dépêcha de les ramasser sous la table.

— Ils ont bien supporté ce petit vol plané, ne t'inquiète pas, dit-elle. Peut-être pourrions-nous aller dans ta chambre en emportant les livres, ton repas et ton thé ?

— Oui, oui… peut-être.

Une fois dans la chambre, elle posa la nourriture sur la table, les livres à côté, puis étala une couverture sur les genoux du vieil homme. Il chaussa ses lunettes pour examiner les titres des ouvrages.

— Ça fait longtemps que je n'en ai pas eu des tout neufs, dit-il.

— Et je pourrai t'en acheter d'autres. Je regarderai sur Internet ce qui est paru récemment. Et je te prêterai ma biographie de Magda Goebbels quand j'aurai terminé de la lire. Je n'ai pas trop eu le temps de la regarder, ces derniers jours.

— Je vais commencer celui-ci ce soir. Sur le roi Olav.

Il sourit en regardant le livre, puis leva les yeux vers elle et répéta :

— Merci beaucoup.

— Il n'y a pas de quoi.

— Tu ne vas pas chez Margido ?

— Margido ne t'a rien dit ? demanda-t-elle.

— Il est venu me voir la semaine dernière. Un grave accident de la route tout à côté d'ici. Il est passé en coup de vent. Je ne l'ai pas vu depuis.

Elle s'assit sur son lit non défait.

— Je vais à Neshov, dit-elle.

— À Neshov ? Tu dois… aller chercher quelque chose là-bas ?

— Non. Je m'y installe.

Il se tut, la bouche entrouverte, et enleva ses lunettes. Elle vit ses yeux noyés de larmes.

— Ton thé va refroidir, murmura-t-elle avant de se dire qu'elle pouvait le prendre dans ses bras.

Il se mit à pleurer pour de bon, le visage blotti contre la poitrine de Torunn, et elle resta immobile, sentant les côtes du vieil homme dans son dos, sous le pull en tricot élimé.

— Je crois que ça va bien se passer, dit-elle au bout d'un moment, peut-être autant pour elle-même que pour lui.

Il renifla et elle relâcha peu à peu son étreinte.

— Je vais te chercher un peu de papier-toilette.

Elle n'était pas encore allée dans sa salle de bains. Celle-ci était spacieuse et d'une propreté irréprochable, avec des accoudoirs de chaque côté du W.-C. et beaucoup de place au sol, sans doute pour des équipements médicaux s'ils devenaient nécessaires. Elle lui apporta quelques feuilles de papier-toilette et se rassit sur le lit, en glissant ses mains sous ses cuisses.

— Je comprends que tu sois surpris, dit-elle.

Il posa sur la table le papier-toilette froissé et humide, à bonne distance des livres.

— Oui, je… Vraiment ? Mais… tout est vieux là-bas. Affreux.

— Je me souviens comment c'était, même si cela fait trois ans et demi que je n'y ai pas remis les pieds. Mais c'est ma ferme.

— Oui.

— Et je n'ai nulle part où aller.

— Ah ? Tu n'as… rien ?

— J'ai de l'argent, mais qui me permettrait juste d'acheter un petit studio à Oslo, tout coûte une fortune là-bas, c'en est absurde. Et je ne pourrais pas contracter d'emprunt, puisque je n'ai pas de travail. Et puis j'en ai marre d'Oslo. Je n'ai rien qui me retienne, là-bas, à part ma mère. Elle est assez occupée de son côté, et moi j'ai envie d'être près de toi. Et de Margido.

— Hein ?

— Ça te paraît si étrange que ça ?

— Un peu… oui.

Tous deux restèrent silencieux un moment. Elle regarda par la fenêtre.

— Tu sais, dit-elle, tu es si différent, maintenant. Heureux et enthousiaste, et tu me parles, tu me parles vraiment. C'est parce que tu es venu ici. Que tu as pu t'éloigner de Neshov.

— Oui.

— Tu étais quasi *muet* quand je suis arrivée là-bas. À la ferme.

De la main droite, il saisit son mug de thé et, de la gauche, prit sa tartine de crème de caviar ; quelques rondelles d'œuf dur tombèrent par terre.

— Oh, je n'arrête pas de faire tomber des choses, aujourd'hui, dit-il.

— Je pensais que ça te ferait peut-être plaisir de revenir t'installer chez toi avec moi. À Neshov.

— Non, surtout pas.

— Ça pourrait bien se passer, en ce moment, mais si tu tombes malade et qu'on ne te garde pas ta place ici… ce sera peut-être difficile d'en retrouver une autre.

— Oui. Non. Je veux rester ici. Oui. Rester ici.

Elle alla encore chercher du papier-toilette et ramassa les morceaux d'œuf dur.

— Mais j'habiterai près de toi, maintenant, ce sera bien, dit-elle.

— Oui, très bien.

— Je pourrai te faire les courses et ce genre de choses. Qu'est-ce que Margido t'achète, d'habitude ?

— Euh… du Solo et du chocolat Kvikk Lunsj. Et des pastilles mentholées. Pour mon dentier… c'est… bien, les pastilles mentholées.

— Et on pourra faire des balades en voiture. Aller prendre le café chez Margido.

— Je n'ai encore jamais été là-bas.

— Tu n'es jamais allé chez Margido ?

— Non.

— Mais il t'a quand même emmené en voiture ?

— Non.

— Alors nous, on ira se balader en voiture. Comme ça, un peu au hasard. Avec une Thermos de café et un casse-croûte. J'ai aussi un chiot avec moi.

Il sourit.

— J'aime bien les chiens. On a le droit de les amener ici, pour les visites, dit-il.

— Dans ce cas, je l'amènerai la prochaine fois. Vous n'avez jamais eu de chiens, à Neshov ? Ou de chats ? C'est bizarre, quand j'y pense.

— Anna n'aimait pas les chiens. Les chats non plus, dit-il.

— Je l'ai appelée Anna.

— Qui ça ?

— La chienne, je l'ai appelée Anna.

— Ah.

— Tu ne trouves pas ça drôle ?

Il ne répondit pas, mordit de nouveau dans sa tartine. Son dentier claquait un peu quand il mâchait. Il avala lentement, puis dit :

— T'es courageuse, toi. Retourner t'installer là-bas. Avec... Anna.

— Tu trouves ? Oh, je prends les choses comme elles viennent. Bon, je te laisse manger tranquillement, profiter de tes livres, et je vais à la ferme commencer à déballer.

— Le Danois a fait un infarctus.

— Je l'ai appris, mais ça va mieux maintenant, m'a dit Margido.

— Ils veulent venir en Norvège. Erlend et les autres.

— Ah bon ? Quand ça ?

— Je ne sais pas, répondit-il.

— Ici ?

— Je ne sais pas non plus.

Elle jeta un coup d'œil par la fenêtre. La nuit était tombée, à présent. Elle pensa : *Une chose est sûre, je vais démolir ces foutus silos !*

L'éclairage extérieur ne fonctionnait plus. Elle mit le moteur au point mort, sortit la chaîne et, sous la lumière des phares avant, attacha la chienne à l'arbre dans la cour. En deçà des deux faisceaux de lumière, il faisait noir comme dans un four.

La clé de la porte d'entrée était fichée dans la serrure, elle n'eut qu'à la tourner pour entrer. Elle alluma la lumière dans l'entrée et huma l'odeur de la maison. Une odeur de confiné avec un vague relent de cloaque, même si elle avait à l'époque ôté les plinthes et lavé à fond. Sans doute le contenu des toilettes sèches avait-il réussi à se glisser sous le linoléum lorsque son père était tombé dans le couloir le jour où elle était arrivée en trombe, débarquant d'Oslo à la suite de longues tergiversations après avoir appris qu'il s'était donné un coup de hache dans le pied. Elle le revoyait assis sur les toilettes, la porte ouverte, tomber à la renverse en l'apercevant, avec toute la merde sous lui. Elle n'avait pas été autorisée à l'aider, allongé qu'il était dans toute cette saloperie, mais avait dû téléphoner à Marie Bonseth, l'aide à domicile, que son père appelait la *femme au foyer remplaçante*. Ç'avait été une telle humiliation.

Elle alluma aussi le plafonnier de la cuisine avant de retourner à la voiture et de commencer à rentrer les sacs et les courses. Anna devait avoir soif. Elle ouvrit le placard où, dans son souvenir, se trouvaient les boîtes en plastique. L'eau gicla d'abord du robinet au-dessus de l'évier, éclaboussant partout en faisant un bruit de tuyauterie épouvantable, avant de former un jet plus fin et régulier. Elle remplit une boîte en plastique et l'apporta à Anna, avant de s'allumer une cigarette et de la fumer tranquillement sous l'arbre, les yeux fermés. Des gouttes de pluie lui tombèrent sur le nez ; elle leva le visage. Quel plaisir !

Ici et maintenant, voilà ce qui était réel.

Elle l'avait fait, elle était arrivée à bon port. C'était à peine croyable. Cette fois, au-delà d'une vague de bonheur, elle ressentit quelque chose de beaucoup plus fort : la conscience d'avoir bien agi. D'avoir fait ce qu'elle avait de mieux à faire et d'être allée jusqu'au bout. Elle ne s'était pas attendue à éprouver comme ça, de but en blanc, une telle paix intérieure. Elle sortit son portable et appela Margrete.

— Ça y est, je suis arrivée. Je suis dans ma ferme, Margrete.

— Ah, notre petite héritière, fit Margrete.

— Il pleut, il fait noir, donc je vais m'en tenir à l'intérieur, ce soir. Et je crois que ça vaut mieux. La ferme était dans un état épouvantable quand je suis partie, et ça n'a pas dû s'arranger depuis, alors je ne me fais pas trop d'illusions sur ce qui m'attend.

Elle prendrait la situation à bras-le-corps.

Maintenant, elle allait aussi appeler sa mère. Comme ça, ce serait fait.

Sa mère décrocha à la première sonnerie.

Torunn ? Comme c'était gentil d'appeler, elle qui pensait justement lui téléphoner. Est-ce que Torunn pouvait deviner ce que Frode et elle allaient faire ?

Frode, c'était donc son nom, oui. Torunn n'arrivait jamais à s'en souvenir, elle l'avait appelé Morten la dernière fois qu'elle l'avait croisé.

— Non… ? Vous allez faire quoi ?

Ils partaient en croisière ! Dans les Caraïbes, sur un immense paquebot, pension complète ! Et Frode n'était pas du genre à lésiner, il avait réservé une suite junior, mais cela n'avait rien de *junior*, ils auraient rien que pour eux un salon, une terrasse et une salle de bains normale, pas un truc riquiqui comme d'habitude dans les cabines. Gunnar et elle avaient pris le *Hurtigruten* il y a de nombreuses années, Torunn s'en souvenait certainement, Gunnar l'avait tannée avec ça, comme si la côte norvégienne l'intéressait, *elle* ! Mon Dieu, elle se moquait bien de la côte norvégienne, et la salle de bains était si minuscule qu'elle s'infligeait un tennis-elbow chaque fois qu'elle se séchait les cheveux, d'ailleurs c'était peine perdue de se faire un brushing quand l'autre l'obligeait à monter sans arrêt sur le pont pour admirer le paysage, une éternelle succession d'îles, de récifs, de montagnes et de fjords, le tout avec le vent du nord qui soufflait de partout, avant de retourner au bar alors qu'elle ressemblait à un épouvantail… Rien à voir avec ce voyage, le départ était prévu dans deux semaines, elle se faisait une telle joie de partir qu'elle ne tenait plus en place.

— Dans deux semaines ? Tu as donc le temps de réserver une entreprise de déménagement pour qu'ils me rapportent tout ce que j'ai entreposé chez toi.

C'était donc vrai ? Elle avait quitté le type, là-haut, dans la vallée de Maridalen ? Oh, quelle bonne nouvelle ! Enfin Torunn avait retrouvé ses esprits, ah, voilà qui faisait plaisir à entendre. Où avait-elle donc acheté un appartement ? Ah, comme elle était soulagée ! Bien sûr qu'elle allait faire venir des déménageurs, Torunn n'avait qu'à lui donner l'adresse et le jour où elle voulait recevoir la livraison, elle s'occuperait du reste, elle réglerait même la facture, ce serait bien de libérer son débarras, d'accord, Torunn n'avait pas dix mille trucs mais ça prenait quand même de la place, désolée d'avoir toujours remis la question sur le tapis, mais quand on quittait une grande maison pour se retrouver dans un petit appartement, on avait besoin de place pour stocker, elle avait prévu une armoire rien que pour les fourrures dans un des cagibis, pour ses visons, ils pourraient y rester suspendus l'été à la bonne température et à l'humidité de l'air, non pas qu'elle eût des fourrures à ne savoir qu'en faire, mais des manteaux, des toques et des étoles, et ce serait bien de pouvoir les garder chez elle au lieu de les confier chaque printemps à un magasin spécialisé, on ne savait jamais comment serait l'été, sur le plan de la météo, et soudain on pouvait avoir besoin d'une étole en plein été, pourquoi pas, si le temps le justifiait, non, c'était vraiment une bonne nouvelle, si Torunn avait l'adresse sous la main, elle la noterait tout de suite, savait-elle déjà quel jour l'arrangeait ?

— En fait, le plus tôt possible. L'adresse est la ferme Neshov, code postal 7074, Spongdal.

Il y eut un silence au bout du fil.

Est-ce que Torunn se moquait d'elle ?

— Non, j'ai déménagé à Neshov. Je vais reprendre la ferme. Elle m'appartient et ne sera pas vendue, c'est pourquoi je peux tout aussi bien habiter ici et être proche de mon vieux grand-père et de Margido.

Sa mère dut s'asseoir. Elle ne savait pas ce qu'elle… enfin… ce qu'elle avait FAIT ? Est-ce qu'elle avait envie d'être une PAYSANNE ? Torunn était quand même sa FILLE !

— Tu veux dire par là que… ?

Elle voulait que Torunn habite à Oslo, voyons. Torunn était son unique enfant !

— J'ai quarante ans, je ne suis plus tout à fait une enfant. Et maintenant, j'ai décidé de m'installer à Neshov, dont je suis l'héritière.

Héritage mon cul, trouvait sa mère.

— Toi et Morten… euh, Frode, êtes les bienvenus ici.

Ah, mais Torunn se mettait le doigt dans l'œil si elle croyait qu'elle remettrait un jour les pieds dans cette ferme d'où le vieux l'avait mise à la porte alors qu'elle était enceinte de l'enfant qui hériterait de tout, parce qu'elle n'était pas assez bien pour la vieille. Et ce pauvre imbécile, le père de Torunn, qui s'était contenté de hocher la tête sans rien dire, qui avait accepté que sa mère foute à la porte sa petite amie enceinte, non, pas question de venir lui rendre visite là-bas, c'était exclu.

— Mon père est mort. Et *la vieille* est morte. Alors *moi*, je vais y habiter. Tu changeras peut-être d'avis avec le temps. En tout cas, tu sais où faire livrer mes affaires.

Oui, elle avait compris. Elle avait très bien compris. Mais elle n'avait plus la force de poursuivre cette conversation. Elle qui avait été si heureuse d'entendre la voix de Torunn au téléphone. Maintenant, Torunn avait tout gâché.

Elle vida la voiture, nettoya les pattes pleines de boue d'Anna avec une vieille serpillière et referma la porte derrière elles. Elle laissa dans l'entrée les sacs de nourriture, le temps de vérifier l'état du frigo. Elle trouva des croquettes et les versa dans une boîte en plastique qu'elle posa par terre, sous l'évier, remplit d'eau une autre boîte qu'elle mit à côté ; elle attendrait demain pour ajouter du pâté de foie aux croquettes, pour l'heure, elle avait tant à faire... Elle vérifia que le radiateur, sous la fenêtre de la cuisine, fonctionnait, de même que le ballon d'eau chaude au-dessus de l'évier : cela voulait dire que celui de la salle de bains serait chaud, lui aussi. Réchauffer de l'eau qui avait stagné dedans presque quatre ans, c'était assez dégoûtant, mais l'eau servirait à laver, pas à être bue.

La porte du frigo était entrebâillée et la lumière éteinte à l'intérieur, c'était bon signe. Cela voulait dire que Margido avait débranché l'appareil et veillé à ce que l'air y circule. Elle ouvrit la porte en grand et trouva une boîte avec du beurre, une croûte noire de fromage dans un sachet plastique et deux oignons si desséchés qu'on aurait dit des abricots. Autant les jeter tout de suite. Zut, elle avait oublié d'acheter des sacs-poubelles. Où les avait-elle rangés, la dernière fois ? Dans le dernier tiroir sous les couverts, avec les sacs plastique vides, elle trouva un rouleau tout fin et froissé où il ne restait plus que deux sacs. Elle en arracha un qu'elle attacha autour d'une poignée, sous la paillasse.

Elle prit la bassine de vaisselle dans un des placards bas où les produits de nettoyage étaient jadis rangés ; ils n'avaient pas bougé. Il n'y a pas de date de péremption pour les produits ménagers. La bassine avait une toile d'araignée dans le fond et trois araignées mortes dans un coin. Elle la secoua fortement pour s'assurer qu'elles étaient bien mortes avant de la passer sous l'eau et de faire disparaître les bestioles dans les canalisations, puis elle la remplit d'eau bien chaude, y versa un peu de Klorin, sortit un des chiffons microfibres qu'elle venait d'acheter au magasin de Soknedal et commença à nettoyer l'intérieur du frigo.

Elle qui avait été si heureuse d'entendre la voix de Torunn au téléphone. Maintenant, Torunn avait tout gâché.

Oui. Même l'infidélité de l'autre valait mieux que de compter pour des prunes.

Lorsque le réfrigérateur fut propre, elle laissa la porte ouverte en grand pour bien aérer et laisser sécher. La cuisine était froide, elle aurait dû allumer le petit poêle en fonte. La chienne s'était mise en boule dans un coin, sur la combinaison de ski, sans se préoccuper de tous ces changements autour d'elle. C'était vraiment une bête calme, confiante, elle avait bien fait de choisir ce chiot-là.

Elle alluma la lampe de poche de son iPhone, prit le balai dans l'entrée et traversa la cour pour aller à la remise. Avec le balai, elle enleva les vieilles toiles d'araignée dans l'embrasure de la porte avant de remplir un sac de bûches. Le sac resta léger, car le bois était archi sec. Du coin de l'œil, elle aperçut les toilettes sèches, turquoise avec lunette et couvercle noirs, qu'elle avait vidées dans les toilettes de la grange et nettoyées à l'ammoniaque après avoir trouvé son père mort dans la porcherie.

Elle glissa un peu d'écorce sous les bûches, il n'en faudrait pas davantage pour que le feu crépite. Elle entrouvrit l'arrivée d'air du poêle et écouta le son agréable des flammes qui léchaient le bois sec. Le bruit emplit la pièce. C'était silencieux, ici, beaucoup trop silencieux pour un événement aussi important que son arrivée.

Elle n'avait pas l'intention de commencer à bidouiller la télé, la vieille antenne sur le toit devait s'être tordue bien des fois depuis qu'elle avait capté le dernier signal. Une parabole ? Oui, pourquoi ne pas en commander une, maintenant qu'elle en avait les moyens ? Mais elle avait bien un transistor de voyage, où pouvait-il être ? Elle se souvenait de l'avoir acheté à City Sud. Sans doute là-haut, dans la chambre à coucher.

Dans le couloir de l'étage, la lumière ne s'allumait pas non plus. Elle s'éclaira avec son iPhone pour trouver la porte de son ancienne chambre à coucher, quand elle reçut un SMS de sa mère : *Comment as-tu pu ? Je suis sous le choc. Mais tes affaires te seront livrées gratuitement à domicile.*

Elle ne répondit pas. Mais quand, quelques secondes plus tard, Margido lui écrivit : *Bien arrivée ? Tout va bien ?*, elle répondit pour le rassurer, avec un smiley.

Le plafonnier de sa chambre fonctionnait et elle retrouva sa radio sur le rebord de la fenêtre, avec le verre à eau où elle buvait du cognac en regardant les couleurs du ciel nocturne au-dessus du Korsfjord et des montagnes au loin.

Et là, sur la table de nuit, se trouvaient encore les trucs idiots qu'Erlend lui avait achetés au magasin détaxé lors de sa visite, cet été-là, une visite qui avait mis ses nerfs à rude épreuve au point de lui faire quitter la ferme : des boîtes sous cellophane avec des crèmes, et un kit de voyage avec fard à paupières, mascara et rouge à lèvres. C'était vraiment mal la connaître ! Au début, elle avait cru qu'ils étaient sur la même longueur d'onde, elle s'était attachée à lui, il l'appelait sa *petite-nièce*, elle aimait tout chez lui, jusqu'à ce qu'elle se rende compte qu'elle devait toujours accepter ses plans à lui sans broncher. Elle devait sauter de joie en entendant tout ce qu'il proposait, tout ce qu'il rêvait de faire pour la ferme, sans jamais émettre la moindre objection. Comme il l'avait déçue, alors ! Mais avait-il même compris pourquoi elle avait réagi ainsi et pris la poudre d'escampette ?

Elle rassembla les crèmes et le maquillage dans le creux de ses mains, les emporta dans la salle de bains et déposa le tout sous le miroir ; ça pouvait servir de décoration.

Elle enleva la housse de couette, le drap, les taies d'oreiller, et jeta le tout dans le couloir, ouvrit la fenêtre, descendit la couette et les oreillers dans la cuisine avec la radio qu'elle brancha à l'extrémité de la paillasse, à l'endroit où le vieux calendrier de Coop était accroché au-dessus d'un bouquet d'élastiques enfilés sur un clou.

Vite, elle trouva une station qui diffusait une pop entraînante et monta le volume. Anna leva la tête et dressa les oreilles avant de s'affaler de nouveau et de se rendormir.

— Désolée, Anna, mais j'ai besoin de sons, là, maintenant !

Elle avait besoin de sons pour remplir cette immense maison qui serait dorénavant son *chez-elle*. La couette et les oreillers furent étalés sur les dossiers des chaises de cuisine qu'elle tira le plus près possible du poêle à bois ; ainsi, tout serait sec et aéré quand elle irait se coucher. Il y avait des piles de draps et de housses propres dans une des armoires, là-haut, elle avait elle-même tout lavé, plié et rangé la dernière fois.

Elle vida l'eau chlorée et renouvela l'opération en ajoutant du Zalo[1] et un peu d'ammoniaque, cette fois, puis elle lava toutes les surfaces horizontales de la cuisine, en beuglant avec la musique. Encadrement de fenêtre, table, assise des chaises, paillasse, cuisinière – tout était enfin propre. Dans le premier sac de courses qu'elle déballa, elle trouva les bougies et le pack de bière.

— Oh, Anna, si tu savais comme j'ai attendu ce moment !

Mais la chienne ne daigna même pas ouvrir les yeux quand elle décrocha l'épais voilage de la fenêtre et le fourra dans le sac-poubelle ; elle retira même les supports qui retenaient la tringle. La fenêtre n'était plus un obstacle au monde extérieur, elle pouvait voir directement le thermomètre, dehors. Elle posa sur le rebord une assiette avec des bougies allumées, trinqua en regardant la fenêtre et vida goulûment sa canette.

Maintenant, il faut que je fasse une liste, pensa-t-elle, *et que je me réchauffe un plat préparé.*

Dans un tiroir de la cuisine, elle trouva un bloc-notes et des stylos-billes. Les deux premiers étaient secs et finirent directement à la poubelle, mais le troisième marchait.

Benne à ordures GRANDE
Commander parabole et Internet
Signaler déménagement aux autorités
Les silos : Entreprise de démolition ?
Passer l'aspirateur et laver !!!!!!
Jeter toute la nourriture lyophilisée
Changer les ampoules

1. Le produit ménager le plus utilisé en Norvège, l'équivalent d'Ajax.

Elle sortit dans la cour plongée dans l'obscurité, alluma une cigarette et observa la fenêtre de la cuisine. La musique lui parvenait à travers les murs, à travers la vitre. Les flammes des bougies vacillaient, vivantes sur le rebord de la fenêtre, jetant un faible reflet sur la terre noire de l'autre côté.

Vue d'ici, grâce à cette fenêtre, on aurait vraiment dit que la maison était habitée.

Elle fit d'abord passer deux litres d'eau dans la nouvelle cafetière électrique avant de les jeter dans l'évier, puis elle y mit un filtre et du café. Enfin, elle dégusta son grand mug de café corsé du matin, il était parfait. Elle envoya une pensée amicale à George Clooney.

Elle avait bien dormi, et plus longtemps que d'habitude. Le lit n'était pas spécialement bon, mais elle le connaissait, c'était le sien. Anna s'était couchée sur la couette au pied du lit. Torunn n'avait pas envie d'une chienne qui dormirait sur de la paille dans sa niche, elle voulait une camarade, il fallait créer des liens forts entre elles.

La veille, elle lui avait juste donné des croquettes dans une boîte en plastique, mais aujourd'hui, elle allait commencer le dressage. La chienne devait apprendre à apprendre, et aimer ça. Rester assise et attendre que la nourriture soit posée devant elle, ne pas commencer avant que Torunn lui ait dit : *Tu peux manger.*

Elle s'était douchée dans la baignoire bleu clair de l'étage après l'avoir soigneusement lavée et avoir nettoyé les murs couverts de Formica, les toilettes et le lavabo. À long terme, elle ferait installer des petites toilettes au rez-de-chaussée, le réduit des anciennes toilettes sèches de son père serait idéal.

Elle glissa les pieds dans une paire de bottes en caoutchouc restées dans l'entrée, celles qu'elle avait utilisées la dernière fois qu'elle habitait ici, sans doute une vieille paire d'Anna Neshov, et emporta le mug dehors sous l'appentis, attacha Anna à sa chaîne et s'alluma une cigarette. Les mégots de la veille traînaient par terre devant la fenêtre de la cuisine, ça n'était pas joli, elle ne voulait pas que ça reste ainsi. Elle posa sa cigarette en équilibre sur la balustrade et rentra chercher un pot de confiture vide dont elle remplit le fond d'eau. Elle ramassa les mégots et les jeta dans le pot en verre avant de reprendre sa cigarette.

Avec un long banc de chaque côté et un toit, cet appentis était l'endroit idéal pour s'asseoir avec une tasse de café et réfléchir au sens de la vie. Il pleuvait toujours, la ferme apparaissait grise et noire, ses murs de bois trempés, les silhouettes des anciens outils agricoles tout déglingués à force d'avoir servi se découpaient sous la rampe d'accès à la grange, de vieux pneus, une épave de remorque et un tas de ferraille impossible à identifier. Elle leva les yeux et vit les deux silos et le système de désilage qui les reliait.

La cour entre la maison, la grange, la porcherie et la remise n'était que de la terre sombre et mouillée avec quelques brins d'herbe desséchés ici et là ; l'arbre qui n'avait pas encore formé de bourgeons dressait son immense silhouette, toutes branches écarquillées, en noir et blanc. Plusieurs des carreaux brisés des petites fenêtres de la grange avaient été remplacés par du carton ou des planches en contreplaqué ; c'était déjà le cas quand elle était venue pour la première fois et que son père en avait la responsabilité, sans un sou de plus que la pension des parents, le moindre de ses actes soumis aux ordres d'Anna Neshov. Elle seule avait pris la décision de vendre les quotas laitiers, et décidé que Tor s'occuperait des porcs laissés en liberté ; oui, ses tentacules avaient même franchi le seuil de la porcherie.

Pour sûr, elle n'était pas pressée d'aller là-bas.

Au-delà des bâtiments s'étendaient ses terres, des sillons de glaise presque noire. Elle ne savait même plus à qui Margido les avait données en métayage, elle était juste contente de ne pas avoir eu à le faire. Le blé serait récolté, comme chaque année, et elle ne possédait ni la compétence ni les machines pour s'en charger.

De ce qu'elle voyait d'ici, les seules choses à ne pas mettre au rebut étaient la chaîne d'Anna et le verrou neuf que Margido avait posé sur la double porte, à l'extrémité gauche de la grange. Une rampe avait été installée devant, de sorte qu'avec l'aide d'un caddie, il pouvait transporter les cercueils jusque dans sa voiture sans trop d'efforts.

Elle rentra et se prépara une tartine de gouda pour manger avec son café, puis elle coupa une autre tranche de pain qu'elle émietta au-dessus de la mangeoire pour oiseaux. Le plateau était fixé à l'arbre dont le tronc s'écartait légèrement à un endroit, le protégeant ainsi de la pluie. Assise sur sa queue, Anna regardait autour d'elle, les oreilles dressées, et humait l'air. Les gouttes de pluie scintillaient dans sa fourrure d'un blanc immaculé.

— Nous ferons une balade plus tard, je dois d'abord m'occuper un peu de l'appentis pour qu'on y soit bien, puis je ferai une petite ronde.

Elle se souvenait qu'il y avait des plaids et des couvertures dans les armoires du salon avec la cheminée, la vaste pièce qui ne servait jamais, meublée d'une longue table et de chaises à haut dossier et assise de cuir.

Elle sortit deux gros plaids en laine d'une armoire, repensa au soir de Noël qu'ils avaient fêté ici, puis se hâta de quitter la pièce et de refermer la porte derrière elle. Une chose à la fois. Une pièce à la fois. Ne pas se contraindre à penser à tout en même temps.

Elle étala les plaids sur les bancs mais laissa le bois à nu au bout, pour y poser son mug de café et le cendrier. Puis elle sortit son portable et son iPad et tapa *benne ordures Trondheim.*

— J'ai besoin du plus grand container que vous ayez, pour dans quinze jours. Il est possible qu'il m'en faille un autre, je vous le dirai avant que vous ne veniez rechercher le premier.

Ils l'apporteraient dans l'après-midi et l'appelleraient cinq minutes avant d'arriver pour qu'elle puisse les diriger vers l'endroit où poser la benne.

Elle prit une grande gorgée de café tiède et alluma une nouvelle cigarette.

— Et voilà ! Ce n'était pas plus compliqué que ça, Anna. Ah ! Une énorme benne qu'on va remplir à ras bord. Merveilleux. Ça commence à bouger, ici.

Elle tapa *parabole* et *haut débit* et passa des coups de fil. En l'espace de quelques minutes, elle obtint un rendez-vous la semaine suivante pour l'installation. Au tour des silos, maintenant. *Les choses se règlent presque trop facilement*, pensa-t-elle. Bien sûr, c'était parce qu'elle n'avait pas à discuter, au téléphone, elle commandait, un point c'est tout.

Elle tapa *signaler déménagement*, mais décida d'attendre qu'Internet soit installé pour pouvoir utiliser son Mac portable, plus pratique que l'iPad.

Dans la foulée, elle envoya un SMS à Margido en commençant par *Salut mon oncle*, il fallait qu'il vienne faire un tour, ça lui ferait plaisir, elle lui préparerait du café avec des gaufres. *Et aucune obligation de boire.* Avec deux smileys à la fin.

Au moment d'appuyer sur *Envoyer*, elle se rendit compte qu'elle n'avait pas tous les ingrédients nécessaires pour la pâte à gaufres ; tant pis, elle irait le lendemain au magasin le plus proche. Elle ne pensait pas seulement à tenter d'éviter de tomber sur Kai Roger, une rencontre d'ailleurs peu probable si elle allait faire ses courses dans la matinée, lorsqu'il enseignait l'utilisation des trayeuses. Il pouvait d'ailleurs être chez lui pour garder un petit enfant, adorable et enrhumé, ou gigotant sur le siège à l'avant du caddie ; on ne pouvait jamais savoir.

Non, sa vraie raison d'éviter le magasin à proximité était les ragots. Tous finiraient par savoir qu'elle était revenue à la ferme, il suffirait qu'une seule personne la voie, celle de la caisse, par exemple, qui servait de centre d'information pour tout le village, en bien comme en mal. Elle aurait tant aimé rester dans sa bulle, loin des commérages. Vivre en ermite le plus longtemps possible. La réponse de Margido ne se fit pas attendre :

Ai deux grands enterrements aujourd'hui et demain, mais viendrai volontiers samedi. C'est gentil. Je conduis, alors les gaufres et le CAFÉ *c'est parfait. Espère que tout va bien pour toi.*

Pas de smiley en retour, mais il avait saisi l'humour, ce n'était pas mal pour un rectangle gris.

Elle tapa sur Google le prochain point de sa liste : *entreprise de démolition Trondheim*.

Cela se révéla plus compliqué que prévu. Elle appela l'entreprise qui apparut la première sur le moteur de recherche mais fut renvoyée vers d'autres. C'était un *gros* travail, lui dit-on, elle devait demander l'autorisation à la commune, on ne pouvait pas démolir comme ça, surtout si les silos étaient vieux, elle devait par ailleurs avoir un plan de respect de l'environnement, il fallait trier les déchets et évacuer le béton armé. Quand elle trouva enfin une entreprise qui accepta de se déplacer pour inspecter les lieux, et qu'elle eut donné à peu près la hauteur et le diamètre des silos, comme ça, à vue d'œil, l'homme au téléphone la prévint que le travail coûterait au moins 200 000 couronnes.

— Ah, tant que ça ? J'aimerais quand même que vous veniez voir par vous-même. Le plus tôt possible.

Ils pourraient venir voir pendant le week-end, mais ne pourraient pas débuter les travaux avant deux ou trois semaines, au plus tôt.

Elle raccrocha et scruta les silos.

Cela viderait son compte des bénéfices de la récolte. Quelle ironie du destin… Elle n'avait pas la moindre envie de demander l'autorisation de la commune, cette guerre serait pour plus tard, s'il le fallait, mais ces silos étaient à elle, et elle refusait de les garder.

Maintenant, elle allait s'attaquer aux fenêtres. La lumière du jour avait révélé leur état de saleté incroyable.

Elle avait du mal à comprendre d'où cela venait. Il n'y avait aucune circulation dans les parages, et quatre années – fussent-elles de pluie – ne pouvaient être rendues responsables de cette saleté. Ses fenêtres à Stovner et chez Christer à Maridalen avaient fini par devenir grises à l'extérieur, avec la pluie, et ternes à l'intérieur à cause des émanations de la cuisine et de la fumée des bougies, mais cela n'avait rien à voir. Ici, les plus sales étaient celles qui affrontaient de plein fouet le mauvais temps, avec vue sur le fjord. Instinctivement, Torunn ouvrit une des fenêtres du petit salon et passa le doigt sur l'encadrement de la fenêtre, à l'extérieur, avant de se le fourrer dans la bouche.

Cela avait un goût intense de sel.

De sel… ?

Elle qui avait toujours habité l'intérieur des terres ou la ville comprit aussitôt que c'était à cause du fjord, des tempêtes d'hiver, du vent et de la pluie qui avaient fouetté l'eau salée sur les terres le long de la rive et, plus haut, jusqu'aux champs et aux maisons du Byneslandet.

Cela ne servait à rien de passer l'aspirateur et de laver à l'intérieur si les fenêtres n'étaient pas propres. Des fenêtres étincelantes étaient l'alpha et l'oméga de la sensation de propreté qui se dégageait d'une pièce où le ménage avait été fait à fond, elle tenait ça de sa mère. Elle s'assit sur le rebord de la fenêtre ouverte, le goût de sel dans la bouche, sortit son portable de sa poche de pantalon et appela sa mère.

— C'est moi.

Torunn devait se détendre, elle aurait son déménagement, sa mère ne le lui avait-elle pas promis ? Et Torunn ne devait pas penser à sa mère, elle avait à présent toute une ferme sur les bras…

— C'est vrai. Je vais laver les fenêtres, d'ailleurs. Elles sont poisseuses et presque *jaunes* à cause de l'eau de mer, ça vient du fjord, quand il y a des tempêtes. Il paraît qu'il y a même eu un ouragan, ici, mais rien n'a été détruit, autant que je puisse en juger. Faut dire que vu l'état de délabrement où c'était… Ça tient tout juste debout.

Si Torunn le disait.

— Je sais que tu… Je crois que tu mélanges un peu deux choses. Ta haine envers mon père et ma présence ici maintenant. Mais *je* suis ici, c'est aussi simple que ça, il faut que tu l'acceptes.

Sa mère n'avait aucune idée du rôle qu'elle aurait pu jouer pour elle. Elle était désolée, mais c'était comme ça. Torunn avait vécu avec un crétin à Maridalen pendant presque quatre ans, pas une seule fois elle n'avait été invitée là-bas, Torunn n'avait pas voulu, sa mère n'avait pas eu besoin qu'on lui fasse un dessin, elle n'avait pas rencontré ce type une seule fois, est-ce que Torunn avait réfléchi une seconde au fait que sa mère n'avait jamais vu l'homme avec qui vivait sa fille unique ? C'est pourquoi elle avait été si contente d'entendre la voix de Torunn au bout du fil qui lui demandait de lui rendre ses affaires, il était évident que cette relation n'était pas bonne pour elle. Mais voilà qu'elle avait choisi la peste au lieu du choléra, pour ainsi dire, sa mère avait eu envie de vomir quand Torunn lui avait annoncé qu'elle reprenait la ferme, elle avait pourtant vu l'état d'épuisement dans lequel Torunn était lorsqu'elle était montée la voir à Trondheim, au restaurant *Palmen* cette fois-là, elle lui avait réservé une chambre au *Britannia Hotel* pour qu'elle puisse se détendre et elles auraient pu dîner ensuite et passer un bon moment ensemble, mais Torunn avait voulu retourner le plus vite possible à la ferme parce qu'il fallait qu'elle s'occupe des porcs.

— Oui, je m'en souviens.

Ne comprenait-elle pas que sa mère se faisait du mauvais sang pour elle ?

— Tu ne m'as pas dit ça, hier. Tu m'as plutôt reproché de gâcher ta bonne humeur alors que tu vas faire une croisière avec Morten.

Avec Frode.

— Peu importe. Je n'ai jamais compté pour toi. Mais maintenant, c'est fini.

Torunn était quand même sa fille !

— Ta fille est une sorte de *servante*, ou quoi ? Quelqu'un qui doit toujours être disponible ?

Torunn, chère Torunn, commença sa mère. Torunn avait quarante ans. Elle était célibataire, n'avait aucune formation, aucun travail. Et à propos de ses quarante ans, sa mère avait voulu fêter son anniversaire à *The Thief*, elle avait invité Torunn et le type avec qui elle vivait à un bon repas, ainsi que son amie de Stovner, celle qui cousait et tricotait, c'était pas Margrete qu'elle s'appelait ?, et Torunn avait répondu qu'elle n'avait pas le temps. Elle n'avait pas pris la main tendue de sa mère. Comme toujours.

— Nous sommes si radicalement différentes, toutes les deux.

Elle ressemblait davantage à son père, c'est ça que Torunn voulait dire ? Il fallait croire que oui, puisqu'elle avait l'intention de devenir maintenant agricultrice !

— Je ne vais pas devenir agricultrice, j'ai seulement repris la ferme.

Seulement ? C'était la phrase la plus stupide que sa mère eût entendue.

— La ferme m'appartient, et maintenant, j'y suis. Je suis en train de laver les fenêtres et je pensais à ce que tu as toujours dit : si les fenêtres ne sont pas propres, ça ne sert à rien d'avoir passé l'aspirateur et fait le ménage à l'intérieur. Et les fenêtres ici sont toutes recouvertes du sel venant du fjord. C'est pour ça que j'appelle.

Ah oui, la mère se souvenait de son enfance plus au nord. Elle reconnaissait bien là les fenêtres de la côte ouest ! Torunn devait commencer par de l'eau pure et un chiffon pour rincer la vitre, il ne fallait surtout pas lésiner sur l'eau. Ensuite, elle devait utiliser une raclette… est-ce qu'elle avait une raclette ?

Sa mère avait de nouveau une voix toute gaie. Mon Dieu, il lui en fallait donc si *peu*… ?

— Oui, j'en ai une. Je crois.

Et de l'eau vinaigrée. Sa mère ne croyait pas trop à cette histoire de papier journal, Torunn devait seulement utiliser de l'eau vinaigrée et une raclette, et des chiffons propres pour essuyer les coins et les bords après avoir passé la raclette.

— Bon, je vais faire comme ça. Merci pour le conseil. Il faut que j'y aille, maintenant, j'ai aussi une chienne, elle est en train de creuser un gros trou dans la terre.

Sa mère tenait à elle. Torunn ne devait jamais l'oublier. C'était pour ça qu'elle s'inquiétait autant des orientations étranges que sa fille prenait. Bonne chance pour les fenêtres, alors. Elles seraient certainement impeccables !

Au lieu de sortir seau, raclette et vinaigre, elle s'assit à la table en Formica de la cuisine avec un rouleau de scotch trouvé dans un tiroir. Elle arracha une page du bloc-notes et y écrivit au stylo-bille son nom en lettres capitales, en repassant plusieurs fois pour que les lettres soient plus épaisses et plus lisibles. Ensuite, elle recouvrit entièrement le papier de bandes de scotch pour qu'il supporte l'humidité, le mit dans sa poche avec le rouleau de ruban adhésif et sortit. Elle détacha Anna de sa chaîne, lui mit la laisse rétractable et descendit l'allée d'érables jusqu'à la boîte aux lettres.

Elle était remplie à ras bord de publicités, sans la moindre lettre adressée à quiconque.

Elle colla l'étiquette portant son nom au-dessus du couvercle et fourra toutes les réclames dans ses poches.

— Et voilà. Nous sommes drôlement efficaces, Anna. Et ça, ce n'était même pas sur ma liste.

Quant à la plaque en laiton avec son nom que Gunnar lui avait donnée quand elle avait acheté l'appartement de Stovner, elle avait l'intention de l'accrocher près de la porte d'entrée, sous l'appentis.

Elle remonta lentement l'allée et regarda les bâtiments. L'état de délabrement était beaucoup moins visible de loin.

C'est la première fois que j'arrive à la ferme à pied, pensa-t-elle, *ma ferme, c'est ma première journée entière ici, et je viens même de signaler où commence ma propriété.*

La benne venait d'être livrée, on aurait dit une petite maison à droite de l'arbre dans la cour. Elle avait ajouté un point à sa liste : *Paver la cour ? Ardoise ou autre chose ?*

La pluie provoquait une telle gadoue qu'il fallait passer les pattes d'Anna à l'eau avant de la laisser entrer, une serpillière n'était pas suffisante, et elle-même devait ôter ses bottes en caoutchouc chaque fois qu'elle repassait par la maison. Torunn alla chercher le tuyau d'arrosage près du mur de la grange et ouvrit le robinet. L'eau jaillit par à-coups avec des bruits d'explosion, comme le robinet au-dessus de l'évier ; le tuyau se tordit dans ses mains, pris de convulsions, puis l'embout se détacha et projeta de l'eau dans toutes les directions, lui mouillant les bras, le visage et les cheveux.

Elle parvint à enlever complètement l'embout et le jet se calma tout de suite, la pression disparut aussi. Le débit était faible, mais ça irait. Près de la rampe d'accès à la grange, elle trouva une vieille palette qu'elle traîna jusqu'au tuyau d'arrosage. Anna pourrait se tenir dessus pendant qu'elle la laverait, sans contact avec la terre sale. Ensuite, elle n'aurait plus qu'à la porter jusque sous l'appentis et l'essuyer là-bas.

Toutes les fenêtres du rez-de-chaussée étaient à présent étincelantes. Il lui avait fallu plusieurs heures, parce qu'elle avait aussi ouvert les fenêtres intérieures et lavé tous les croisillons, même s'il pleuvait. Quelques gouttes de pluie qui ruisselaient le long des vitres, c'était trois fois rien.

Elle avait pu laver certaines fenêtres debout, à l'extérieur, mais elle lava la plupart de l'intérieur en grimpant sur le rebord et en se tenant à l'encadrement. Ce labeur la laissa en sueur. Elle téléphona à Margrete mais tomba directement sur le répondeur. Peu importe, elle savait d'avance ce que son amie lui aurait dit en apprenant le travail qu'elle avait abattu dans la journée.

Tu n'as pas besoin de tout faire à la fois, Torunn, qu'est-ce qui presse tant, tu viens d'arriver et tu as tout ton temps.

Margrete aurait raison, bien sûr. Presque quatre ans durant, elle avait vécu avec Christer en s'occupant à son rythme du ménage, des chiens et de leur entraînement, et voilà que soudain, elle voulait tout régler en un tour de main.

Il faut que tu te calmes, Torunn. Il faut que tu descendes de ton petit nuage ! Laisse-toi un peu de temps.

Merci, Margrete, pensa-t-elle. *Je te connais si bien que tu n'as même plus besoin de répondre au téléphone pour me donner de bons conseils...*

La nuit tomberait bientôt ; elle décida d'écouter le conseil de Margrete et de lever le pied pour le restant de la journée. La benne était là, elle avait nettoyé les fenêtres, elle avait la télévision et Internet, les démolisseurs des silos passeraient dans peu de temps, la boîte aux lettres était à son nom et Anna avait son endroit à elle dehors pour être lavée. Elle mit son iPad à recharger sur une prise de la cuisine, prit les clés de la voiture et une doudoune sèche, et installa la chienne sur le sol, côté passager.

Elle n'était allée voir le fjord qu'une fois, jusqu'ici. Il suffisait de descendre tout droit. C'était le jour où l'architecte cinglé était venu inspecter les silos, le type plein aux as, mondialement célèbre, qui avait l'air d'un vagabond et avait provoqué la dispute entre Erlend et Krumme. Le grand-père aussi les avait accompagnés au fjord, il avait pataugé dans l'eau en s'appuyant sur les « Danoises ». C'était un bon souvenir, un jour complètement fou, son grand-père les pieds dans l'eau et Erlend qui brandissait une bouteille de champagne en sautant d'un rocher à l'autre.

On aurait dit un vieux rêve.

Mais Anna ne pouvait pas courir le long du rivage, il y avait trop de pierres, avec juste une bande de sable au fond de l'eau, au-delà des rochers. Peu avant, elle avait vu des pancartes indiquant Øysand avec un pictogramme de baignade, et elle voulait explorer ce coin-là.

Torunn tomba sur une longue plage de sable, largement découverte à marée basse ; la ceinture d'algues, à la lisière du ressac, était à peine caressée par de faibles vagues. Sur le terrain où elle se gara, des caravanes fermées pour l'hiver attendaient en rangs d'oignons, sans marches sous les portes, ni grandes tentes à l'avant et chaises de camping. Elles semblaient avoir replié leurs ailes et s'être serrées les unes contre les autres en attendant le retour des beaux jours. Il n'y avait pas un chat, par cette soirée pluvieuse de mars, Torunn pouvait laisser Anna gambader en liberté.

La chienne se mit à courir dans tous les sens, dans une explosion d'énergie qui faisait plaisir à voir. Torunn ne put s'empêcher d'éclater de rire. Difficile de croire que le même animal était resté sagement sur le sol de la voiture, sans sauter sur le siège ni haleter en tournant sur elle-même comme un lion en cage. Son énergie avait toujours été là, mais retenue, sous contrôle. Cette chienne devait vraiment être intelligente pour adapter ainsi son comportement à la situation. Torunn ne s'était pas trompée en la choisissant. En la *volant*. Est-ce que Christer lui ferait signe quand il rentrerait, quand il trouverait le petit mot d'adieu griffonné, posé à côté du lutin poussiéreux ? Iris emménagerait sans doute chez lui et pourrait enfin avoir sa cheminée à elle, quitter le domicile familial et sa chambre de petite fille pour traîner chez un musher plutôt séduisant, qui gagnait des fortunes en travaillant comme trader pendant la nuit. Grand bien lui fasse ! Si Iris était maligne, elle tomberait vite enceinte ; un enfant était le désir le plus cher de Christer, bien plus fort que ses envies de baiser, quand ça le prenait.

Elle viendrait souvent par ici, dans ce paysage ouvert où l'on pouvait marcher à grands pas, respirer, réfléchir et laisser courir la chienne. Jusqu'à l'été, où le lieu deviendrait une destination touristique. Pourvu qu'il fasse mauvais temps et que les gens restent chez eux !

Anna gambada vers elle avec sa petite gueule d'oursonne, haletante, les yeux brillants de joie, elle courut jusque dans ses bras et… quelque chose se déchira en

Torunn. Avec la même violence que lorsque Margrete lui avait donné la couverture Missoni. Les sanglots la submergèrent, remontant de son bas-ventre en fortes secousses qui lui coupèrent presque le souffle. La chienne repartit vite, elle avait dû remarquer quelques débris intéressants déposés par le vent sur le sable, se dit Torunn, accroupie à sangloter et à se balancer d'avant en arrière tout en effleurant le sable du bout des doigts. Elle était si seule, si seule au monde, comment en était-elle arrivée là ? Pourquoi finissait-elle toujours par repousser tout le monde ? Elle avait repoussé Christer, tout n'était pas uniquement de sa faute à lui, elle ne lui avait même pas annoncé qu'elle était enceinte, elle avait perdu l'enfant qu'elle portait sans le lui dire, sans partager cela avec lui. Ses larmes se transformèrent en cris, il n'y avait personne ici pour l'entendre.

Elle n'avait rien dans ses poches pour se moucher et se servit de ses doigts, puis elle se releva et descendit sur la rive, se rinça les mains dans l'eau salée, se moucha de nouveau, se frotta les yeux, sentit l'eau froide hivernale contre ses mains et son visage l'apaiser. Elle se passa l'eau du Korsfjord sur tout le visage, c'était bon d'avoir pleuré tout son saoul. *Pourquoi est-ce si terrible d'être seule ? N'est-ce pas tout aussi bien, au fond ?* pensa-t-elle. Fini les châteaux en Espagne, elle allait se contenter de ce qu'elle avait et ne plus laisser sa mère présenter sa vie comme un échec…

En rentrant à la ferme, elle sentit les pneus d'hiver patiner un peu sur l'eau verglacée dans la cour : après un long hiver sec, l'eau de pluie stagnait sur une sorte de permafrost. Elle se gara parallèlement à la benne. Anna était assise sur le sol, à l'avant, la fourrure pleine de sable mouillé. Il faudrait qu'elle la passe de nouveau au jet, sur la palette.

Une fois dans la cuisine, elle alluma la radio et disposa de nouvelles bougies devant la fenêtre et sur la table en Formica avant de mélanger un bon morceau de pâté de foie à un peu d'eau bouillante. Elle l'avait fait bouillir, pas question qu'Anna boive de l'eau chaude restée dans les canalisations pendant quatre ans, même si elle pensait avoir maintenant vidé les réserves du ballon d'eau chaude, avec tous les seaux dont elle avait eu besoin pour laver les fenêtres. Elle versa le pâté de foie liquéfié sur les croquettes, sous le regard très intéressé d'Anna.

— Assis.

La chienne s'assit.

— Reste.

Elle posa la boîte en plastique sur le sol, sous l'évier, et Anna se jeta dessus. Torunn souleva aussitôt la boîte et ramena la chienne à l'endroit initial.

— Reste. Reste !

Elle posa de nouveau la boîte. Anna se mit debout mais n'avança pas, les yeux fixés sur sa maîtresse.

— Assis. Assis !

La chienne se précipita. Torunn reprit la boîte et fit revenir l'animal à sa place.

— Assis !

La boîte de nouveau sur le sol.

— Reste !

Le regard d'Anna se déplaça de Torunn à la nourriture, ses yeux allaient de l'un à l'autre comme ceux d'un arbitre pendant un match de tennis de table. Torunn dut se pincer les lèvres pour ne pas éclater de rire, cela aurait tout gâché.

— Reste ! répéta-t-elle, et elle attendit quelques secondes. Vas-y !

La chienne ne bougea pas.

— Vas-y ! Viens, viens !

Enfin, Anna comprit le jeu, courut, plongea la gueule dans les croquettes à l'odeur de pâté de foie et dévora en reniflant bruyamment.

Torunn se prépara un café et une tartine avec du fromage et du salami, puis elle regarda les infos sur son iPad.

Elle fumait une cigarette sous l'appentis quand Margrete l'appela.

— Oui, je t'ai appelée, j'étais un peu surexcitée, mais ça va mieux.

Elle lui raconta tout ce qu'elle avait fait au cours de sa première journée.

Torunn devait redescendre de son petit nuage, dit Margrete, elle devait se calmer et ne pas se noyer dans mille tâches à la fois. Elle devait tout simplement...

— Je sais, c'est bon. Maintenant, je vais juste ranger un peu, puis me coucher tôt et regarder Netflix au lit.

N'y avait-il pas de canapé dans sa ferme ?

— Il est bon à jeter. En plus, il est dans le salon. Je ne me suis pas encore occupé de cette pièce.

Comment ça ?

— Jusqu'ici, je m'en suis tenue à la cuisine, la chambre à coucher et la salle de bains. Et la cour. Ça fait un peu trop de choses à la fois. Il y a tant de souvenirs, je n'ai même pas allumé le plafonnier du salon de télévision, je n'ai fait qu'y passer pour prendre quelque chose dans l'autre pièce, celle avec la cheminée. Je n'ai pas non plus mis les pieds dans le vieux bureau de mon père. C'est une maison immense, Margrete.

Ça, elle l'avait compris.

— Et tant de souvenirs remontent à la surface. Pas à l'étage, celui des chambres à coucher, elles ne me font aucun effet, mais ce qui est en bas.

Les chambres à coucher ? Il y en avait tant que ça ?

— Huit en tout, quatre de chaque côté du couloir, avec la salle de bains au fond.

Était-ce possible ? Mon Dieu ! Margrete riait tout haut. Huit chambres à coucher ? Torunn la faisait marcher ou quoi ?

— Non, je t'assure.

Torunn pourrait louer des studios et gagner beaucoup d'argent.

— Ah non, c'est trop loin de tout. Ce n'est même pas desservi par le bus, laisse tomber.

Avait-elle appelé sa mère ?

— Oui.

Et comment avait-elle réagi ?

— Elle a été ravie de me faire parvenir bientôt toutes mes affaires, mais moins ravie d'apprendre la destination. J'ai apparemment gâché sa bonne humeur avec ce *détail*.

Pas étonnant. Torunn aurait quand même dû s'en douter. Voir son unique enfant déménager à cinq cents kilomètres…

— Je crois entendre ma mère. Son *enfant* ? Tu trouves le terme approprié ?

Sa fille, si elle préférait. Torunn voyait ce qu'elle voulait dire, non ? Il suffisait d'y réfléchir deux secondes.

Torunn inspira profondément et expira peu à peu, en repensant à sa crise de larmes sur la plage.

Allô, elle était toujours là ?

— Oui, je suis là. Je réfléchissais, c'est tout. Je crois que je vais lui demander un peu plus de conseils pour des choses pratiques, comment faire une sauce béchamel, par exemple, je vais jouer un peu les idiots. Elle se sentira valorisée, comme mère plus intelligente, avec le sentiment de m'aider et de me soutenir. C'est un bon début. Une façon de lui tendre la main.

Margrete trouva que c'était un bon plan, ça l'étonnait même que Torunn en ait eu l'idée, vu qu'elle tenait à tout faire seule. Absolument tout. Quand elle avait terminé la couverture pour l'offrir à Torunn, elle avait eu peur, oui, peur que Torunn se mette en colère. Est-ce que Torunn le savait ?

— En colère ? Tu plaisantes.

Non, elle ne plaisantait pas. Elle avait réellement eu peur que Torunn se fâche pour de bon, parce qu'elle aimait terminer ce qu'elle avait commencé. Seule. Et qu'elle n'accepte pas le travail que Margrete avait fait à sa place, comme un cadeau. Torunn avait en effet un peu de mal à accepter les cadeaux.

Elle alluma le poêle. La chienne s'était endormie dans un coin, sur sa combinaison de ski. Dans un des placards aménagés sous l'escalier de l'entrée, elle trouva des ampoules. Ça, au moins, ça ne risquait pas d'être périmé. Pour atteindre la lanterne sous l'appentis, elle avait besoin d'une échelle ou d'un escabeau, alors ce serait pour une autre fois. En revanche, elle monta sur une chaise de cuisine pour changer l'ampoule du plafonnier du couloir, en haut. La nouvelle ampoule éclaira les anciens draps qu'elle avait jetés par terre, elle les ramassa donc et les redescendit, ainsi que la chaise.

En allant à la cave, elle se rappela soudain les deux grands congélateurs. Mon Dieu ! Et s'ils contenaient encore de la nourriture datant d'Anna Neshov ? Elle fut très soulagée de découvrir qu'ils étaient ouverts et débranchés. Elle jeta un rapide coup d'œil à l'intérieur ; tous deux étaient vides, hormis des élastiques et des étiquettes dont l'humidité d'autrefois avait rendu les inscriptions manuscrites presque illisibles. Ils avaient été vidés, mais pas lavés. Il y avait un siphon au sol, Margido avait dû les renverser pour que l'eau s'en écoule une fois les appareils dégivrés.

Elle chargea le lave-linge avec la literie sale et les serviettes utilisées pour les vitres, versa de la lessive en poudre et lança la machine. Ici aussi, les canalisations protestèrent un peu avant que le cycle de lavage produise un bruit plus régulier.

Elle observa un moment les tissus en coton tournoyer dans l'eau et la mousse derrière le verre épais, et la fatigue la submergea. Après avoir pleuré comme une âme en peine, elle avait fait un jogging sur la plage, deux allers et retours, jusqu'à ne plus sentir ses muscles et avoir les poumons en feu.

Il ne lui restait plus qu'une chose à faire avant de se brancher sur son iPad : noter *sèche-linge* sur sa liste.

Elle acheta tous les ingrédients nécessaires pour préparer la pâte à gaufres ainsi que deux rouleaux de sacs-poubelles, des ampoules, de la confiture, encore du gouda, de la bière, de la limonade, un flacon de Zalo, une brosse pour la vaisselle, un os en caoutchouc pour Anna, des bouteilles de Solo, du Kvikk Lunsj et des pastilles mentholées pour son grand-père. Elle ne vit aucun Kai Roger entre les rayons, et la caissière ne la connaissait pas. Elle s'apprêtait à poser les marchandises sur la bande roulante quand sa mère appela pour la prévenir que son déménagement arriverait le mardi.

— Mardi, déjà ? Formidable, merci beaucoup.

On était vendredi et Margido venait le lendemain ; il pourrait l'aider avec le canapé. Ainsi, les déménageurs pourraient tout déposer dans le salon de télévision, sauf le lit qu'il faudrait monter à l'étage. Le mardi matin, elle caserait l'ancien lit dans une des autres chambres à coucher. Ce serait un luxe indicible de pouvoir enfin dormir sur son bon vieux matelas Ikea avec son gros surmatelas. Ça aussi, ça lui avait manqué quand elle vivait chez Christer. Il mesurait 1,40 mètre de large et avait adopté avec le temps un creux très étudié au niveau des fesses. Ce serait comme retrouver un meilleur ami perdu de vue depuis trop longtemps.

Sa mère dit avoir aussi pris le temps de réfléchir, bien sûr qu'elle rendrait visite à sa fille, cela allait de soi. C'est juste qu'elle avait été un peu... secouée sur le moment.

— Tant mieux. Tu m'aideras à laver les carreaux du premier étage ! Ha ha ! Non, tu échapperas à cette corvée. Tu auras ta chambre à toi, ce n'est pas ça qui manque ici. Je passe mon temps à faire le ménage, alors ce sera propre et agréable. Encore que « agréable » ne soit pas vraiment le terme. Tu n'as pas idée à quel point tout est vieux et usé, mais je lave tout ce que je peux.

Torunn était drôlement courageuse. Mais sa mère ne débarquerait pas tout de suite, elle avait le temps de voir venir.

— Tu seras la bienvenue. Je me réjouis.

Vraiment... ?

— Oui, évidemment.

Elle pensait ce qu'elle disait. Sa mère l'avait qualifiée de « courageuse ».

À l'accueil de la maison de retraite, elle demanda à une des aides-soignantes, qui poussait sur une chaise roulante une vieille dame emmitouflée dans un bonnet, une écharpe et un plaid, prête pour un petit tour dehors, si on avait vraiment le droit d'entrer avec un chien.

— Oh qu'il est mignon ! Oui, vous pouvez entrer avec lui. Les pensionnaires adorent que les gens viennent en visite avec des animaux, beaucoup d'entre eux avaient des fermes, vous savez, et le contact avec les bêtes leur manque beaucoup.

— Vous ne craignez pas les allergies ou ce genre de choses ?

— Pas le moins du monde. Ce sont des personnes âgées, voyons ! Elles ne sont allergiques à *rien*. C'est un truc nouveau, ça, que les gens soient devenus allergiques à toutes sortes de choses : nourriture, animaux, pollen et je ne sais quoi encore. Sur ce plan, nos pensionnaires sont bien plus résistants !

Son grand-père était dans sa chambre dans sa posture habituelle, le plaid et un livre sur les genoux, un mug de café sur la table. Son dentier du haut était posé près de sa tasse. Quand il aperçut la chienne, il se hâta de le remettre en jetant presque le livre, un geste très désinvolte et inattendu de sa part. Il tendit les deux mains vers elle, et Anna vint à sa rencontre.

— Va lui chercher du gâteau. Il faut qu'elle mange quelque chose.

— Alors tiens la laisse entretemps, dit Torunn en posant le sac de courses par terre.

Anna fourra aussitôt son nez dedans.

— Tu as acheté du Kvikk Lunsj ? On n'a qu'à lui en donner un morceau.

— Non, le chocolat, c'est mauvais pour les chiens. Je vais plutôt lui chercher du gâteau.

Le visage de son grand-père s'illumina quand il donna à la chienne un peu de quatre-quarts ; on aurait dit un petit garçon. Torunn eut l'impression de voir l'enfant qu'il avait été.

— Très jolie chienne, dit-il.

— Anna.

— Oui, c'est ça. Quand je pense que tu… enfin, bon.

316

— Elle doit se retourner dans sa tombe, maintenant.

— Oh, je préfère ne pas... Il ne faut pas que tu... enfin, bon. Oui, elle doit le faire, c'est sûr. Voir que c'est la fille de Tor qui va tout changer à la ferme, ça ne doit pas lui plaire.

Il lui adressa un très bref regard en coin avant d'enfoncer ses mains usées dans la fourrure blanche du chiot. Anna se laissa faire ; une de ses pattes arrière se mit à gratter en l'air quand il la caressa sous son collier.

— Elle n'aime pas tellement son collier, dit Torunn, mais je le lui enlève quand elle est à l'intérieur.

— Elle dort où ?

— Par terre, sur ma combinaison de ski. Qui ne me servira plus, je crois : c'est devenu la sienne, alors je me vois mal la remettre.

— Il faut que ce soit confortable pour elle.

— Je te garantis que ça l'est. Tiens, voilà du Solo, du chocolat et tes pastilles mentholées.

— Merci beaucoup, Torunn.

Il ne jeta même pas un coup d'œil à ce qu'elle avait acheté, tant il était absorbé par la chienne.

Elle ferma la porte pour qu'Anna puisse se promener librement. La chienne renifla le sol et lécha la moindre miette de gâteau.

— Margido vient demain prendre le café avec des gaufres, ça te dirait de venir aussi ?

Auquel cas elle devrait repasser au magasin acheter du sucre en morceaux.

— Non.

— Tu n'as pas envie ?

— Non. Je ne veux pas aller là-bas.

Au fond, elle s'était attendue à cette réponse.

— Mais quand j'aurai installé toutes mes affaires, ce sera...

— Non. Je ne veux pas aller là-bas. Plus jamais, insista-t-il.

— Je comprends. Je n'insiste pas. Il y a du soleil, aujourd'hui, on pourrait faire un petit tour en voiture ?

— Pas aujourd'hui, je veux lire. Ils sont vraiment bien, les livres que tu m'as achetés... Ça lui fait quel âge ?

— Quatre mois.

— Seulement ? Alors ce sera une grosse bête.

— C'est une chienne, donc elle ne deviendra pas si grosse que ça.

— Elle est dehors, dans la journée ?

— Oui, attachée par une chaîne à l'arbre de la cour, et elle suit tout ce qui se passe.

— Une chaîne ? Est-ce que ce n'est pas trop lourd pour son cou ?

— Mais non, c'est une chaîne toute fine qui pèse trois fois rien ; elle ne peut pas mordre dedans, c'est ça qui compte. Si on laisse un husky en liberté dans les fermes de Byneset, ça risque de faire des histoires.

— Faire des histoires, ça oui ! dit-il avec l'œil vif d'un jeune homme, dans un éclat de rire qui fit cliqueter son dentier.

Cette ferme était beaucoup plus chargée de mauvais souvenirs pour lui que pour elle, qui n'y était restée que six mois, sans s'y plaire.

— Bon, je dois y aller, j'ai plein de travail qui m'attend. J'espère qu'avec le soleil, la cour aura eu le temps de sécher un peu, ça rendrait les choses bien plus faciles.

— Emmène aussi la chienne la prochaine fois. Anna.

— Bien sûr. Elle sera une habituée, maintenant.

Il hocha plusieurs fois la tête en souriant à la chienne.

— Une habituée, oui, dit-il, ça c'est bien.

*

Elle laissa les sacs de courses dans l'entrée, où il faisait frais, pendant qu'elle vidait les placards de la cuisine et jetait tout leur contenu dans un sac-poubelle. Elle ne garda que le sel et le sucre, même pas le poivre ni les sachets de soupe, la farine, les paquets de biscuits et de pain azyme et les cubes de bouillon. Elle n'eut pas trop de ses deux mains pour tout faire glisser dans le sac-poubelle. Puis elle repêcha les paquets de biscuits et de pain azyme. Une fois émiettés, ils serviraient de nourriture aux oiseaux. Elle alla dehors balancer le sac dans la benne, où il atterrit avec un bruit sourd.

Assise sur sa queue, Anna suivait avec attention chacun de ses gestes.

— C'est vrai, j'avais oublié. Je t'ai acheté un os en caoutchouc. Et les oiseaux vont avoir droit à un peu de pain périmé.

La terre étant assez sèche, elle put se servir des vieux sabots de son père, c'était plus facile que de mettre et d'ôter sans arrêt les bottes. Anna se jeta sur l'os et les oiseaux fondirent sur la mangeoire avant même qu'elle eût terminé d'émietter le pain.

Elle remplit une bassine d'eau et de savon noir, y ajouta un peu d'ammoniaque, lava à fond l'intérieur des placards, et les laissa ouverts le temps de passer un coup d'éponge sur les portes de la cuisine et du salon. Elle alla chercher le linge propre et étendit le drap et la housse de couette sur les portes, puis les taies d'oreiller sur les dossiers des chaises de cuisine.

Elle se rendit ensuite dans le salon de télévision pour inspecter la pièce. Qu'allait-elle garder, à part l'appareil qui donnait son nom à la pièce ?

Inutile de jeter la vieille table basse en teck, pas plus que les étagères aux murs, vides de tout livre, qui ne supportaient que quelques vieux bibelots. Ces objets partiraient à la poubelle, mais les étagères étaient correctes. Il fallait lessiver toute la pièce, tout le rez-de-chaussée, *toute la maison*, en fait. Torunn avait besoin d'une nouvelle cuisine avec de bons éviers, d'une nouvelle cuisinière avec hotte aspirante et d'un lave-vaisselle. Elle avait besoin d'une nouvelle salle de bains et de toilettes supplémentaires en bas, et il faudrait aussi contrôler la charpente et le toit pour prévenir toute fuite éventuelle. Elle n'avait encore jamais mis les pieds au grenier, mais une chose à la fois, ne pas s'affoler, mettre ses affaires en place. Pourtant, elle sentit souffler un vent de panique. Tout cela lui paraissait insurmontable. Puis elle se souvint qu'elle avait les moyens de payer des gens pour tout faire, absolument tout. Quant à la façade, il faudrait sans doute la remplacer, un coup de peinture ne serait pas suffisant. Et qu'en était-il des fenêtres ? Laissaient-elles passer les courants d'air ? Supportaient-elles des températures en dessous de zéro ?

Elle continua son tour d'inspection en pénétrant dans l'ancien bureau de son père, à côté du salon avec la cheminée. Ses yeux tombèrent aussitôt sur de vieux cartons de bananes pleins de paperasse. Elle les avait elle-même remplis de documents comptables et de tout ce qui concernait la ferme, les circulaires de l'agence sanitaire de l'alimentation et de l'Association des éleveurs de porcs norvégiens, les réglementations en matière d'hygiène, et une multitude de choses dont elle ignorait tout, si ce n'est que cette paperasse avait eu raison de la bonne volonté de son père à diriger la ferme. Elle se revit en pleine vague de chaleur, remplir ces cartons avant de foutre le camp, et se souvint d'avoir eu la sensation qu'elle n'en verrait jamais la fin. Et sa culpabilité vis-à-vis de son père, la pensée qu'elle était responsable de sa mort.

Elle jeta un coup d'œil dans la pièce. Elle pourrait garder le bureau en bois sombre, couvert de poussière mais immense et plutôt beau ; il devait être assez ancien. La calculette grise de son père était posée sur le coin droit du bureau, c'était là qu'il s'asseyait pour taper et calculer toutes les sommes à payer, sans doute désespéré de voir le peu d'argent qui restait à la fin. Elle n'avait pas l'intention de la jeter, ce serait un souvenir précieux. Les touches étaient brunes d'avoir été touchées pendant des années par des doigts qui travaillaient à la porcherie. Il suffirait de les nettoyer un peu.

Elle mit de côté les documents importants sur la ferme proprement dite, pas la gestion, mais la propriété, et se revit, seule héritière du domaine, en pleine vague de chaleur, avec l'envie de partir d'ici… À quoi bon garder tous ces cartons ? Elle saisit celui du dessus, laissa toutes les portes ouvertes et se mit à faire des allers et retours entre le bureau et la benne. Une photo aérienne de la ferme qu'elle n'avait jamais remarquée auparavant était accrochée au mur. Autant la laisser à sa place. En passant par la cuisine, elle écrivit sur sa liste *chaise de bureau* et *lampe de bureau*, avant de retourner dans le salon.

Elle contempla un long moment le fauteuil turquoise du grand-père. Combien de fois l'avait-elle porté pour l'installer contre le mur ensoleillé et abrité du vent, devant la remise, un tabouret posé à côté en guise de table pour sa tasse de café et sa tartine ? Ce fauteuil n'était pas dénué d'une certaine élégance, dans le genre rétro, avec ses accoudoirs en teck. Elle pouvait le faire retapisser. Elle sortit s'asseoir sous l'appentis avec une cigarette. Anna mordillait consciencieusement son os.

Non, elle le jetterait aussi, justement parce qu'elle hésitait à le faire. Cela prouvait que bien des souvenirs s'y attachaient encore, des souvenirs qu'elle ne tenait pas à cultiver, même s'ils concernaient son grand-père tant aimé. Il lui fallait prendre un nouveau départ, se forcer à faire table rase, et quand bien même elle le ferait tapisser en velours rose vif, il resterait toujours *le fauteuil turquoise*. Mieux valait en trouver un qui lui ressemblât sur un marché aux puces, si elle tenait vraiment à avoir un fauteuil dans son salon. *Non, tu es tout à fait ridicule*, pensa-t-elle en lâchant son mégot dans le pot de confiture avant de porter le fauteuil jusqu'à la benne et de ranger les commissions.

Plusieurs échelles se trouvaient le long d'un des murs latéraux de la grange. Elle choisit la plus courte, la posa contre le mur de l'appentis et vérifia sa stabilité avec ses sabots avant d'oser y mettre tout son poids. Elle avait acheté une ampoule d'un nouveau type, avec un effet de soixante-dix watts qui éclairerait toute la cour. Le globe en verre de la lampe semblait collé, elle dut s'acharner plusieurs minutes avant qu'il ne se détache, puis elle le coinça solidement sous son bras gauche pour dévisser l'ancienne ampoule. Elle salit son pull. Mais pourquoi n'avait-elle pas enfilé la nouvelle tenue de travail achetée à Soknedal ?

Dès qu'elle fut redescendue de l'échelle, elle alla l'enfiler avant de rapporter l'échelle à la grange et de continuer à remplir la benne. Elle ouvrit les placards de l'entrée et enleva toutes les chaussures, bottes et vieux bleus de travail qui contrastaient tant avec sa tenue rouge vif. Le tout forma une montagne sur le sol. Elle se servit de l'aspirateur rangé dans un placard pour éliminer la poussière dans le fond et sur les parois de tous les rangements. Elle s'était préparée à y découvrir des araignées et la bombe insecticide attendait, prête à servir, sur une des marches de l'escalier, mais sans doute était-ce trop tôt dans l'année, les bestioles devaient hiberner ou passer l'hiver ailleurs ! Torunn ouvrit la porte de la penderie où son père avait installé des toilettes sèches. Avant de retirer tous les vieux vêtements accrochés aux patères à l'intérieur, elle alla chercher dans la cuisine un gant de ménage pour la main droite et se rendit dans la remise.

Elle était là, la grande humiliation de son père. Ces toilettes sèches, précisément. Elle les maintint derrière elle au bout de son bras tendu et, tel un lanceur de disque, imprima une rotation à son corps et fit valser l'ensemble, qui décrivit une jolie courbe pour atterrir dans la benne.

Elle porta aussi dehors tout ce qui était dans le salon, sauf la table en teck et le canapé, Margido l'aiderait avec ça le lendemain, mais elle jeta les coussins du canapé et les petits meubles moches et usés, les corbeilles à revues, les piles de journaux et une commode remplie de fonds de bougies, de boîtes d'allumettes et de tout un fatras accumulé, les napperons ronds, au crochet, aux coloris affreux. Deux des tiroirs étaient vides. Elle roula les tapis usés et à la couleur passée, les transporta dehors sur son épaule, jeta des lampes sur pied plus horribles les unes que les autres. Elle récupérerait deux jolies lampes Ikea dans le camion de son déménagement. Elle décida de conserver le plafonnier, qu'elle trouvait amusant :

cinq ampoules ovales dans un cercle fixées dans une piètre imitation de chandelles de suif.

Le lit de camp où son père avait dormi quand il ne pouvait plus monter l'escalier était replié contre un mur. Ouste, dehors. Une armoire basse qu'elle avait à peine remarquée jusqu'ici contenait des verres à *pjolter*[1] et à liqueur ainsi que de jolies carafes. Pourquoi ce meuble se trouvait-il ici et non dans le salon à la cheminée, pièce par définition réservée aux plus belles choses ? Pas grand-chose à jeter ici, tout cela datait de l'époque heureuse où le jeune héritier Tallak en personne avait dirigé la ferme avec sa belle-fille.

Elle posa les verres et les carafes dans la cuisine, sur l'évier, et apporta l'armoire dans la cour. Il y avait largement la place dans le salon de télévision pour la grande table à manger, ce serait plus commode, près de la cuisine, pour y apporter la nourriture.

Si elle lavait par terre à l'endroit où elle voulait installer la table, Margido pourrait aussi l'aider à la porter, le lendemain. Bien sûr, il faudrait lessiver toute la pièce, repeindre les murs et le plafond, mais il y avait bien d'autres priorités avant cela.

Le parquet était constitué de lattes de bois peintes en gris, brillantes et sans la moindre entaille ni éraflure à l'endroit où elles avaient été protégées par des tapis. Il suffirait de poncer et de remettre deux couches de peinture grise. Mais pas maintenant. Il fallait d'abord qu'elle habite ici, qu'elle y vive. La priorité, c'était la cuisine, décida-t-elle. Pendant l'aménagement de cette pièce, elle pourrait se servir de la bouilloire dans la salle de bains et se faire du café et des soupes instan-

---

1. Boisson alcoolisée populaire à partir des années 1920 jusque longtemps après la Seconde Guerre mondiale : du brandy ou whisky avec de la limonade ou de l'eau gazeuse.

tanées. Avec des tartines, qu'elle pouvait se préparer n'importe où, ça irait très bien. Les repas étaient le dernier de ses soucis.

Dans la cuisine, elle jeta tout, sauf ce dont elle aurait besoin jusqu'à mardi : casseroles, tasses à café affreuses, couverts, ustensiles, fer à repasser déglingué archi dangereux, vu que les fils en cuivre étaient à nu au niveau de l'embout, vieux gaufrier, maintenant qu'elle en avait acheté un neuf à Soknedal et que ses affaires à elle seraient livrées mardi. Elle aurait alors deux bouilloires. Peut-être Margido en voudrait-il une pour son bureau ?

En fin d'après-midi, ce fut un grand bonheur d'enfiler des vêtements normaux et des chaussures de tous les jours puis de quitter la ferme et tout ce bordel, en sachant qu'une longue plage de sable les attendait, Anna et elle. Même si on était vendredi, il n'y avait toujours pas un chat. Elle détacha la chienne et se mit à faire son jogging au bord de l'eau.

Aujourd'hui, elle ne pleurerait pas. Non, aujourd'hui, elle penserait juste à tout ce qu'elle avait pu balancer dans la benne, et à cette Anna qui devait se retourner dans sa tombe.

Le samedi matin, elle se réveilla aux aurores, aussi tôt que si elle devait aller à la porcherie pour nettoyer la bauge, vérifier l'état des porcelets, apporter de la paille fraîche, leur donner du fourrage et de l'eau, les gratter et jouer avec eux.

Elle évitait tout cela, ou n'avait plus la joie de connaître ces moments. Elle était couchée dans un mauvais lit dans une ferme sans animaux, à part un chiot husky, et avait très mal dormi.

Christer lui avait téléphoné sur le coup de 1 heure du matin et l'avait réveillée. Elle n'avait presque plus de batterie et avait dû rester agenouillée dans le noir à côté d'une prise de courant, à cause du fil ridiculement court de son chargeur.

— Tu es en colère ?

Non. Mais il avait eu l'impression qu'*elle* l'avait été, quand elle avait écrit le petit mot.

— Oui, j'étais en colère à partir d'Alvdal, quand j'ai découvert qu'Iris serait de la partie.

Il comprenait. Bon. Et pas de problème pour le chiot. À dire vrai, il en avait plus qu'il n'en fallait, de ces chiens dont il devait s'occuper. À propos, elle était où ? Chez Margrete ?

— Non. Dans ma ferme.

Quoi ? Dans le Trøndelag ?

— Oui, j'ai repris la ferme. Ou… la ferme m'a toujours appartenu, mais disons qu'à présent, j'ai *investi* les lieux.

Voilà qui était surprenant. Il n'en revenait pas.

— Ah bon ?

Il n'avait jamais su sur quel pied danser, avec elle. Ni compris pourquoi elle était restée si longtemps.

— Moi non plus.

Pourtant, ils avaient eu de bons moments, ensemble. Surtout au début, peut-être. Mais il n'avait jamais pu la cerner tout à fait, comme si elle retenait quelque chose en permanence.

— Je comprends ce que tu dis.

Vraiment ?

— Je crois, oui. En partie, en tout cas.

Mais il comprenait que leur histoire soit terminée. Bon, qu'elle prenne soin d'elle. Du chiot aussi, et de la ferme.

Elle raccrocha, mit son portable sur silencieux, puis pleura, toujours à genoux dans le noir. Frigorifiée, tout engourdie, elle retrouva la chaleur de sa couette. Si seulement il s'était mis en colère et l'avait insultée…

Quand Margido arriva dans la cour vers midi, il fut accueilli par les aboiements d'Anna. C'était la première fois que Torunn l'entendait émettre autre chose que les sons plaintifs qu'elle poussait pendant son sommeil et ses rêves. Elle remuait la pâte à gaufres, qui était prête. Le soleil brillait, et elle avait laissé ouvertes les portes donnant sur la cour.

— Ah, on voit que tu n'as pas chômé ! s'écria Margido en faisant le tour des pièces.

— C'est la révolution à Neshov, dit-elle. Je pensais que tu pourrais m'aider à transporter deux ou trois trucs avant d'inaugurer le nouveau gaufrier.

— Naturellement.

Il ne portait pas de complet, mais un pull en laine avec une chemise, et pas de cravate. Mais comme elle l'avait déjà vu en robe de chambre…

— Je pensais au sèche-linge, reprit-il.

— J'en ai commandé un sur Internet hier soir, il sera livré à domicile. Ils l'installeront dans la buanderie, à la cave, et emporteront l'emballage. Donc, n'y pense plus. Merci d'avoir vidé les congélateurs, j'ai eu des sueurs froides à la pensée que le courant avait été coupé alors qu'ils étaient peut-être remplis à ras bord de nourriture datant de plusieurs années !

— Ça a été du boulot, je ne te le cache pas. Les dames du bureau m'ont aidé, sans elles, je n'aurais pas su quoi faire avec toute la nourriture qu'il y avait à l'intérieur. Nous en avons jeté plus de la moitié, tout ce qui était trop vieux. Le reste, elles l'ont pris, et pour me remercier, elles m'ont offert des confitures faites avec les baies, des steaks de viande hachée déjà cuits, ainsi que des plats tout préparés à réchauffer à la maison.

— Je me demande ce qu'il y avait tout au fond des congélateurs.

— Nous aussi ! On a préféré tout jeter sans y regarder de plus près.

Ils rirent.

— Si ta mère avait pu vous voir ! dit Torunn.

— Et si elle avait pu voir ce que j'ai vu à l'intérieur de la benne !

— Commençons par le canapé, déclara-t-elle.

— Il ne restera pas grand-chose, à l'intérieur.

— Mon camion de déménagement arrive mardi.

Après avoir enlevé le canapé, ils s'attaquèrent à la table à manger. En chêne massif, elle pesait des tonnes. Ils retirèrent les chaises et parvinrent à la coucher de côté, sur une couverture en laine étalée au sol, pour la tirer jusqu'au salon de télévision.

— Je me suis dit qu'on pourrait la mettre parallèle au mur de la cuisine.

— Très bonne idée, dit-il.

— Après, je démolirai la cloison entre les deux salons, et on pourra profiter de la cheminée dans toute la pièce.

— Le salon sera immense.

— Peut-être que je l'ouvrirai aussi sur la cuisine. On verra. Une chose à la fois.

— Ça coûtera la peau des fesses. Je vais demander au notaire Berger de transférer l'argent de la location des terres dès ce week-end, si tu me donnes tes coordonnées bancaires. Tu auras sans doute des impôts à payer dessus.

— Cela aurait déjà pu être le cas.

— C'est le notaire qui s'occupe de tout ça ; il appelle ça un « capital en veille », si je me souviens bien. C'était important que ça suive la ferme, je crois ; je ne m'y connais pas trop, mais ça te fera en tout cas économiser un peu d'argent.

— Les sommes n'ont pas été placées en fonds d'investissement ?

— Non.

— Tant mieux, je déteste ça. J'aime avoir accès à mon épargne quand je veux, même si je perds un peu d'argent à cause de l'impôt sur la fortune.

— Je suis tout à fait de ton avis, Torunn.

Ils remirent la table sur ses pieds. Elle savait qu'il y avait au premier étage de vieux tapis lirettes n'ayant jamais servi ; elle en mettrait deux sous la table. Anna Neshov économisait tout, cachait les plus belles choses pour plus tard. Il était temps de sortir tout ça à la lumière.

— Ça correspond à ce que je m'étais imaginé, dit-elle. Je verrai plus tard pour les chaises ; maintenant, je vais brancher le gaufrier, mais il faut d'abord que je fume une cigarette sous l'appentis. Je vais aussi mettre la cafetière en route. À ce propos, quand mes affaires arriveront, je récupérerai mon ancienne bouilloire, mais je n'en ai pas besoin. Elle est électrique. Tu la veux ?

— Volontiers. J'aime bien boire une tasse de thé avant d'aller me coucher, et d'habitude, je fais chauffer l'eau dans une casserole.

— Eh bien, à partir de mardi, tu n'auras plus à le faire.

— Joli chien, dit-il, mais ce n'est qu'un bébé ?

Ils se faisaient face, chacun sur son banc, sous l'appentis.

— Elle a quatre mois. Mon grand-père est tombé raide dingue amoureux d'elle, nous sommes allées le voir hier.

— Ça alors ! Il a accepté de sortir ? C'est la grande nouvelle du jour.

— Non, j'ai eu le droit d'emmener la chienne à l'intérieur. Et j'ai apporté du soda, du chocolat et des pastilles mentholées.

— Oh, très bien. Ça me fait drôle de penser que je ne suis plus tout seul à m'occuper de lui. Ça m'ôte un poids, tu sais, Torunn.

— Il ne veut jamais sortir, dis-tu ?

— Il refuse catégoriquement, répondit Margido. Je l'ai invité chez moi pour qu'il se distraie un peu, boive un café, je lui ai demandé s'il avait envie de se balader pour voir les changements de Byneset et tout ça, mais rien à faire.

— J'ai du mal à comprendre. Pourquoi il ne veut pas ?

— Je crois qu'il a peur de perdre la vie qu'il a maintenant. Il se plaît tellement, là où il est. Il peut être avec les autres quand ça lui convient, ou bien lire autant qu'il le souhaite, il n'a personne sur le dos, et la nourriture est bonne. Il n'ose pas quitter cet endroit, il craint de ne pas le retrouver en revenant, comme si cela avait été un rêve. Il a utilisé cette expression une fois, que c'était « comme un rêve ».

— Pauvre homme.

— Plus maintenant.

— Non, plus maintenant, dit-elle.

— Pour tout ce qui traîne sous la rampe d'accès de la grange, tu n'as qu'à demander qu'une entreprise vienne t'en débarrasser. Ne t'embête pas avec ça.

— Bonne idée. Je vais l'écrire sur la liste. C'est trop lourd pour moi, de toute façon.

Elle lui raconta ce qu'elle avait accompli jusqu'ici, heureuse qu'il soit là et consciente du côté tout à fait surréaliste de la situation. Margido en visite chez elle, dans sa ferme.

— Et puis je vais démolir les silos. Des gens vont venir ce week-end pour me faire un devis…

— Démolir les silos ? Les enlever ?

— Oui.

— Mais pourquoi ? En plus, ça doit coûter une fortune ?

— Quelques centaines de milliers de couronnes.

— Mais, Torunn… Je ne comprends pas pourquoi tu veux faire ça.

— Je ne supporte pas l'idée qu'Erlend et Krumme débarquent ici avec toute la smala et les transforment en résidences d'été chic. Tout, sauf ça. Je vais donc les faire raser, pour qu'il n'en reste rien.

— Je ne crois pas qu'ils feront ça, de toute façon. J'ai discuté avec Erlend, l'autre jour, il m'a appelé pour qu'on ait le temps de parler calmement, car la fois précédente c'était la panique, avec Krumme opéré en urgence. Le père de Krumme était mort, enterré la veille, et Erlend tenait absolument à me parler du nouveau design du cercueil qu'ils avaient choisi, très beau. En tout cas, ils ont hérité d'une immense maison de maître au nord de Copenhague qu'ils vont rénover de fond en comble. Erlend sera obligé de prendre six mois de congé, m'a-t-il dit, pour suivre le chantier, alors je doute fort qu'ils aient le moindre projet de transformer des silos dans le Trøndelag maintenant. Sans compter que tu priverais la ferme de quelque chose de précieux.

— De précieux ? Comment ça ?

— Il se peut qu'un jour… Tu n'en sais rien, mais il peut se passer bien des choses, tu voudras peut-être vendre la ferme, et sans silos… La ferme perdra beaucoup de valeur si tu les rases.

— Je n'y avais pas pensé.

— Tu devrais. Et oublie les projets d'Erlend pour les silos. Il était si heureux quand je lui ai raconté que tu avais emménagé ici ! Je devais te passer le bonjour, mais je pensais qu'il t'aurait peut-être appelée lui-même.

— Non, il ne l'a pas fait. Mais mon grand-père m'a dit qu'ils avaient l'intention de venir en Norvège, et il se trouve que je n'ai vraiment pas envie qu'ils habitent chez moi.

— Tu n'auras qu'à le leur dire. Que tu es en pleins travaux d'aménagement. Que tu n'es pas encore bien installée. Ce n'est pas plus compliqué que ça, Torunn. Tu ne sais plus où donner de la tête, en ce moment. Ne te rends pas malade. Tu débordes de joie de vivre et d'énergie, ne gâche pas ça. Je me souviens de ta colère, avant ton départ. Alors vas-y doucement, et fais-toi aider pour ce qui est le plus pénible, comme le lessivage et le bric-à-brac, là-bas.

— Je peux lessiver moi-même.

— Non, cette maison est énorme. Tu aurais besoin de quelqu'un pour lessiver à fond tout le premier étage, par exemple, rien n'a été fait depuis des décennies. Ça pourrait être mon cadeau pour ton installation.

— Quoi ? Tu te proposes, Margido Neshov, pour lessiver à ma place tout le premier étage ? J'ai plein de tabliers dans une malle, dans l'entrée, tu auras le choix !

Elle rit si fort qu'Anna se leva et commença à remuer la queue.

— Non, voyons. Mais je connais une bonne entreprise de nettoyage, ils font le ménage au domicile des défunts avec sérieux et efficacité. Ils s'occuperont de tout l'étage en deux ou trois jours, le sol, les murs, le plafond et les fenêtres.

— J'avoue que, présenté comme ça, c'est tentant, dit-elle.

— Alors, marché conclu.

— C'est très gentil de ta part. Je pensais me débarrasser de tout ce qui est couettes et matelas, et passer toutes les couvertures à la machine.

— Plusieurs des lits sont très bien. Vieux et solides.

Ils se turent un moment, les yeux tournés vers la cour et la chienne. Torunn comprit soudain qu'ils pensaient à la même chose.

Les deux premières gaufres atterrirent directement à la poubelle. Pas même les oiseaux ne devaient manger la poussière métallique et les traces de produits ménagers. Quand elle eut versé deux nouvelles louches de pâte dans l'appareil, Torunn dit :

— OK, je ne raserai pas les silos. Tu as raison, cela ferait perdre de la valeur à la ferme. Et il faut que j'arrête d'avoir peur d'Erlend. Cela me fera économiser quelques centaines de milliers de couronnes qui me serviront plutôt à acheter une nouvelle voiture.

— Une nouvelle voiture ? Pas bête. Remonter l'allée en hiver n'est pas toujours une partie de plaisir, je veux dire, en cas d'hiver normal, avec de la neige.

— Il faut que je m'en occupe avant que la saison des pneus cloutés soit terminée, je n'ai pas de pneus d'été pour ma vieille voiture et je n'ai pas l'intention d'en acheter alors que je vais la vendre bientôt.

Elle sortit le beurre, le fromage et la confiture, et servit le café.

— Tu sais déjà quel genre de voiture tu veux ?

— Je n'y connais rien, je regarderai sur Internet.

— Si je te demande ça, c'est parce que je peux t'aider aussi avec ça, dit-il.

— T'es expert en voitures ? En plus d'être expert en nettoyage ? Il faut que je me pince pour y croire.

— Pas trop fort, alors. Il se trouve qu'au bureau, j'ai…

— Voici la première gaufre ! J'aime manger la mienne très chaude avec du gouda, je la plie en deux. Comme ça. Essaie, toi aussi !

Il obéit. La tranche de fromage fondit à l'intérieur. Ils se régalèrent en se souriant.

— C'est vraiment délicieux, finit-il par dire. Mais il ne faut surtout pas que je le dise aux dames du bureau, elles sont persuadées de faire les meilleures gaufres du monde grâce à une recette qui a remporté un concours à la Mission des marins... Celles-ci sont bien meilleures.

Elle versa de nouveau de la pâte dans le gaufrier.

— En tout cas, poursuivit-il, j'ai au bureau un type que je viens de licencier, il est tout à fait inapte à ce travail, il a des pannes de réveil le jour des enterrements, il ne veut pas faire de visites à domicile ni s'occuper de la toilette mortuaire, il ne s'intéresse qu'aux voitures et à l'informatique. Mais il doit rester pendant son préavis, l'idée est qu'il forme en informatique les dames du bureau. Il sera enchanté si je lui demande plutôt de te trouver une voiture.

— Dans ce cas...

— Tu n'as qu'à me dire ce qu'il te faut.

— C'est simple : des plaques d'immatriculation vertes, de la place à l'arrière pour une grande cage à chien, un prix entre 300 000 et 400 000, je peux aller jusqu'à 500 000 si je laisse les silos en place.

— C'est noté. Je lui dirai de t'appeler.

— Il n'y a pas urgence. À partir de quand les pneus cloutés sont-ils interdits ?

— À partir du lundi ou mardi de Pâques, mais Pâques tombe tard, cette année, fin avril, alors ça te laisse du temps.

Elle sortit une nouvelle gaufre pour chacun. Aucun d'eux ne toucha à la confiture. Margido, toujours prévoyant, avait préparé plusieurs tranches de fromage en veillant avec ses gestes précis à laisser la surface du gouda régulière et toute belle.

— Qui va remplacer le type des voitures ?

— Je ne sais pas encore, j'ai un peu commencé à chercher car j'ai besoin de plus d'une personne ; à court terme, il faut que nous soyons joignables vingt-quatre sur vingt-quatre, comme les autres entreprises de pompes funèbres, si on ne veut pas se laisser distancer. C'est rare de voir des demandes d'emploi dans ce secteur, mais ce ne devrait pas être trop difficile, certaines personnes déjà en poste peuvent avoir envie de bouger. Ça prendra juste un peu de temps pour tout organiser.

— Tu as eu une semaine difficile, d'après ce que j'ai compris dans ton SMS.

— Ça oui. Mais les obsèques hier étaient très belles. Le défunt avait tout planifié depuis son lit de mort, chez lui, entouré de son épouse et de ses deux fils. Un moment très fort. C'est le genre d'expérience qui me rappelle pourquoi j'ai choisi ce métier.

— Oui, je serais curieuse de savoir comment ça t'est venu.

— J'ai travaillé un été comme fossoyeur à l'église de Byneset, je n'avais que dix-sept ans, et je me suis retrouvé à donner un coup de main lors des enterrements. J'ai été frappé par la précision requise, la logistique sans faille pour assurer un déroulement harmonieux de la cérémonie. J'ai toujours eu horreur des solutions à la va-vite et des dilettantes, alors ça m'a attiré, en dehors du fait que je pouvais ainsi aider des gens qui souffraient. Alléger un peu leur douleur, offrir le plus bel enterrement possible pour que les souvenirs de ce jour viennent se déposer sur le chagrin.

— C'est joliment dit, Margido. Bon, une dernière gaufre ?

— Bien sûr.

Torunn versa la pâte pour une nouvelle fournée.

— Pourquoi ne veut-il pas participer à la toilette mortuaire ? Il ne supporte pas de voir des gens morts ?

— Il soutient que l'odeur reste sur les vêtements.

— Je comprends mieux pourquoi tu l'as congédié. Je vais essayer de laisser ses défauts de côté quand il va m'aider à choisir ma nouvelle voiture. Nous avons aussi eu ce cas de figure à la clinique, une assistante vétérinaire qui refusait d'euthanasier les animaux. C'est impossible. Elle disait qu'elle voulait seulement les aider à *guérir* et qu'elle ne voulait rien, absolument rien avoir à faire avec la mort.

— Je n'ai jamais eu de liens privilégiés avec les animaux, hélas, même si je viens moi aussi d'une ferme. Tor adorait ses porcs, et tout autant ses vaches à l'époque où il produisait du lait. Et je parie que le vieux s'est tant intéressé à ta chienne, lors de ta visite, qu'il ne t'a même pas demandé de dévisser les bouchons de ses bouteilles de Solo pour éviter d'avoir à prier le personnel de le faire.

— Ah non, il ne m'a rien demandé. Mon Dieu !

— Tu n'as pas à t'excuser.

— C'est vrai, dit-elle en riant.

— Mais euthanasier… Ce n'est pas dans mes habitudes.

— Tu comprends ce que je veux dire ? On ne peut pas refuser d'aider à pratiquer une euthanasie. Dans ce cas, cette assistante ne nous servait à rien, car dans ce métier, il faut savoir *tout* faire sans broncher, n'est-ce pas ? Tout.

— Entièrement d'accord. Dans mon métier, c'est la mort qui décide, et elle peut prendre tout son temps ou aller vite. Très vite, parfois.

— Tu penses aux accidents ?

— Oui, dit-il.

— Nous avions aussi des animaux écrasés sur la route ; des animaux de compagnie bien entendu. C'est l'Office des eaux et forêts qui s'occupe des animaux sauvages blessés et qui suit leurs traces pour les achever. Mais abréger les souffrances d'animaux adorés demande du courage. Le pire, c'est avec les vieux chiens ou chats, quand toute la famille les accompagne, ça peut te paraître ridicule, mais...

— Cela ne me paraît pas du tout ridicule. Je crois, Torunn, avoir été confronté à pas mal de choses. Il arrive qu'il y ait des animaux sur le lieu des accidents, de l'animal de compagnie aux chevaux de course en passant par les bêtes qu'on conduisait à l'abattoir. Et je ne suis pas homme à mesurer les sentiments que les autres éprouvent vis-à-vis de la personne ou de l'animal décédé. Je comprends très bien que la perte d'un chien fidèle puisse être cruelle. Je le comprends d'un point de vue purement professionnel. Je suis capable d'empathie.

— Précisément. Pour nous, le vieux chien en piteux état sur la table d'opération, sans rien d'attirant, qui peut même être agressif avec nous et qui pue à cause de ses excréments, pourrait être n'importe quel animal que nous n'aurions sans doute jamais soigné, mais son maître, un grand gaillard costaud effondré sur la chaise à côté de lui, adorait ce chien dans sa période de gloire. Alors il faut être là, pour eux, dans ce chagrin. « Déposer un souvenir sur le chagrin », comme tu as dit. On fait aussi incinérer les animaux, tu sais. Et les propriétaires peuvent disperser leurs cendres où ils veulent. Ce qu'on ne peut pas faire avec les hommes, autant que je sache.

— Non. Les règles sont très strictes à ce sujet. Mais notre expert en voitures ne s'est même pas donné la peine d'en prendre connaissance.

— Une dernière gaufre ?

— Je commence à caler. La dernière, alors.

— Au fond, je suis soulagée de ne pas avoir à raser ces silos, Margido, dit-elle en versant la pâte. Merci beaucoup.

— Ce n'est pas moi que tu dois remercier. Je t'ai seulement éclairée sur les réalités.

— Ha ha ! C'est bien dit. De quel genre de cercueil Erlend voulait-il te parler ?

— Ceux de Jacob Jensen. Je me souviens du nom car c'était celui d'un camarade de l'école primaire.

— Alors je vais trouver ça sur mon iPad quand je fumerai ma cigarette sous l'appentis, après cette dernière gaufre. Reprends du fromage, si tu veux.

— Tu dois être douée en informatique, dit-il quand ils furent assis sous l'appentis et qu'elle tapa *Jacob Jensen cercueils*, une cigarette à la main.

Ils avaient emporté leurs mugs de café dehors.

— On n'a pas besoin d'être doué en informatique pour se servir d'un iPad, rectifia-t-elle, ou d'une tablette numérique, si tu préfères.

— iPad et tablette numérique, c'est donc la même chose ?

— C'est comme une petite télé, en fait. Je regarde aussi des films, dessus. Tiens, voilà à quoi ressemblent ces cercueils, dit-elle en lui tendant l'écran.

— Ah eux, oui ! La gamme Diamant. C'est Tommerup qui les fabrique, j'ai rencontré quelqu'un de chez eux à un salon professionnel au Danemark, la fois où j'en ai profité pour rendre visite à Erlend. Il m'a demandé s'il y avait des cercueils plus sophistiqués dans ce salon et j'ai répondu que non, mais en fait si, justement. Le père de Krumme a été enterré dans un de ces cercueils.

— Alors pourquoi tu n'en as pas, *toi* ?

— Ils sont très onéreux. Les dames m'en avaient parlé, mais elles appelaient ça la gamme Diamant, alors je n'ai pas tout de suite fait le rapprochement quand Erlend les a évoqués.

— Tu n'as qu'à en commander quelques-uns, au cas où des gens riches décéderaient. Tu devrais aussi pouvoir te faire une bonne marge dessus. Surtout que je suis là, maintenant, pour réceptionner les livraisons. C'est marqué ici : à partir de 15 000 couronnes, après ça grimpe vite, très vite. Par exemple, il y en a un ici pour 30 000. C'est pas donné, c'est le moins qu'on puisse dire…

— Je reconnais bien Erlend, toujours à penser design, dit-il. Même pour un enterrement. Mais on peut aussi voir ça comme une forme de respect.

— Voilà. Parce qu'ils ont vraiment quelque chose en plus. Et lors de la cérémonie, on passe un temps non négligeable à regarder le cercueil…

— D'accord. Je vais en commander quelques-uns, puisque tu ne détruis pas les silos.

Le dimanche, il était presque 11 heures quand elle se réveilla. La chienne était toujours lovée sur la couette au pied de son lit ; elle devait avoir une bonne vessie, pour se retenir aussi longtemps.

Nous avons trouvé notre rythme, toutes les deux, pensa-t-elle. *Ne pas arrêter une seconde une fois debout, aller ensuite à la plage, et se détendre le soir avec l'iPad en écrivant la liste des choses à faire le lendemain et en écoutant la radio à plein volume.*

Quels bons moments elle avait passés avec Margido, la veille ! Elle allait décommander l'entreprise de démolition pour les silos, le premier étage serait lessivé à fond, le type congédié l'aiderait pour sa nouvelle voiture, Erlend ne débarquerait pas sans crier gare... Que de bonnes nouvelles... Et découvrir que Margido et elle étaient aussi fous de fromage l'un que l'autre et détestaient les fonds d'investissement... Oui, il était bien son oncle. Sa famille.

Mais il était une chose dont elle avait rêvé, qu'elle avait gardée tout au fond de sa tête et dont elle ne parvenait plus à se souvenir. Elle se redressa dans le lit et ses yeux tombèrent sur une flaque d'urine brillante, juste devant la porte.

— OK. La prochaine fois, Anna, faudra me réveiller. Je vais chercher des rouleaux de papier-toilette. J'ai pensé à quelque chose.

La chienne leva la tête et la regarda de ses beaux yeux bleu glacier de husky.

— Je n'ai pas *déjà* quarante ans, j'ai *seulement* quarante ans. Est-ce que tu vois la différence, toi qui n'as que quatre mois au compteur ? Bon, j'ai besoin de café. Et toi, tu auras une tartine de pâté de foie.

Son premier dimanche à Neshov. Tandis qu'elle attachait Anna à l'arbre de la cour, elle entendit sonner les cloches de la vieille église en pierre. Le soleil brillait, l'air était clair, et les tintements résonnaient loin sur Byneslandet. Bientôt les paysans fertiliseraient les terres, et sa mère était capable de se pointer exactement à cette période ; du coup, elle ne pourrait pas rester longtemps, elle qui s'était déjà plainte que Torunn sentait le fumier lorsqu'elle l'avait rencontrée sortant de la douche, au *Britannia Hotel*.

Elle savait que les paysans calaient le moment de fertiliser les terres après les dimanches de confirmation. Il faudrait qu'elle se renseigne à ce sujet pour éviter que sa mère ait à respirer l'odeur puissante du fumier.

Elle emporta son mug de café et sa tartine sous l'appentis et prit son petit déjeuner en regardant la benne avec satisfaction, et soudain, elle se rappela son rêve, et ce qu'elle ne devait surtout pas oublier.

Les napperons en crochet.

Ceux de la commode, qu'elle avait jetés.

Quelqu'un avait passé du temps à les crocheter, comme elle-même s'était donné du mal avec sa couverture Missoni. Était-ce Anna Neshov ? Ou peut-être l'épouse de Tallak, son arrière-grand-mère, avant de devenir grabataire pour des années, à moins qu'elle n'ait fait du crochet assise dans son lit, au premier étage, pour passer le temps. Faire passer les années – pendant que son mari fabriquait des fils avec sa belle-fille.

Elle fuma la première cigarette de la journée avec sa dernière gorgée de café avant d'aller chercher la petite échelle et de la poser contre la benne. Elle prit le balai, son iPhone, grimpa sur l'échelle et photographia la montagne de trucs à jeter pour en garder un souvenir. Elle aperçut les toilettes sèches, ouvertes, contre la paroi ; le canapé cachait beaucoup de choses, mais elle refusait de descendre pour fouiller le rebut, et essaya plutôt de pousser les affaires avec le balai. En vain. Elle allait être obligée de descendre, il n'y avait pas d'autre solution.

Elle rentra enfiler sa tenue de travail rouge, puis enjamba le bord de la benne. Elle trouva le tiroir avec les napperons au crochet, jeta l'ensemble par-dessus bord et ressortit vite de là. Anna observa sa trouvaille avec le plus vif intérêt, remua la queue et tendit le cou, mais la chaîne l'empêchait d'arriver jusque-là. Il y en avait des rouges, des jaunes, des verts et des bleu marine, mais elle pourrait les blanchir. Certes, ils ne perdraient pas entièrement leurs couleurs, mais ils deviendraient pastel, ce serait joli. Mardi, elle récupérerait son fer à repasser. Il lui était venu une idée.

La décoration intérieure ne l'avait jamais intéressée, mais elle aimait dresser une jolie table, avec des bougies, et créer une atmosphère agréable. Son appartement de Stovner n'avait été qu'un endroit où se reposer, un refuge où elle avait la paix, et pas un lieu d'exposition de déco. Cependant, elle était à présent fière de posséder cette grande demeure et voulait que ce soit joli, ici, que cela ait du style tout en respectant l'identité du lieu et en mettant en valeur le côté ancien et traditionnel des fermes du Trøndelag.

Elle pouvait partir du grand salon à la cheminée pour déterminer le style de l'ensemble et choisir une cuisine qui conviendrait à la maison, elle n'allait pas passer des heures sur Internet à regarder les dernières tendances en matière de cuisine, elle ferait venir des professionnels. Elle se sentit soulagée d'avoir pris cette décision. Pas question d'avoir ici une cuisine Ikea.

La pile de napperons à la main, elle s'approcha de la table à manger, dans le salon de télévision où, la veille, elle avait déjà remis les chaises en place. Sans se préoccuper des couleurs trop vives qu'elle atténuerait de toute façon, elle aligna les napperons au milieu de la table, pour faire comme un chemin de table. Il y en avait douze en tout, chacun avec des points un peu différents, mais de diamètre presque identique.

Ça rendrait très bien. Elle repasserait et amidonnerait les napperons, puis commanderait une épaisse plaque en verre de la taille de la table pour les maintenir en place.

— Waouh, murmura-t-elle.

Cette idée lui était venue comme ça, en rêve. Peut-être la maison était-elle hantée, peut-être un fantôme lui avait-il chuchoté cette nuit à l'oreille qu'elle ne devait pas jeter les napperons, faire fi de tout le travail qu'ils avaient nécessité.

Elle remplit la bassine d'eau brûlante, y versa le reste de la bouteille de Klorin, nota aussitôt sur sa liste d'en racheter une autre, et mit les napperons à tremper en les maintenant au fond avec la brosse pour la vaisselle. À cet instant, le téléphone sonna.

Margrete avait été de garde cette nuit et ne s'était pas encore couchée.

Elle était morte de fatigue. Cela avait été infernal.

— Je suis contente de ne pas être à ta place. Moi non plus, je n'arrête pas, sauf que c'est gai et intéressant, et crois-moi si tu veux, je viens d'avoir une idée de génie concernant la déco.

L'héritière de la ferme.

— Tu m'as déjà appelée comme ça, et c'est la vérité.

Et comment ça allait avec la chienne ?

— Elle est formidable : calme, intelligente…

Avait-elle eu des nouvelles de Christer ?

— Oui.

Et alors ? Qu'est-ce qu'il avait dit ?

— Oh, différentes choses. Il s'en voulait. Et il n'était pas du tout fâché que j'aie embarqué un chiot.

Tant mieux.

— Ce n'était pas si agréable que ça, de parler avec lui. Je me suis sentie très mal, après. C'était en pleine nuit.

Torunn allait se débrouiller comme un chef, et elle pouvait s'estimer heureuse de ne plus être là-haut, à Maridalen.

— Je le sais bien. Si tu crois que je ne le sais pas.

Margrete allait se coucher, maintenant, elles se rappelleraient plus tard, elle voulait juste raconter à Torunn qui lui avait téléphoné hier après-midi.

— Euh… Christer ? Non, je plaisante… pourquoi t'aurait-il…

Sa mère.

— Ma MÈRE ?

Sa mère, oui. Pas celle de Margrete. Elle aurait dû demander à Torunn de s'asseoir avant de le lui dire.

— C'est bon, je suis assise. Ma mère… ? Mais elle n'a pas ton numéro ? Comment a-t-elle pu… Vous ne vous êtes jamais parlé, avant ?

Ce n'avait pas dû être difficile pour elle de trouver Margrete, elle savait où elle habitait et connaissait son prénom.

— Mais… qu'est-ce qu'elle te voulait ? Je ne vois pas très bien, Margrete.

Elle avait proposé que Margrete et elle rendent ensemble visite à Torunn. Un voyage entre filles, en quelque sorte.

— Un voyage entre filles ? Mon Dieu… Elle n'ose pas venir seule, donc.

Mais Margrete la comprenait parfaitement. Torunn et elle n'entretenaient pas les meilleures relations du monde, et elle connaissait les liens d'amitié entre Margrete et Torunn. Margrete, elle, trouvait que c'était une bonne idée.

— Tu lui as dit ça ?

Oui.

— Alors vous allez venir ensemble ? Toutes les deux ?

En effet, mais pas tout de suite, car Margrete devait poser ses jours de congé longtemps à l'avance.

Torunn pensa à cette histoire de fertilisation des champs ; elle ne pouvait pas se renseigner à ce sujet. Elle sortit sous l'appentis et s'alluma une cigarette, le téléphone toujours vissé à l'oreille.

— Fin mai serait certainement le mieux. Quand toutes les confirmations sont terminées.

Les confirmations… ? Qu'est-ce que les confirmations avaient à voir avec ce voyage entre filles ?

— C'est un peu difficile à expliquer, mais début juin serait même encore mieux. À la Pentecôte, par exemple.

La Pentecôte, ça paraissait une bonne période.

— Les chambres à coucher seront prêtes à ce moment-là.

Elles n'avaient pas besoin des huit, deux suffiraient. À propos de chambres à coucher, elle était épuisée.

— Va dormir, on se verra à la Pentecôte. La nature est splendide, à cette époque de l'année.

Mais elles auraient l'occasion de se reparler plein de fois avant.

— Bonne nuit, Margrete.

Les napperons avaient déjà blanchi. Elle remua la brosse. Ils tremperaient dans plusieurs bains de Klorin, et elle gribouilla « 2 » sur sa liste devant le nom du produit ménager.

Un voyage entre filles.

Elle ne voulait pas appeler. Peut-être sa mère pensait-elle lui faire une surprise ? Était-il possible qu'elle fût aussi mal à l'aise que Margrete semblait le penser ?

Avant que le camion de déménagement n'arrive dans la cour, en début d'après-midi, elle avait enlevé du premier étage tout ce qu'elle ne voulait pas garder. Au total, onze matelas avaient dévalé l'escalier comme des radeaux à la dérive, avec leurs vieilles couettes et leurs oreillers. Il ne restait quasiment plus rien dans les anciennes chambres de son père et de son grand-père, rideaux compris.

Elle avait jeté aussi les tables de chevet ; c'était peut-être une erreur, mais elle n'en voulait plus. Elle n'avait même pas ouvert le tiroir de la table de chevet de son père et ne fouillerait donc pas dans ses secrets les plus intimes, même s'il était mort ; raison de plus, d'ailleurs. Dans les pièces mises à nu ne subsistaient que les cadres en bois des lits et les penderies, vides. Jeudi matin, le cadeau de bienvenue de Margido arriverait et prendrait le relais, sa part à elle du travail à l'étage était donc terminée pour l'instant. Plus tôt dans la matinée, elle avait balancé son vieux matelas dans l'escalier avant de traîner le lit dans la chambre à coucher, de l'autre côté du couloir.

Ensuite, elle avait récupéré des oreillers propres dans le container, les plus grands, posés sur la pile de matelas. Elle avait lu quelque chose à ce sujet sur

Internet. Elle nettoya l'intérieur d'un congélateur et le rebrancha. Quand le voyant passa au vert, elle déposa au fond les oreillers en plume. Cela correspondrait pour ainsi dire à un nettoyage à sec. Ils resteraient là vingt-quatre heures, puis elle les secouerait et les aérerait bien.

Ses affaires attendaient toujours dans les grands sacs avec lesquels elle était arrivée, et elle décida qu'au moins, l'entreprise de ménage n'aurait pas à laver une des penderies, celle de sa chambre, qui était l'ancienne chambre d'enfant d'Erlend. Elle monta avec un seau d'eau savonneuse et lava à fond l'intérieur du meuble. Elle était en plein nettoyage quand le camion de déménagement arriva, faisant aboyer Anna.

Le réveillon de Noël, pensa-t-elle, *tous mes objets que je n'ai pas revus depuis plusieurs années.*

Deux hommes déchargèrent le camion en un rien de temps, y compris le lit, qu'ils installèrent dans la chambre à coucher du premier étage.

— Vous avez drôlement fait vite, dit Torunn.

— C'était un petit déménagement, et on n'avait que ça comme chargement. D'habitude, on regroupe plusieurs déménagements pour faire économiser de l'argent aux clients, et pour gagner du temps, mais Mme Breiseth a payé un supplément pour que nous venions rien que pour vous. Sinon, vous auriez dû attendre un bon moment.

— Vous voulez un peu de café ? demanda-t-elle.

Elle regretta aussitôt son offre, tant elle avait hâte de déballer ses affaires.

— Avec plaisir. Si vous en avez.

Ils restèrent plus d'une demi-heure, lui posèrent des questions sur la ferme, enchaînant les cigarettes, et reprenant chacun une pleine tasse de café.

— Qu'est-ce que vous faites comme boulot ? Vous allez cultiver des trucs ? Avoir des animaux ?

— Je ne sais pas encore. Il faut d'abord que je m'installe, répondit-elle.

— Mais vous faisiez quoi à Oslo comme boulot ?

— Rien de particulier.

— Ah bon ? Vous vous tourniez les pouces à ne rien faire ?

— En tout cas, mes pouces ne sont pas restés inactifs depuis mon arrivée, rétorqua-t-elle.

Quand ils levèrent enfin le camp et regagnèrent leur véhicule, elle se précipita au premier étage pour sortir sa couverture Missoni d'un des sacs.

Son canapé était parfait pour le petit salon ; les coussins, protégés dans quatre sacs-poubelles, retrouvèrent leurs places, et elle étala la couverture sur un accoudoir.

Enfin. Son antre.

Le reste de son déménagement occupait tout le salon à la cheminée. Elle porta les lampes sur pied dans la pièce de télévision et trouva les sacs contenant sa couette et ses oreillers. Eux n'avaient pas besoin de faire un tour par le congélateur, elle pouvait les mettre directement sur le matelas, avec la literie propre de Neshov par-dessus.

Elle transporta tous les cartons marqués *cuisine* dans cette pièce et entreprit de chercher la plaque portant son nom, qu'elle finit par découvrir enveloppée dans du papier journal, au sommet d'une pile de grandes assiettes. Elle n'eut pas le courage de chercher des vis ; elle avait vu une boîte de clous dans un tiroir, et il y avait un marteau dans la remise à bois.

Elle frotta la plaque en laiton contre sa tenue de travail et la fixa à droite de l'encadrement de la porte, puis sortit dans la cour pour admirer l'effet de loin. On aurait dit qu'elle avait toujours été là.

Son foyer, sa maison.

Elle s'accroupit à côté de la chienne.

— Non, je ne vais pas faire de l'agriculture ni avoir d'animaux, à part toi, ma mignonne. Il faudra que je fasse autre chose.

La nuit tomba bien avant qu'elles n'arrivent à la plage, mais l'éclairage de la route principale, ainsi que la double clarté de la lune qui se reflétait sur les eaux calmes du fjord, suffisaient. Elle longea le rivage, sur l'estran sableux. Elle avait décidé la veille au soir de poser la question ; ça passerait ou ça casserait.

La fourrure blanche d'Anna brillait dans l'obscurité. La chienne gambadait à droite et à gauche, débordant d'énergie, toute à sa joie de vivre. Régulièrement, elle revenait vers Torunn et lui donnait de petits coups de museau avant de repartir dans une autre direction.

Margido viendrait la voir juste après le travail, elle lui avait promis de préparer un bon repas. Elle lui servirait des quenelles de poisson dans une sauce au curry avec des crevettes, le tout accompagné de bacon croustillant, de pommes de terre et de carottes à l'eau. De la cuisine familiale, comme il se doit dans une ferme du Trøndelag. Elle faisait bien la béchamel, pas besoin d'appeler sa mère à ce sujet, elle la réussissait toujours très lisse, sans le moindre grumeau.

Elle donna à manger à Anna et fit chauffer le poêle en fonte. Ensuite, elle sortit les napperons de leur troisième bain blanchissant, les tordit et les rinça avec soin. Leurs couleurs étaient parfaites. Elle les mit à sécher sur des dossiers de chaise et au-dessus des portes, puis ouvrit une canette de bière qu'elle but tout en inspectant le contenu de chaque carton. De la cuisine résonnait la musique du transistor posé sur la paillasse, une lueur orangée émanait de la grille d'aération du poêle et, sur sa combinaison de ski, la chienne se léchait les pattes après leur promenade sur la plage.

Elle trouva la bouilloire pour Margido et sa radio de Stovner ; elle pourrait mettre le petit transistor là-haut, dans sa chambre. Elle ressortit un par un des objets qu'elle ne se souvenait pas de posséder, rangea les livres sur les étagères dans le petit salon et les mugs publicitaires, des souvenirs amusants de la clinique, dans les placards de la cuisine. Elle laissa tous les tableaux rassemblés dans un même carton, comptant les examiner un à un à la lumière du jour.

Quand il fit complètement nuit, elle approcha une lampe sur pied du canapé et s'y allongea avec la biographie de Magda Goebbels, sa couverture Missoni étalée sur elle. Mais au lieu de lire, elle laissa ses yeux errer dans la pièce, le livre ouvert sur son ventre. Elle n'avait jamais examiné la pièce en position couchée. Tout paraissait neuf et beaucoup plus grand. Elle était jadis entrée dans cette pièce avec des tasses de café et des assiettes, des tartines et du sucre, repartant avec des miettes… Ici, son père avait couché dans un lit de camp minable et décidé de mourir. Elle regarda le plafonnier bizarre, qui devait dater de la construction de la maison. De quelles situations et discussions avait-il dû être le témoin !

Une paix intérieure l'envahit à l'idée qu'elle avait tout sous le même toit et s'était débarrassée de ce qui n'avait plus sa place ici. Dire qu'une semaine plus tôt, elle avait passé la soirée chez Margrete et mangé un gratin de poulet en regardant ses gros sacs de voyage dans l'entrée, toute tremblante à l'idée de partir le lendemain vers le nord !

Une semaine qui lui paraissait un mois. Au moins.

Margido arriva les traits tirés. Elle avait mis le couvert sur la table à manger, dans le salon de télévision.

— Quenelles de poisson sauce curry avec crevettes et bacon, tu aimes ?

— Oh oui. Ce n'est pas si souvent que j'ai ça à manger. Je ne me rappelle même pas la dernière fois.

— Je suis nulle comme cuisinière, mais ce plat-là, je sais le faire. Assieds-toi. Les pommes de terre et les carottes seront prêtes d'une minute à l'autre. Et j'ai mis ta bouilloire sous l'appentis, pour que tu ne l'oublies pas en partant.

Elle avait allumé des bougies et trouvé des serviettes turquoise dans une des caisses.

— Je pose les casseroles directement sur la table pour que la nourriture reste chaude. Tiens, voilà le bacon croustillant, je trouve que c'est délicieux avec les crevettes, même si ça paraît peut-être étonnant.

— Il y en a qui mettent des crevettes à la mayonnaise sur des saucisses, ça revient au même, dit-il.

Elle remplit leurs verres de sirop à l'eau.

— C'est bizarre, quand même, dit-il en versant la sauce au curry sur les pommes de terre.

Les crevettes flottèrent à la surface tels des croissants de lune.

— Qu'est-ce qui est bizarre ?

— Se retrouver assis à cette table, dans ce salon, et me faire servir à manger par ma nièce. Les dames du bureau n'arrêtent pas de me tanner pour savoir comment tu vas. Le déménagement est arrivé, à ce que je vois ?

— Eh oui, tu vois, je gère. Et demain, ce sera le grand ménage au premier étage, après quoi tout sera propre.

— Ah, je me suis vraiment régalé ! dit-il.

— Tant mieux. Ressers-toi, il en reste encore plein.

— Ah oui.

— À vrai dire, j'aurais bien bu une bière avec le repas, mais j'ai instauré le rituel d'aller en voiture à Øysand tous les après-midi pour promener la chienne, alors je ne peux pas me le permettre.

— Le sirop à l'eau, ça va tout aussi bien, dit-il en se resservant, sa fourchette dans la main droite.

— Tu avais faim, toi !

— Je n'ai pas eu le temps de manger mon casse-croûte à midi, nous n'avons pas eu une minute à nous au bureau. Mais comme je savais que j'allais manger ici après, j'ai tenu le coup. Et ça en valait la peine !

— Si j'avais envie d'une bière, c'est parce que je suis un peu nerveuse, c'est tout. Je n'ai rien contre le sirop à l'eau, mais…

— Nerveuse ? Il s'est passé quelque chose ? Le notaire s'est occupé de l'argent du fermage, il doit être sur ton compte, à l'heure qu'il est.

— Non, ce n'est pas pour ça. Je n'ai pas besoin d'argent. Mais je voulais te poser une question.

— Je ferai tout mon possible pour t'aider, tu le sais bien, Torunn, répondit-il la bouche pleine.

— Oui, je sais. Mais il s'agit d'autre chose.

Il posa ses couverts et la regarda.

— Ah ?

— Je... je me demandais si, peut-être... tu pouvais me donner une formation, avec les dames du bureau, pour que je puisse travailler avec toi ?

Il soutint son regard quelques secondes, puis courba la nuque et enfouit son visage entre ses mains.

— Margido... ?

Il hocha la tête sans retirer ses mains.

Elle resta immobile. Son cœur battait la chamade. Il fallait qu'elle ouvre la bouche, pas pour dire des banalités, mais réellement le fond de sa pensée.

— Pas à plein temps, pour commencer, j'ai tout à apprendre. Et puis, j'ai pas mal de choses à faire ici... à la maison, pour que tout soit comme je le voudrais. Donc, je me disais que si, au début, je pouvais te suivre comme une ombre quand l'occasion se présentera, faire tout ce que tu me demanderas pendant les enterrements, les préparatifs, apprendre la législation, traiter les questions administratives, t'accompagner dans tes visites à domicile, pour la toilette funéraire, bref, tout ce que ce travail implique. Et puis j'ai réfléchi : je ne veux pas être payée, je veux être sûre de mériter chaque centime que tu me donneras quand je serai capable de me débrouiller toute seule et que tu jugeras que je le vaux...

Il baissa enfin les mains et leva la tête pour la regarder. Ses yeux étaient baignés de larmes.

— Mais... tu pleures ?

Il hocha la tête.

— Parce que je...

— Oui, dit-il. Je suis si heureux. Tu ne peux pas savoir.

— Alors tu trouves que c'est une bonne idée ?

— Oui, une très bonne idée.

Il sourit, elle aussi, il posa sa main sur la sienne et la serra.

— Merci mille fois, Torunn. Si je m'attendais à cela…

Elle se leva, se plaça derrière lui et l'entoura de ses bras en collant sa joue contre la sienne.

— C'est moi qui dois te remercier. Jamais je n'aurais pensé que cela te ferait tant plaisir, Margido…

— Tu seras parfaite dans ce travail, dit-il. Quand les dames du bureau vont apprendre la nouvelle !

— Mais mangeons, la nourriture va être froide.

— Oui, mangeons, dit-il. Et prends une bière, je te conduirai à la plage.

Ses chaussures n'étaient pas adaptées au sable, mais il avait une paire de protège-chaussures dans le coffre, qu'il enfila par-dessus.

— Je ne savais pas que ça existait, ce genre de trucs, je n'en ai vu qu'au cinéma ! s'exclama Torunn en riant tandis qu'elle détachait la chienne.

— J'en use plusieurs paires par an, dit-il. Sur ce plan, les assistantes des pompes funèbres disposent d'un énorme avantage sur nous, puisqu'elles peuvent mettre des bottines quand le sol est mouillé ou qu'il fait froid. Le sol des églises est particulièrement glacial.

— C'était donc la première leçon, constata-t-elle.

Elle alluma une cigarette dont le vent emporta la fumée.

— Je ne suis pas revenu ici depuis que j'étais un petit garçon. C'est fou comme ta chienne est déchaînée, elle paraît si calme, le reste du temps !

— Avec elle, c'est tout ou rien. Exactement comme sa mère, qui est chienne de traîneau.

Ils marchèrent un moment en silence. De lourds nuages venus de la montagne Fossenfjell descendaient lentement vers le fjord ; il pleuvrait dans la soirée.

— Ma mère viendra me rendra visite à la Pentecôte, avec ma meilleure amie.

— Celle avec le chorizo ?

— Oui.

— J'espère rencontrer ta mère, alors, dit-il, on s'est un peu parlé au téléphone, ces dernières années. Je l'ai seulement croisée – et encore, à peine – il y a quarante ans…

— Tu n'auras qu'à venir. Je mettrai Margrete aux fourneaux, elle cuisine bien. Pas aussi bien que Krumme, d'accord, mais quand même pas mal.

— Excuse-moi si j'ai l'air d'avoir la tête ailleurs, Torunn, mais je n'en reviens toujours pas. Bien entendu que je me réjouis de rencontrer aussi ta meilleure amie. Je me demande juste… comment t'est venue cette idée ? Pourquoi tu envisages un avenir dans cette branche ?

— Je crois qu'il y a beaucoup de points communs entre le métier que j'exerçais avant et ton travail. Peut-être plus qu'on ne le pense. Être en mesure de faire une différence pour quelqu'un. Être précis et professionnel, sans aucune marge d'erreur. Être au plus près de la vie.

— Tu as tout à fait raison. Avec la mort comme champ d'action, on travaille au plus près de la vie, peu de gens le savent. Ils croient que c'est seulement sinistre et triste.

Elle le regarda et ne put s'empêcher de sourire. Comme il paraissait peu à sa place, avec son complet sombre et ses protège-chaussures. Et pourtant, il marchait dans le sable pour être avec elle.

— Un jour, tu m'as dit que les pompes funèbres étaient presque toujours des entreprises familiales, dit-elle.

— C'est vrai.

— Pourtant, cela n'a pas été le cas de *ton* entreprise.

— Non.

— Mais maintenant, ça le sera, dit-elle.

10/18 – 92 avenue de France, 75013 PARIS

Imprimé en France par CPI

N° d'impression : 2061959
X07308/04